あくまで怠惰な悪役貴族

Author
イコ

TOブックス

Illustrator◆kodamazon　Design◆Veia

序章

あくまで怠惰な悪役貴族

Only Lazy,
Villainous Aristocrats

第一話　あくまで怠惰に

五歳の誕生日、高熱を出して倒れた。
熱に浮かされながら夢を見た。
夢の中で醜悪な顔をしたボクがいて、顔の良い騎士から剣を向けられる。
騎士の周りには美しい女たちが、ボクを見下ろしていた。
騎士は持っていた剣をボクの首へと下ろした。
それはボクの未来を予知したものだ。
「ハァハァハァハァ」
驚いて飛び起きた。
悪夢から目覚めた僕の頭の中には様々な記憶が再生される。
この世界が、ボクがしていた大人向け恋愛戦略シミュレーションゲームで。
夢の中で殺された悪役貴族リューク・ヒュガロ・デスクストス。
それがボクだ。
公爵家の第二子息として生まれたリューク。
家族に認めてもらいたい一心で悪事を働き続けた悪役貴族キャラであり。

国を転覆させようとする公爵家の次男として生を享ける。

王に成り代わろうとしていた公爵家の家族の思惑など知らないまま、ゲームの主人公によって殺されてしまう。

家族である公爵家からも、利用されたにすぎない哀れな悪役貴族として死を迎える。

ゲームの中で主人公達は黒幕である公爵家の第一子息のテスタや、デスクストス公爵当主を討ち果たして、国の憂いを取り除くことで出世していく。

リュークは、主人公たちにとって、中ボスにもなれない【ヤラレ役】でしかない。

夢から覚めたばかりの頭の中は、二つの記憶が交じり合うような特殊な状態だった。

現状を把握するために時間が必要になり、一つ一つ整理していく。

この世界が、ボクが大好きだった大人向け恋愛戦略シミュレーションゲームの世界なのは間違いない。

大人向け恋愛戦略シミュレーションゲームは戦略要素が盛りだくさんで、育成パートなどのやり込み要素が多く含まれており、人気が爆発したゲームなんだ。

ゲームをしていた自分自身がどうなったのか思い出せない。

主人公によって、リュークが悪役貴族として首を刎ねられた最期だけが鮮明に思い出せる。

頭が整理出来たことで、自分の置かれた状況が理解できた。

まだ、悪役貴族として活躍する数年前に転生してきたことはありがたい。

ボクは五歳という年齢で、様々な記憶を取り戻した。

主人公がゲームを開始するのは十五歳の時だ。

今から十年後の世界にゲームは開始される。

その際に出てくるリュークには魔法の才能があるのに、努力をしないで怠慢に生きている。キモデブガマガエルという悪称が付くほどに見た目や性格が醜悪に歪みに歪んでしまったリュークが登場していた。

彼の性格を歪めた原因として、生まれてすぐに母親を亡くしたことで、愛情を受けられなかったことが考えられる。

誰からも愛されないまま、他の家族から相手にされない環境が続いたことで、リュークの性格を歪ませたとボクは推測した。

家族に認められたいという思いが強くなった結果として、悪事を働くようになったわけだ。思考としては子供が構ってほしいと言うようなものだろう。

だけど、ボクはリュークの家族からの愛情は必要としない。

今のボクなら、冷静にこれからのことを考えられるはずだ。

五歳のリュークは、多少ポッチャリな見た目に、鋭い目つきをしている、ただの可愛い少年だと思う。鏡に映る容姿だけを見れば、それほど悪くない。

悪役貴族として出現させるために、成長と共に醜悪になっていくのなら、その原因を突き止めて絶対に阻止しなければならない。

ゲームは大人向けということもあり、悪役貴族のリュークは主人公の邪魔をする。

邪魔の仕方として、主人公と恋人になる女性を奪い取る役目をしていた。

その際には、女性を強引に責める描写が映し出される。

拷問や、魔物をけしかけて捕まえた女性を触手プレイにして責めたりする。

それはボクの趣味じゃない。

ハードな責め画像は、見る人が見れば好きな映像なのだろうけど、ボクはちょっと苦手だった。

恋愛戦略というタイトル通り。

恋愛に重きを置いた育成恋愛学園パート。

戦略に重きを置いた戦略戦術立身出世パート。

の二パートを分けてゲームが進行していく。

リュークは、学園パートで醜悪な容姿をしながらも、公爵家の権力を盾にして女性に言うことを聞かせていた。

まさしく、悪役貴族っぷりを全力で発揮する傲慢怠惰な暴君クソ野郎になる。

立身出世パートでは、リュークの家であるデスクストス公爵家が暗躍して、アレシダス王国を裏から乗っ取るために様々な事件を起こしていく。

主人公は学園パートで付き合った女性によって、立場を変えて立身出世パートを始められるのが面白さの一つだった。

公爵家の仕掛けた事件を解決していくことで、どのパートでも出世していくというシナリオになっていた。

さて、状況はある程度整理できた。

どうやらボクは未来の悪役貴族として、転生してしまったようだ。

ゲームの進行上、悪役貴族として生きていかなければならない。

幸い、高位貴族なので何不自由なく生活ができている。

魔法の才能もあり、容姿も醜悪なキモデブガマガエルにはなっていない。

なら、不細工になるのを阻止して、家族に認めてもらうために悪事を働くことやめれば断罪される未来を変えられるかもしれない。

あくまで貴族として、怠惰に過ごす日々を満喫する人生は悪くない。

怠惰と言っても、惰眠を貪るだけではせっかく転生したのにつまらない。

リュークは魔法の才能があるんだ。魔法を活かしてラクをしたい。

将来的に考えて、家族が悪役貴族として暗躍を始めることはわかっている。

その際に、強さを持っていなければ、主人公や貴族たちに簡単に殺されてしまう。

それは絶対に嫌だ。

本編が始まるのが十年後、あくまで怠惰にゆっくりと快適に己を鍛えよう。

「魔法を教えてくれる人を見つけないといけないな。でも、こういう場合は魔力量を増やすのが先だね。増やし方は、魔力を使い切ることで枯渇させる。その魔力が回復する時に増えると聞いたことがある」

目を閉じて魔力らしきものを感じてみる。

さすがは魔法の才能《だけ》はあるリュークの体は、すぐに魔力らしき特別な力を感じられた。

「これが魔力か？」

空気の塊のような見えないエネルギーが、体を包み込むように膜を作り出した。

体の中に入って全身を巡り、また外へと排出されていく。

まるで呼吸をするように、身体の中を循環して、出ていくまでの流れを感じられた。

「使うためには、どうすればいいんだろう？」

ゲームの世界では、攻撃魔法、回復魔法、補助魔法、などの魔法を放つ際に魔力が消費されていた。だけど、今は魔法の使い方がわからない。

「回復魔法でも試してみるか？」

攻撃魔法を使って、部屋の中を壊したくない。

自分に向けて回復魔法を発動してみた。

画面越しであれば、ゲームの画面に呪文を選択すればいいが、選択するコマンドがないので、覚えている呪文を唱えてみる。

「ヒール……あれ？　使えたのかな？」

自分の体力ゲージが見えないので、回復したのかわからない。

ただ、熱を出していた体が少し軽くなったような気がする。

「もっとラクになるかな？」

そう思って回復魔法を連発した。十発程度で意識を失った。

コンッ、コンッ

「リューク様？　起きる時間ですよ。体調はいかがですか？」

朝だ。専属メイドであるシロップに声をかけられる。

返事をしたいけど体が怠《だる》い。

目を開けるが、具合が悪そうなボクを見て、まだ熱が下がっていないと判断された。

シロップは甲斐甲斐しく世話をしてくれて、退出していった。

まだ気分が悪いや。熱のせいでしんどいわけではないんだけど、魔力を消費できたことは体で実感できる。回復魔法は成功した。

怠さはあるけど、体調不良が回復している。

魔力を枯渇させてしまったことで、意識を失って気分が悪くなっているようだ。

回復魔法はハッキリと魔法を使えたという実感が乏しい。

やっぱりちゃんと魔法の勉強をしないと、細部までわからないことが多い。

ボクの専属メイドである、犬獣人のシロップ十二歳に魔法の本を読んでもらう。

「シロップ。ご本読んで」

シロップは、白い犬耳と尻尾を付けた可愛らしいメイドさんだ。

ボクよりも、少しお姉さんと言った感じだけど、文字が読める偉い子だ。

「はい。リューク様」

お願いをすると嬉しそうに本を持ってきてくれる。

素直で甲斐甲斐しく、健気な忠犬と言った印象を受ける。

「こんな難しい本でいいのですか？　絵本とかもありますよ。私、《忠犬はっちゃん》とか好きなんです」

「ボクは魔法を使ってみたいんだ。シロップ、お願い？」

五歳児の演技は重要だ。

見た目が子供なのに、大人のようにふるまえば、子供の強みを生かすことができない。

幼い体を利用して、発展途上であるシロップの膝に頭を預けて本を読んでもらう。

ソファーに座ってもらったシロップの太ももは、まだまだ細いがこの体勢はラクでいい。

「リューク様も男の子ですね」

こうして文字が読めるシロップに文字を習いながら魔法の勉強が始まった。

魔導書を読んでもらうようになり、シロップから文字や数字などを教えてもらう。

元々、転生前の知識があるので、計算などは簡単にできるようになった。

幼い体に転生したお陰なのか、文字もすんなりと覚えることができた。

魔法の基礎は、わかりやすくて簡単な本だった。

読んでくれているシロップには、難しい内容だったようだ。

シロップはこういうことが苦手なのかな？　理解が出来ていないような顔をしていた。

ただ、読むことに関して、シロップは優秀なので、難しい文字も読めている。

ボクとしては、それで十分なので問題ない。

「シロップは文字が読めて凄いね」

シロップは犬獣人なので、犬の習性を持っている。

主人であるボクが褒めてあげると、しっぽを振って喜ぶので可愛い。

魔法の基礎という本の目次には、
・魔力とは
・魔法を生み出す基礎講座
・無属性魔法と属性魔法の違いについて

魔法の基礎中の基礎なので、まったく魔法を使ったことがないボクとしては、魔力の基礎から説明してくれるので、いい勉強になった。

《魔力》は、空気中に漂う見えない物質で、魔力を感知する才能によって使える量や魔法の威力が変わる。リュークの体は才能があるので問題ないね。

《魔法を生み出す基礎講座》によれば、イメージが大切で、イメージする力に魔力を流し込むことで魔法を発動することができる。

《無属性魔法と属性魔法の違いについて》は、属性魔法は特別な才能が必要なので、特別な者にしか使えないと書かれていた。

この世界特有のルールがあるということなんだろう。貴族は、属性魔法が使える人が生まれやすい。魔力が多く才能を受け継ぐからだと考えられる。

リュークも魔法の才能があるので、年齢を重ねれば、属性魔法を使えるようになる。

それにしてもシロップの膝枕は、本を読んでもらっていると、程よく気持ちがいい。

ずっと頭を預けていると眠くなる。

シロップに抱き上げられるのは恥ずかしいけど体は子供なので許してほしい。

眠いので体を預けてベッドへ運んでもらう。

シロップが体を鍛えていることは知っている。

獣人は身体能力が高く、体を動かすのが好きなようだ。

外で鍛えているときのシロップは楽しそうに走り回っている。

「あなた様は必ず私がお守りいたしますね」

ベッドへ寝かされたボクの頭を撫でて、シロップは部屋を出て行った。

第二話　魔法はチート

魔法の訓練を始めて一年が経った。

最初こそ、魔力が枯渇して意識を失う日が多かった。

その度に、体調を崩してしまって、シロップに心配をかけてしまった。
一年も続けていると、一日で使いきれないほどの魔力量になった。
魔力量を増やす実験は成功したことが、実証できた。
残念ながら一年が過ぎても、魔法の師には出会えていない。
デスクストス公爵家は、リュークに対して最低限の親としての義務は果たしてはいる。
それ以外のほとんどは無関心なのだ。そのため、教師を呼んでもらうことも出来ない。
執事長が一人と、メイドが三名でボクが住む離れを管理している。
シロップ以外から勉強を教えてもらうことはない。
歴史などは、文字が読めるようになったので、本から知識を得ることにした。
絶対に、自分の意思で運動はしたくない。
絶対的なボクの意思だ。
だから、シロップが勧めてくれた。剣術の訓練は、全てキャンセルにしている。
ただ、キモデブガマガエルのような醜悪な未来の姿にはなりたくない。
一日に一度は、外に出て日光浴をする。
子供の身体は、太陽の光に当たっておかなければ、正しく基礎代謝が行えない。
キモデブガマガエルのリュークは、食べて寝て、努力もしなかった。
将来的に、ボクは怠惰に過ごしたい。
だけど、健康でもいたい。健康とは美容に密接に関与しているとボクは思う。

美容について考えると、日光浴、適度な運動、食事、は必ず見直さなければならない。

ボクが住んでいるデスクストス家の離れの周辺は、綺麗な花に囲まれていて美しい。

季節折々の花を見ることができるのは、十分にボクの心を癒してくれる。

美容や健康などを気にしているからか、一年前に比べてポッチャリ気味だった身体は、健康的な体へとつくり変わってきている。

ただ、食事をする度に気持ち悪くなってしまうのはなんなんだろう。

そのたびに回復魔法をかけて、不快感を取り除いていた。

回復魔法を使って魔力を消費するのは訓練ができていいんだけど、気分が悪くなる食事は嫌だ。

異世界に来たから食事が合わなくなったのかとも考えた。

それともリュークの胃や消化器系が、生まれつき弱いのか、無理やりたくさんの食事をしていたからか、理由はわかっていない。

最近は、ヘルシーな食事を、自分で作るようにした。

元々現世の知識はいくつか持っている。

食事だって、簡単な物なら自分で作ることができた。

シロップにも同じメニューで作ってくれるように教えている。

自分で作るようになってからは、気持ち悪さを感じることはなくなった。

日光浴以外にも、美容男子活動を始めた。

朝は二度寝を禁止にして、生活習慣の改善もしている。

起きた後は洗顔をして、幼い体でもキチンと汚れを落としていた。

ありがたいことに、ゲーム世界でも、石鹸、化粧水、乳液、保湿クリーム、日焼け止めの概念が存在していた。

石鹸や化粧品は高級品で、公爵家じゃなければ毎日は気兼ねなく使うことはできない。

ただ、金持ち公爵家では、気兼ねなく使うことができるからありがたいね。

家族はボクに無関心なので、何をしようと咎めない。

当主の父上は、お金にも執着がないのかな。

日課として、毎朝石鹸を泡立てた洗顔から美容男子生活が始まる。

「リューク様、凄いです！　泡が手から落ちません」

泡を作って、シロップに見せた時は大興奮だった。

シロップにも、泡を作って分けてあげる。

しばらく泡で遊んでいたけど、やり方を伝授して洗顔してもらった。

「でも、こんなにも泡立てる意味はあるのですか？」

「うん。ボクは肌が弱いようだからね。少しでも、肌に良い方法で綺麗にしておかないと」

将来のリュークは、ニキビ、シミ、吹き出物、イボなどが顔に出来ていた。

キモデブガマガエル顔になった原因は肥満だけじゃない。

怠惰に好き勝手に食事をして、弱い消化器系を守らないまま、生活習慣が乱れていたことが原因だとボクは思ったので改善をした。

暴飲暴食をやめて、体に合う合わないの検証研究をした。
アレルギー体質の実験みたいなことだね。
次に魔法の才能にあぐらをかいて、運動を怠ったこともダメだ。
日光浴と共に散歩と体操をする。
清潔感が不足して、体の免疫力も落ちていたのでお風呂にも入る。
大きな大浴場があるのに、貴族でも、三日に一度しか風呂には入らないらしい。
信じられないよね。訓練を兼ねて水汲みを魔法でして、毎日お風呂に入った。
洗顔、日光浴、生活習慣改善、適度な運動は、ボクの体を良くしてくれている。
「えっ？　リューク様、肌が弱いのですか？」
驚くシロップに頷いて返事をした。
シロップが知らないのも仕方ない。
リュークの成長した姿を知らなければ予想が出来ないことだ。
キモデブガマガエルに成長するリュークの肌は、かなり荒れていた。
「まぁ、今すぐは問題ないから気にしなくていいよ」
「いえ、リューク様の専属メイドとして私も覚えます」
朝晩二回、洗顔をしてから、化粧水、乳液、保湿クリームを毎日欠かさない。
ゆっくりとマッサージをしながら、顔に塗る生活をシロップと二人で行う。
お風呂に入る習慣もなかったシロップは、身体を洗うことも苦手だった。

仕方なくシロップとともにお風呂に入って洗い方も教えてあげた。

元々綺麗な顔をしていたシロップは、一年間ボクと共に美容を続けたことで、一年前に比べて肌が綺麗になり、このまま成長していくシロップが楽しみになる。

日光浴中は、日焼け止めを塗ることで、シミや肌荒れ防止に努めている。

「最近、リューク様は色々なことを気にするようになられたのですね」

シロップからの質問に、ボクはキモデブガマガエルのリュークの顔を思い出す。

せっかく元がいいのなら、イケメンとして生きていきたい。

「あのね、シロップ」

「はい?」

「ボクは出来るだけラクで健康的に生きていきたいと思っているんだ」

シロップの可愛い顔が硬直する。

「……ラクで健康的にですか?」

なんとか意識を取り戻したシロップはボクに硬い笑みを作る。

「うん。でも、ラクをするって結構大変なんだよ」

「ラクが大変なのですか?」

「そうだよ。だって、ラクってね。ただ寝て食べていると、醜くなるんだよ」

「えっ！　食べて寝ているだけだと醜くなるんですか?」

「そうだよ。それに食べて寝ているだけって、凄くヒマなんだ」

ボクはボクなりの怠惰を考えてみた。

怠惰に枕を抱いて、ブクブクと脂肪を蓄えている生活。

それが大人になったとき、主人公にキモデブキャラの悪役貴族として、殺される未来へと繋がってしまうように思えた。


大前提として、怠惰には生きたい。

せっかく貴族でお金持ちの息子として生まれたのだから、苦労する生活なんてしたくない。将来のために、若いうちにやれることをやっておく。

大人になったら、お嫁さんに養ってもらう。

もしも、誰とも結婚できなかった時は、一人で生きていける安定した収入源をつくり出さないといけない。

将来、主人公に殺される未来を回避するために、学園に行かないという手もある。

だけどボクは、このゲームのプレイヤーとして、キャラたちが大好きだ。

ゲーム世界を満喫するためにも、学園には行きたいと考えている。

でも、キモデブガマガエルに成長する謎を解決しなければ、未来の断罪を回避できるとは思えない。老後は健康的な身体で、怠惰な生活を送るのが夢だ。

幸福度が高い怠惰にボクは為る。

「貴族様が、ヒマなのでしょうか?」

「ヒマだよ。だって、娯楽らしい娯楽が何もないんだもん」

カジノや遊園地なんて物は存在するが毎日行く場所ではない。

何より、今のボクには興味がない。どちらも行くのが面倒だからね。

「でっ、でしたら、剣術など習ってみてはいかがですか？」

何故か嬉々として剣術を勧めるシロップ。

「嫌だよ。ボクは動くのが嫌いなんだ。睡眠の質を上げるために、適度な散歩はしてもいいけど必要以上に自分の意思で動きたくはない」

耳をペタンと倒したシロップが物凄く残念そうな顔をする。

「そうですか～」

「剣術はしないけど、ボクにはシロップがいるから大丈夫でしょ？」

「え？」

シロップは隠しているつもりかもしれないが、身体を鍛えていることは知っている。

子供のフリをして、シロップに抱きつくと、引き締まった身体をしているからだ。

シロップが鍛えることの中に、剣術が含まれているかは知らないけど、これだけ剣術を勧めてくるってことは、シロップ自身が剣術を好きなんだろう。

「リューク様、知っておられたのですか？」

「まぁなんとなくだよ。だから、ボクの代わりに剣術はシロップに任せるね」

「はい！」

シロップの尻尾を振る姿が可愛い。
頭を撫でてあげると、耳をペタンと倒して気持ちよさそうな顔を見せてくれる。
ボクは体を動かすのが嫌いだ。
あまりにも嫌いなので、この一年で魔力を増やす以外に魔法を生み出した。
「さて、やるか」
部屋で一人になったところで、魔力を練り始める。

魔法には、無属性魔法と属性魔法の二つが存在している。
無属性魔法で出来ることは、
生活魔法
強化魔法
付与魔法
補助魔法
回復魔法
の五種類に分類されると言われている。
《生活魔法》は、生活に必要なライト（光を生み出す魔法）やクリーン（体や服を綺麗にする魔法）など生活に溶け込む魔法のことを指す。
魔力を魔法に進化させて生活魔法を考えた人は凄いと思う。

戦闘がない世の中になれば、生活魔法の方が絶対必要な魔法だ。

特にクリーンは超便利。

洗濯機がないこの世界で服も体も綺麗にしてくれるのはありがたい。

最優先に覚えたい魔法の一つだ。この魔法のせいで風呂の習慣が減っているとも思うけどね。

《強化魔法》は、肉体、武器、防具、などに魔力を流すことで、一時的に強化を行う。

六歳児の体でも、タンスやベッドを片手で持ち上げられた。

その後、物凄い筋肉痛に襲われるから、体を鍛えないといけない。

《付与魔法》は、鍛冶師や付与師と言われる人達が、無属性魔法の強化魔法の応用から生み出した技術だ。

武器に属性魔法を付与する際に使われる技術魔法なので、普通の人は使えない。

ボクも使い方はわからない。勉強したら使えるかな?

《補助魔法》は、他者に対してバフ効果やデバフ効果を与えることが出来る。

補助魔法はアバウトなところがあって、「強くなれ」と願うだけで魔法が発動したりする。明確なイメージができるほど効果は強くなるそうだ。

例えば、漠然と強くなれと願えば、身体能力が向上するが、腕の筋力を三倍にしたいとイメージを持って使えば、魔力が筋肉の代わりに三倍の筋力を与えてくれる。

補助魔法に関しては、試してみると幾つか使うことが出来た。

《回復魔法》は、単純に細胞の自己免疫力に魔力を流すことで活性化させる。

骨、筋肉、血液のことを理解していれば、より回復イメージが持てるので、治る力は強くなる。

元の世界の知識のお陰で、回復魔法は得意な魔法になった。

普通の人が使えるのは、生活魔法か強化魔法までだそうだ。

どの魔法も知識と訓練が必要なので、人それぞれで差異が生まれてしまう。

無属性魔法は、魔力を色々な形に変化させて、応用する魔法の基礎ということになる。

その点に着目したボクは新たな無属性魔法を研究した。


そうして、完成させたのが魔力だけを固めた魔力玉だ。

「よし。バル、出てこい」

呼びかけると透明な魔力玉に顔文字のような(^^)が浮かび上がる。

「うんうん。今日も成功だな」

オリジナル無属性魔法バルーンは、命令すると仕事を代わりにやってくれる。

ボクにとっては、優れた無属性魔法なのだ。

例えば……、「バル。あそこの水を取って」と命令をする。

ボクから、三十メートル離れたテーブルに置かれた水は取ることができない。

だけど、バルに命令すると、バルは風船のような体の中へコップを吸収して、溢さないようにボクの下へと運んでくれる。

「ありがとう」

受け取ると、バルは嬉しそうに笑顔の(^^)になって喜びを表現する。

魔力玉に感情があるのかはわからない。

バルは命令した通りに動いてくれる自立型魔法だ。

「それじゃあボクは寝るから、後は頼むね」

「(^^)」

バルの返事を聞いて、ボクはすぐに寝息を立て始める。

寝ているボクの身体はバルへ明け渡されて、運動を始める仕組みになっている。

ボク自身が意思を持って動くのは嫌だけど、ボク以外の意思で、勝手に動かしてくれる分にはかまわない。何よりも身体が鍛えられて素晴らしい。

こうしてボクは寝ながら魔力を消費して、身体を鍛える方法を編み出した。

第三話　属性魔法鑑定

五年の月日が流れた。

ボクは十一歳になって、横へ大きくならなかった代わりに縦に伸びた。

顔つきも、ぽっちゃりからシュッとした綺麗な顔に成長して、体も太ることなく健康的に成長できている。どうしてリュークはキモデブガマガエルになったのだろう?

美容は頑張っているけど、元々の素材は悪くない。

今の状態から、キモデブガマガエルになるとは思えない。

「シロップ、どうかしたの？」

先ほど部屋に入ってきたシロップはボクを見て黙っていた。

ボクはバルに乗って、クッションに体を預けて本を読んでいた。

日々の訓練の賜物で、バルはボクを持ち上げて浮かせられるようになった。

「どうして浮いているのですか？」

シロップはボクが浮いていることに対して驚いているようだ。

原理を説明するのが面倒だ。

それにシロップは魔法が苦手なので、説明しても理解できるのかわからない。

解決方法としてボクは、シロップに問いかける。

「シロップも乗る？」

「えっ？　乗ってもいいのですか？」

「全然いいよ」

シロップは怖がりながら、バルの上に乗った。

バルはふわふわしていて寝心地がいい。

「そんなに怖がらなくても大丈夫だよ」

ボクが魔力でしっかり支えているからね。

バルの上に乗ったシロップは、感動しているようだった。

クッションも、綿を詰めて自分で作った自家製なので自慢の一品だ。

「こんな心地よい物は初めてです」

「そう、よかったね」

「はい！　あっ、リューク様。もう一つお聞きしたいのですが？」

「なに？」

「どうしていつも本を読んで寝ているだけなのに、体が引き締まっているのですか？　お食事はちゃんととられていますよね」

美容はシロップも一緒にしている。

最近シロップが綺麗だと、他のメイドが話しているのを聞いた。

だけど、シロップにも運動している姿は見せていない。

精々、日光浴の時に散歩している姿ぐらい。

シロップは、ボクの着替えも見ているので、六つに割れた腹筋を見ている。

「う～ん。教えてあげてもいいよ」

バルから降りてもらって、シロップの前でボクは魔力を練り始めた。

「見ていて」

シロップは魔力を練るという行為も知らなかったので、そこから説明してあげた。

魔力を練って固めるという簡単な説明だけをして、魔力玉を作り出す。

「シロップ、いくよ」

ボクは、練り込んだ魔力を体の中へと取り込んだ。

魔力を取り込むと、ボクは意識を失う。

バルには、ボクを浮かせる以外にも使い方を編み出した。

バルを体内に取り込んで、脳を介してボクが知る武闘家の動きをバルに再現してもらう。

ボクは、戦略ゲームも好きだけど、格闘系のゲームや漫画も大好きだった。

投げ、打ち、払い、殴り、蹴り、極めなど総合格闘技の知識や古流武術の動きを、バルに再現させたんだ。

それは独自の格闘術となって、五年でバルは形を作った。

バルはボクが寝ている間に、形を実践して体に覚えさせた。

ボク自身が忘れていると思う技術も、記憶を掘り起こしたバルが再現する。

何百、何千年の歴史と知識がボクの体で一つの格闘術を生み出した。

五年の研鑽によってボクの体に染み込んでいった。

「えっ？　えっ？　えっ？　えっ～!!」

普段、動かないボクが動いていることにシロップが驚いていることだろう。

「どういうことですか？　動かれるのがあれほど嫌いだと言っていたじゃないですか？」

シロップの叫び声に答えてあげられない。

バルに体を預けているので返事ができない。

一通りの形を終えるとバルが動きを止めて意識をボクに戻してくれる。

意識を失っているので、自分がどんな動きをしているのかわからない。

体が覚えている程度には、上手くできていると思う。

だって、体がしっかりと鍛えられているからね。

「どうだった？」

ボクが問いかけると、シロップは惚けた顔をしていた。

凛々しくて綺麗なシロップが惚けている。いつもとのギャップで可愛いね。

「凄かったです。リューク様がご自身でここまで努力されていたなんて驚きです」

「う〜ん。努力とは違うんだけど、まぁいいか」

体を動かしたから疲れたよ。

ボクはもう一度魔力を練ってクッションバルを作り出して体を預ける。

「違う。何が違うのですか？　あれほどの動き、本物の格闘家でも見たことがありません。達人の域に達しています!!」

「へぇ、そうなんだね。ボクが生み出した魔法の一つでトレースって言うんだ」

「トレース。浮いているだけでも凄いのに、さらに新しい魔法を生み出したのですか？　天才です」

「天才じゃないよ。ボクが意識を失った時に発動できるんだ。その間に脳が見たことがある動きを真似ることができる魔法なんだよ。ボク自身は動いていないし、意識もないから努力もしてないよ。それでも体は鍛えられるし、自然に体が覚えて強くなれるから便利なんだ」

説明しても、全く理解していない顔をしている。

ただ、物凄く尊敬した目で見てくれる、シロップは可愛いので良いね。

「主様は、十一歳で魔法という神秘の領域である深淵を垣間見られたのですね」

「深淵を見たかどうかはわからないよ。ただ、これ以上説明してもシロップが理解できないことはわかったけどね。知識チートの一つだから理解されないよね。シロップ？」

「はい。主様」

相変わらず忠犬っぷりを発揮するシロップは可愛い。

名を呼んだだけで喜んでくれる。

「そろそろ無属性魔法もある程度使えるようになったから、属性魔法の検査をしてもらいたいんだけど、お父様に伝えてくれる？」

ボクの言葉にシロップは誇らしい顔をして首を大きく縦に振った。

「はい、かしこまりました」

シロップはすぐにボクの要望を父上に伝えて、近いうちに検査されることが決まった。


《属性魔法》とは、無属性が魔力をイメージして作り出す事象とするなら。

属性魔法とは神様が定めた力だと言われている。

生まれながらに《属性》を持っていなければ、使うことができない。

何よりも自分の属性を理解しなければ、使用できない。

不思議なことに属性魔法は、教えてもらうことで使えるようになる。

教えてもらうと言っても、伝授するとかではない。

あなたの属性魔法は《火》ですよと伝えられ、《火》の属性魔法を持つ人は、火を使うことができるようになる。

では、誰がそれを教えてくれるのか。

それを管理しているのが、魔法省だ。

王国の魔法省に所属しているエリートだけが、属性魔法を知る方法を知っている。

魔法省のエリートがボクのために教えに来てくれると言うわけだ。

貴族の特権だね。貴族の息子って最高だよね。

ちなみに、ボクの家族であるデスクストス家は優秀で、全員が属性持ちだ。

父であるデスクストス公爵は《砂》の属性魔法。

義母であるデスクストス夫人は《石》の属性魔法。

テスタ・ヒュガロ・デスクストス兄上は、《鉄》の属性魔法。

アイリス・ヒュガロ・デスクストス姉上は、《誘惑》の属性魔法。

ボクこと、リューク・ヒュガロ・デスクストスには、どんな属性魔法が宿るのかな？

楽しみで仕方ない。そんなことを考えていると扉がノックされた。


「コンッコンッ」

シロップはボクが返事をしなくても扉を開く。

「クッション！」

「うん？　誰？」

シロップだと思っていたら、男の人の声がして、ボクはバルに乗ったまま振り返る。

「クッションに美少女！」

オジサンは、ボクを女の子と間違えたようだ。

顔は整っているし、美容も頑張っているけど、女の子と間違えられるほど可愛いかな？

「リューク様。魔法省属性管理局から来られました。局長のマルサ・グリコ様です」

シロップが、驚いているオジサンを紹介してくれる。

オジサンは、シロップが長い肩書きを覚えていたことにも驚いているようだ。

王国内は、通人（通人とは、亜人、獣人、精霊族、魔族と普通の人を分けた言い方である）至上主義と言う宗教が国教になっている。

それは通人以外の亜人を蔑《さげす》む教えなので、驚いた顔を見た時は、犬獣人であるシロップのことを蔑んでいるのかと思ったけど違うようだ。

単純にシロップの優秀さに驚いただけだった。

「ああ。そういえば今日だったね」

ボクはバルを天井近くまで浮かしていたので、オジサンの前にまで降りていく。

「やぁ、マルサさん。リューク・ヒュガロ・デスクストスだよ。長い名前だからリュークって呼んでいいよ。よろしくね」

「マルさん？」

オジサンこと、マルさんは驚いた顔をしていた。

それでも差し出した手を握ってくれた。

きっと、このオジサンは悪い人じゃない。

ボクの中でマルさんの評価が上がった。

「それでは属性魔法の検査を行わせていただきます」

向かい合って椅子に座り、マルさんの指示に従って検査が開始される。

「それでは目を閉じて」

「はい」

ボクが目を閉じれば、マルさんから息を吐く音が聞こえてくる。

緊張しているのかな？

「いきます」

「うん」

緊張したマルさんの声が聞こえてくる。

「《睡眠》と《怠惰》」

それを聞いた瞬間、ボクの頭の中に今までなかった情報が追加されていく。

不思議な感覚だけど、それは昔からあったような当たり前のような感覚を味わう。

「あ～なるほど。うん。うわ～凄いね。言葉で伝えられただけで、どんな魔法なのか理解できたよ。でも、これは使い方は、また別なのかな？」

自分の中に属性魔法が、生まれた。

いや、元々あった情報を思い出したと言う方が正しいのかな？

ただ、なんとなくどんな魔法なのか、そして簡単に使い方だけが浮かんでいる。

「はい。属性魔法の中に、希少魔法と呼ばれる唯一無二の魔法が存在します。無属性魔法にしろ、属性魔法にしろ、魔法と向き合い、各々が研鑽を積み能力を上げていきます」

マルさんが丁寧に説明してくれる言葉に、ボクは納得してしまう。

何よりもマルさんの瞳はシロップのように、ボクを尊敬してくれている。

子供と侮《あなど》るような目をしていない。

不思議なことだけど、マルさんの瞳にボクは好感が持てた。

「魔法と向き合うか、マルさんありがとう。魔法の訓練をするときに念頭に置いておくよ。今日はありがとう。でも、驚いたよ。鑑定魔法が存在していたんだね」

「なっ！」

ボクが鑑定魔法と口にしたことが、マルさんにとっては驚きだったようだ。

「うん？　どうかしたの？」

「なぜ？　鑑定魔法のことをご存じなのですか？」

あ～、異世界転生では当たり前だと思ったけど、機密事項だったかかな？

「えっ、だってボクの属性魔法を看破したんでしょ。それって鑑定が出来るってことだよね」

驚き過ぎた人って凄い顔をするよね。

マルさん、あんぐりと口が開いているよ。

「ゴホッゴホッ！」

口を大きく開けて、口の中が乾燥してしまったマルさんが咳き込んでしまう。

「すみません。お客様にお茶も出さないで、シロップ」

「はい」

側に控えていたシロップがお茶を入れてくれる。

マルさんに渡して落ち着くのを待った……。

ボクの部屋のお茶は、ハーブティーを使用している。

スッキリとして、体にもいいので健康と美容のために取り入れた。

「美味しいですね」

「気に入ってくれたみたいだね。オススメのハーブティーなんだよ」

「これもリューク様が考えられたのですか？」

「そうだよ。ハーブティーは体にもいいからね。少し茶葉を分けてあげようか？」

「頭がスッキリして気に入りました。感謝します」

お茶を気に入ったマルさんと世間話をして過ごした。

ボクが説明するのが面倒なところは、シロップに話してもらって、ボクが説明しないといけないところは説明した。

「とても貴重な時間を頂きありがとうございます」

「ねぇ、マルさん」

「はい。なんですか」

「よかったらね。ボクの魔法の師匠になってくれない？」

魔法の勉強をするなら、やっぱり誰かに聞く必要がある。

本を読んでいても限界がある。

「魔法の師匠ですか？　リューク様には必要ないと思いますよ。どんなことを学びたいのでしょうか。私にも守秘義務がありますので」

魔法省の機密などは話せないってことかな？

そんなものには興味ないけどね。

「難しい話じゃないよ。ボクがわからない魔法について手紙を送るから答えてくれない？」

「文通ということですかな？　齢四十を超えて文通とは、面白いですね」

ボクの申し出に意外にも、マルさんは優しく応じてくれる。

「いいの？」

「ええ。私もリューク様にお聞きしたい時は質問をしても構いませんか？」

「もちろんいいよ」

マルさんが聞きたいことに答えられるのかわからないけど、誰かに教えてもらえるのはありがたい。

「それでは交換条件が成立しましたので、お受けしましょう」

「ありがとう！」

三十歳以上も年上のおじさんがボクの初めての友人になってくれた。

マルさんには、ボクと同い年の娘さんがいるんだって、アレシダス王立学園で会えるから会ってあげてほしいと言われたよ。

ボクってシロップ以外の人と知り合いがいないけど、大丈夫かな？

ただ、マルさんとの楽しい会談は終わりを告げた。

◇

マルさんとの、文通は順調に続いている。

そのおかげで、随分と属性魔法について知ることができた。

無属性魔法は、魔力を様々な形に変化させるイメージをすればよかった。

だけど、属性魔法は決められた属性を魔法として使うため、無属性魔法とはルールが違う。

ボクの属性魔法は、《睡眠》と《怠惰》の二つだ。

属性魔法について理解を深めていくと、どちらも凄いチート魔法だった。

ただ、使うためには訓練が必要になる。

将来のボクにとって、素晴らしい力になってくれることは間違いない。

マルさんに鑑定してもらって告げられた時は、固有魔法と呼ばれる基本的な魔法呪文の存在が理解できた。

《火》を授かった子には、《点火》、《ファイヤーボール》、《ファイヤーアロー》、という三つの固有魔法を使えるようになる。

《点火》は、指先に火を灯してライターのように使うことができるようになる。

《ファイヤーボール》は、灯した火をボールのように固める。

《ファイヤーアロー》は、固めた火を矢のように飛ばす。

つまり、
《点火》は、火を発現させて着火を覚える初歩魔法。

《ファイヤーボール》は、魔力を練って固める訓練をする初歩魔法。

《ファイヤーアロー》は、固める魔力を飛ばすための初歩魔法。

それらを知識として得られた後は、繰り返して熟練度を上げていくしかない。

ボクが習得した《睡眠》の場合ならば、

《スリープ》、《スリープタイム》、《スリープデリート》の三つの固有魔法を使える。

《スリープ》は、触れている対象を眠らせられる。

これは自分にもかけることが出来て、眠らせる時間はランダムになる。

寝る時間はその人の魔力抵抗力や、ボク自身が込める魔力によって睡眠の深さや長さが変わってくるのでランダムになってしまう。

《スリープタイム》は、触れている対象を眠らせる時間を指定できる。

八時間と指定すれば、何をしてもその人は絶対に八時間は起きない。

つまり、殺されそうになっても、痛みを感じても、起きることはない。

《スリープデリート》は、スリープを仕掛けた相手や、眠っている人を強制的に起こすことができる。強制睡眠妨害魔法だ。なかなか意地悪な魔法だと思う。

これだけ整理してみれば、属性魔法が強力でチート魔法だと理解できる。

魔法には、魔法耐性や妨害魔法が存在するので、防がれて失敗することがある。

ただ、相手の属性魔法がわからない初見の時に《睡眠》を妨害すると思うだろうか？

魔法耐性や魔法障壁で全方位を防がなければ、魔法を使われても意味がわからないと思う。《怠惰》に至っては、何が起きたのか理解できないかもしれない。

ここまで整理してきたけど、まだ初歩的な固有魔法であり、応用や発展魔法も作り出すことができるようだ。ボクは《睡眠》の応用魔法を思いついた。

ファイヤーアローがあるなら、スリープアローがあってもいいはずだ。

離れた場所にいる相手をスリープアローで眠らせられたら、触れなくても眠らせられる。

テスト中に先生を眠らせておけば、カンニングをやりたい放題だね。

属性魔法の実験に明け暮れていると時間が足りない。

第四話　奇跡の出会い

最近は、シロップと交代で料理をしている。

メイドとして、掃除や洗濯、ボクの世話を完璧にできるシロップだけど、料理だけはあまり上手くない。豪快と言えばいいのか、繊細さに欠けているのだ。

今後の課題ではあるんだけど、現在の使用人はデスクストス家が雇っていて、ボクとしては信用できる人間がシロップしかいない。信用できない人が作った料理を食べたくない。

子供の頃は、ご飯を食べた後に体調を崩していたから、この世界の調理法があっていない恐れがある。ふぅ、歳を重ねるごとに悩むことが増えていくような気がする。

最近は毎日、バルに体を渡して朝からお昼にかけて運動をするようにしていた。

その方が、頭がスッキリして属性魔法の実験に入りやすいからだ。

体を動かして汗を流していると人の声がした。

「このまま誰とも会えないで、死んでしまうのでしょうか？」

不安そうな女の子の声が聞こえてきた。

「誰？　誰かいるの？」

「えっ、人がいるのですか？」

どうやら、向こうは誰もいないと思っているようだ。

水浴び中は、シロップも側には近づかないので、突然声がしてビックリした。

ボクはタオルで体を拭きながら、声の主を見るために覗き込む。

そこには、ふくよかな体形をした丸顔の可愛らしい女の子がいた。

「あわわわわわ」

ボクの姿を見て、安堵するかと思ったら、上半身裸のボクを見て慌て始めた。

服装からして、デスクストス家のお茶会に参加している令嬢かな？

シロップから、今日はアイリス姉さんが、お茶会を開いていると聞いた気がする。

ここは離れなので、誰も来ることはないと油断していた。

「お姉さんは、アイリスお姉様のお客様？」

「アイリスお姉様！」

ボクの一つ上に生まれたアイリス・ヒュガロ・デスクストスは、自分の派閥をつくるために、貴族令嬢を招いてお茶会を開いている。

ゲーム本編では、アイリス姉さんは、悪役令嬢として出現する。

《誘惑》の属性魔法は強力なので、倒すのに苦労した覚えがある。

「アイリス様の弟君ですか？」

「うん。ボクはリューク・ヒュガロ・デスクストスだよ」

上半身を拭こうと肩にかけていたタオルを外すと、女の子は急に慌て出して土下座のポーズになった。

「あわわわわわわわっあわわわわわわわ、私は！　カリビアン伯爵家のカリン・シー・カリビアンと申します！」

なんだか、見ていて面白い人だな。

「ふふ、カリンお姉さんって面白いね」

ボクが褒めると、目の前の少女の瞳がハートマークに変わってしまう。

好意を持ってくれたのかな？　悪い子には見えない。

でも、どうして土下座ポーズのままでいるんだろう？

家族から無関心な瞳を向けられてきた反動で、相手の好意や悪意に敏感になってしまっている。

カリンお姉さんが、好意的な目を向けてくれるなら別に裸ぐらい見ても良いのに。

「ねぇ、カリンお姉さん。お姉さんも貴族なら属性魔法を使えるの？」

「はっはい、使えます！」

「ボク、魔法が好きなんだ。カリンお姉さんの属性魔法を見せてくれる？」

「はい、喜んで！」

どこの店の店員さんだよ。

元気よく返事をしたカリンお姉さんが立ち上がって、自分のスカートを捲り上げる。

スカートの下にはかぼちゃパンツと、ポーチが隠されていて、ポーチから調理器具が出てきた。

他にも食材や鍋など料理の準備がされていく。

「うわ～凄いね。それが魔法？」

「違いますわ。マジックポーチですわ。今から魔法を使いますので、服を着てくださいませ」

えっ？　今のが魔法じゃないの？　あの小さなポーチはマジックポーチなの？

見た目よりも、容量が大きくてたくさんの物を入れられる異世界の不思議アイテム!!

ボクは、マジックポーチに興味を惹かれながらも、言われた通りに服を着た。

「私の属性魔法は、《料理》ですわ」

「《料理》、属性魔法で器具を出したの？」

どこからが《料理》の魔法で、どこからマジックポーチなのか説明をしてほしい。

「いきますわ！」

料理を開始したカリンお姉さんの動きは、洗練された達人のように澱《よど》みがなく。

その表情は真剣でありながら楽しそうで見惚れてしまう。

《料理》の属性魔法は、カリンお姉さんの能力を引き上げてくれるのかな？

「有り合わせになりますが、ムーンラビットの香草スープを作りました。どうぞ召し上がれ」

「うわ～美味しそうな匂いだね。いただきます」

食欲がそそられる匂いだけじゃなく、属性魔法で作られた《料理》に興味が尽きない。

ボクはスープを口にした。

ヤバッ美味い！　そう思った時にはスープを飲み干していた。

今まで、前世も含めた記憶の中で一番美味しい料理だった。

「美味しい。それにこれはバフ効果かな？　うん。これは凄い」

食べた後に力が漲ってくる。

補助魔法が付与された料理を食べることで、体を強くできる。

「ねぇ、カリンお姉さん」

「はっ、はいですわ」

「ボクが大人になったら、ボクのために毎日スープを作ってくれない？」

彼女を絶対に逃してはいけない。伯爵令嬢だと名乗っていた。

これはボクにとって奇跡的な出会いだ。シロップが苦手な料理が得意な女の子。

将来的に、公爵家が取り潰しになったとしても、彼女の家ならお金持ちだ。

養ってもらうことができるはずだ。彼女の視線はボクへ好意を抱いている。

この美味しい料理は、怠惰な生活を送りたいボクには絶対に必要になる。

「ボクと結婚してよ」

ボクは伯爵家に婿入りを決めた。

絶対にカリンお姉さんと結婚するんだ。

美味しい料理のために。

「プロポーズでしたわ！」

◇

ボクのプロポーズは、カリンお姉さんがカリビアン伯爵様に伝えてくれたので、正式に成立した。

デスクストス公爵には、シロップの方から伝えてもらった。

「好きにすればいいと……」

本当にボクに無関心なんだな。まぁ面倒なことがないだけありがたい。

正式なカリビアン伯爵との会談が組まれて、カリビアン伯爵が経営する海鮮レストランを訪れた。

父上とは別の馬車で向かうことになり、後から合流するのかと思っていた。

だけど、父上が現れることはなかった。

カリビアン伯爵曰く、すでに父上とカリビアン伯爵の間で挨拶を済ませているそうだ。

伯爵には問題はないと言ってもらえた。

家同士の結婚だよ。

しかも上位貴族……それで良いのかな。

とにかく、父上は何がなんでもボクとの同席は嫌だってことだね。

まぁ、ここに父上が来たとしても、良いことはない。

カリンお姉さんが、父上の威圧におびえてしまうからね。

カリビアン伯爵は、海の男という印象の快活《かいかつ》な人だった。

小麦色に焼けた肌、海と船で鍛え上げられた筋骨隆々な身体。

豪快に笑う姿は、海賊のようにも見えるほど荒々しい。

「本当に私でよろしいのでしょうか？」

カリンお姉さんから不安そうな声が漏れる。

何が不安なんだろう。

確かに、見た目はふくよかではあるけれど、まだまだ十二歳で発展途上。

いや、胸元はご立派なほど育っていて、丸顔はむしろ可愛い。

それにカリンお姉さんの魅力は見た目以上に、世界中の料理を作ることができる才能だと思う。

むしろ、デスクストス家の肩書きがなければ、ボクの方こそ何もない。

「ボクの方こそ、公爵家の次男です。跡を継ぐこともできません。ですから、カリビアン家に差し出せるのは、この身だけです。結婚後は、婿養子になります。よろしいでしょうか？」

現在は、カリンお姉さんに兄弟はいないので、ボクにとっては都合が良い。

後々、弟でも生まれたなら、カリンお姉さんは弟に家督を譲ればいい。

ボクとしては、カリンお姉さんの料理の腕を生かして、レストランをやれば上手くいくんじゃないかという気がする。

「リューク君からカリンへ告白したと聞いてはいる。だが、カリンの見た目を悪く言う子もいる」

アイリス姉さんは綺麗な子が好きなので、カリンお姉さんの見た目を貶《けな》して悪く言ったりするそうです。家族がすみません。

「君はカリンの内面を見て選んでくれたことに、私はそれだけで感謝しているよ」

すいません。内面も優しそうだと思いましたが、料理の腕に惚れ込みました。

それに伯爵家の娘さんなら養ってくれると思って決めました。

「カリビアン家としては、リューク君を歓迎するつもりだ。カリンも、君のことを心から好きだと言っているんだ。何も問題はないよ。ガハハハ！」

「お父様、もう」

「うむ。娘は可愛い。しかし、見たところリューク君は色白で日に弱そうに見えるが、カリビアン家に来て海の仕事をするのは大丈夫なのかね。海運業は、当主自ら海に出ることもあるんだぞ」

カリビアン伯爵の意見はもっともだ。

体は引き締まって細いだけなんだけど、海運業は筋肉があればいいと言うわけではない。

一番の敵は紫外線だ。

「それは問題ありません。日焼け止めを塗りますので」

そうすれば日焼け対策はバッチリだ。

「そっ、そうか」

それに、海に出た船の上でもバルに乗っていればいい。

船酔いもなければ、重い物はバルが運んでくれるので、ボクが働くことはない。

ボクはどこでも寝ているだけだ。

「そろそろ邪魔者は消えるとしよう。カリン」

「はい。お父様」

「父さんは、仕事に戻るから、あとは二人で楽しくお話をしてきなさい。リューク君も娘を頼むぞ」

「かしこまりました。お義父さん」

「気が早いぞ。ガハハハ」

カリビアン伯爵は、好感の持てる人だった。

最後まで豪快に笑って退出していった。

「あっあの、リューク様」

「何かな」

決意を込めたように、真っ直ぐな瞳でカリンお姉さんがボクを見る。

「私、綺麗になりたいのです」

本当に決意表明だった。

ボクは一瞬だけ思考をフリーズさせる。

カリンお姉さんが何を言っているのか、考えてみるけどわからない。

「うん。カリンお姉さんは可愛いよ」

「違うのです。リューク様は、男性なのに綺麗です。噂では、幼い頃から美容と健康について独自の方法を実践されていたと聞き及んでおります」

誰から？　まぁ、カリンお姉さんと繋がるデスクストスは一人しかいないから、アイリス姉さんから聞いたんだろうけど。

デスクストス家って無関心に見えて監視しているのかな。

「私も、リューク様の隣に並ぶために綺麗になりたいのです」

「う〜ん。手伝うことはできるけど、厳しいよ」

ボクなりの美容知識や健康知識、ダイエット知識などもある。

「覚悟しています。私でも綺麗になれますか」

「うん。凄く簡単な方法でなれるよ」

「うぇぇ、簡単なのですか」

ボクの属性魔法と、バルを使えばダイエットは簡単にできてしまう。

ただ、ダイエットをすれば綺麗になれるとはボクは思っていない。

「ボクはね。カリンお姉さん」

「カリンと呼んでほしいですわ。私もリュークとお呼びしても」

「いいよ」

ボクは、これから話す内容をカリン以外に聞かれたくなかったので、海鮮レストランを出た。カリンを連れて屋敷に戻ってきて、ボクの部屋にカリンを招き入れる。

アイリス姉さん情報を聞いた後なので、シロップに聞き耳を立てる間者がいないか見張ってもらうことにした。

「カリン。ボクがしてあげられることは、ボクの魔法を使って運動をさせてあげることだ。運動を強制して、強引に眠りにつかせることで体を引き締める」

「魔法を利用したダイエットですか？」

「うん。ボクの属性魔法は、《睡眠》と《怠惰》の二つなんだ」

「二属性持ち。凄いですわね」

「ありがとう。ボクの属性魔法と無属性魔法を使えば、簡単にダイエットができてしまうんだ」

「簡単に、どうすればいいんですの？」

ボクは、魔力を練ってバルを作り出した。

「なんですの」

「これはバル。バル、挨拶して」

「m(_ _)m」

「まぁ可愛いですのね」

どうやらバルに対して悪い印象はないようだ。

「カリン、運動は得意？」

「……苦手ですわ。でも、力持ちですのよ」

体に脂肪がついていると、体が重くて運動は苦手に感じるよね。

逆に力は出るから料理をするカリンには良いんだろう。

「全然問題ないよ。運動はバルがしてくれるから」

「えっ、バルちゃんが。バルちゃんは何ができますの？」

シロップに見せたように、バルの使い方を実践して見せる。

「凄いですわ。リューク様は格闘家でしたのね」

「違うよ。これは全てバルがボクの身体を動かして勝手にしてくれるんだ」

「バルちゃんが、どうなっているのでしょうか？」

スリープタイムでカリンを一時間だけ寝かせる。

バルはボクの脳内とリンクしているので、ボクが記憶している運動方法をカリンに行わせることができる。

最初は、体を慣らすために有酸素運動から開始する。

「ハァハァハァ、寝ていただけなのに凄く疲れていますわ。これは意識がないのに、楽なのでしょうか？」

一時間だけ強制的に寝かされて、バルで運動をさせられる。

覚醒したカリンは、体に残る痛みのせいで混乱しているようだ。

「慣れない間は、体への負荷が少ない運動をしてもらうつもりだよ。それでも筋肉はついてくるから体には痛みが出るよ。それは我慢してね」

ボクは、筋肉痛で動けないカリンに対して回復魔法をかけてあげる。

「がっ、頑張りますわ」

カリンにとって綺麗になりたい＝痩せたいと言う理由は理解できた。

だけど、料理が得意なカリンが、料理をやめて食事をしないで痩せるのはナンセンスだ。

ボクにとっても、カリンが料理をしないなんて嬉しくない。

料理は技術だから、カリンには料理の腕を磨いてほしい。

ボクの目的を叶えるためには、カリンには料理上手なまま綺麗になってもらう。

「運動の次は外見的な美容だね。洗顔、化粧水、乳液、保湿クリームはしている？」

「はい。毎日しておりますわ」

「では、いつものやり方を見せてくれる？」

シロップの時も思ったが、洗顔は存在している。

だけど、正しい遣り方をわかっていない節がある。

カリンは、シロップよりはマシだったけど、石鹸を泡立てることなく顔に塗っていた。

塗られた石鹸を洗い流して、終わり。

ボクは横で石鹸を泡立てて、正しい洗顔を指導した。

「そんなやり方では汚れが落ちないのでは？」

「汚れは石鹸の泡が自然に浮き出させて落としてくれるんだ。ゴシゴシと摩擦することで肌を傷つけてしまうんだよ。カリンはゴシゴシと洗っていたんじゃないかい？」

「しておりましたわ」

素直に言うことを聞いてくれるので、一つ一つ説明をしていく。

カリンは好奇心旺盛で頭もいい。説明をすれば理解してくれる。

「それは綺麗な肌を傷つけてしまうんだ。正しい洗顔の仕方として、まずはしっかりと泡立てて、ぬるいお湯でゆっくりと洗い流していく。この時もゴシゴシはダメだよ」

ボクは実践しながら、カリンにやり方を指導していく。

ダイエットをして、急激に痩せても健康には良くない。

美味しい食事、運動、美容の正しい知識を使って、健康的なダイエットをしないとね。

カリンが得意な料理で、美味しいダイエットメニューを考えてみるのも面白い。

◇

カリンと婚約が決まってから、ボクは外へ出かけることが多くなった。

シロップが御者をしてくれる馬車に乗って向かうのは孤児院だ。

通人至上主義を謳う教会をボクはあまり好きではない。

だけど、カリンは迷える孤児たちに食事の提供をしている。

それにも意味はあるんだけど、ボクは孤児院に行く際にカリンに連れ出される。

カリンとしては、ボクが提供したダイエットメニューの開発にハマっていて、作りすぎた料理を孤児院に提供している。

カリンは料理の実験ができて、食べきれない食事は孤児たちが食べて元気になる。

ウィンウィンの関係が結べて最高だね。

ダイエットメニューは、蒸し鶏のサラダや大豆をアレンジして作られた料理で、ヘルシーかつ栄養が豊富に含まれた食材を多く使っている。

カリンが健康的に痩せられるメニューを考え抜いた。

ボクの提案を面白いと言って、カリンは次々と新メニューの料理を開発している。

最近のお気に入りは、豆腐ハンバーグとお味噌汁だね。

異世界に転生して和風料理が食べられることが嬉しい。

「カリン。今日もするの？」

「もちろんです。提案してくれたのはリュークですよ」

「そうだけど、これだけ毎日しなくても」

あまりにも多くの料理を試作で作るので、食べ過ぎは体に良くない。

そこでボクが提案してしまったのだ。食べる物が少ない孤児にでもあげればと……。

それからほぼ毎日孤児院に駆り出されている。

孤児院はいくつかあって、毎日違うところに行くので、そりゃ毎日行く必要があるのかもしれないけど、ボクはあまり家から出たくない。

のんびりと怠惰に過ごしたい。

それに孤児院はどこも汚い。

クリーンが使えるからって、家全体が綺麗になるわけじゃない。

孤児たちはクリーンも使えないから余計に汚くて、衛生面もよろしくない。

「病気になった子がいるですって？」

カリンに助けを求めた少女がいた。

どうやら病人が出たようだ。

孤児院は教会の傘下だが、神官に診てもらえば金銭を要求されてしまう。

本当にこの国の教会はボクには合わないね。

管理しているんだから、お金を取らずに診ればいいのに。

「仕方ないなぁ。診せて」

孤児院の中は埃っぽくてお世辞にも綺麗な環境だとは言えない。

ボクは環境のチェックを終えて、病人がいる部屋へと入った。

十歳ぐらいの男の子が、苦しそうにベッドで寝かされている。

その横には痩せ細った姉が心配そうに弟の世話をしていた。

ボクは症状を診て、ただの風邪を拗らせただけだと理解できた。

放っておけば肺炎になって死んでしまうだろう。回復魔法をかけて治療していく。

結構、危ない状態だった。

ボクが回復魔法が得意で、前世の知識がなかったら治せなかった。

「いくら払えば……！」

怯えた表情をした痩せ細った姉は、お金を払うという。

孤児にお金を求めるなんてことはしない。

だって、ボクはデスクストス公爵家の子息でお金には困っていないからね。

「お金なんていらないよ。君たちに魔法をかけたのは、魔法の実験をするためだからね。むしろ、君の弟を実験体にしたんだ。回復魔法で病気が治ることもわかったからね。逆にこちらがお礼をしないといけないいね」

ボクが何を言っているのかわからないという顔をしていた。

姉の方は利発そうな顔をしているのに環境が悪すぎる。

孤児院に金貨五十枚を寄付した。

院長には孤児院の衛生管理の重要性と、ここで暮らしている子供たちへ教育を施すように言いつけておく。

「シロップ」

「はい。リューク様」

「公爵家って、腐ってしまうほどお金を持っているよね。腐るぐらいなら、どこかに捨てた方がいいとボクは思うんだ。だけど、捨てるぐらいならここで使っても問題ないよね。院長、ボクは考えるのが面倒なんだ。拒否はなしだよ」

「はっ、はい。デスクストス公爵様。いえ、リューク様の仰せのままに」

院長は土下座する勢いで、金貨を受け取った。

カリンに付き合って、孤児院に来たけど、色々と実験ができて面白いかもね。

それからは、病気や怪我、魔物や毒などで侵された子供に対して、回復魔法がどこまで効果があるのか実験を繰り返した。

第五話　チョーカー

婚約をしてから三年の月日が流れた。

カリンは健康的なダイエットを成功させた。

丸顔の可愛いさを残したまま、運動をして引き締まったお腹はくびれてプロポーションがよくなった。

健康的な食事を続けたことで、ビッグなお胸だけは自己主張が激しいままだ。

可愛さと女性らしさを兼ね備えた女性へと成長を遂げたカリンは完璧だね。

元々可愛かったけど、さらに磨きがかかって最近は王都で人気があるらしい。

それでもカリンは、毎日のようにボクに会いに来てくれる。

そして、ボクのために料理を作ってくれるようになった。

カリンが作る料理を食べると、バフ効果を得られるのはもちろんだけど、体調面も良くなって、美容にもいいので、やっぱり食事は大切だと実感する。

十四歳になったことで、身長はテスタ兄上よりも高くなった。

腕や足も長くなって、バルと続けている運動のおかげで体も引き締まっている。

理想的な体形をイメージ通りにつくれた。

見た目の美しさ、肉体のしなやかさ、身体に覚えさせた体術、リュークが持っていた魔法の才能……、今のボクにキモデブガマガエルの要素は何一つない。

そして、ボクは一つの答えを見つけつつあった。

どうしてリュークはキモデブガマガエルになったのか？

カリンと出会ったことで、料理や食べ物の重要性を詳しく知ることができた。

孤児院では、回復魔法を使ったことで、病気や異常状態にも回復魔法が効果を発揮することがわかった。

ボクが幼いときに、どうして食事をした後に体調を崩していたのか、その答えに対して、そろそろ決着をつけなければならない。

いつもの時間になってもカリンがやってこない。

ついつい、考え事に時間を費やしてしまったけど、いくら待ってもカリンが来ない。

今年の春から、アレシダス王立学園に通うカリンと一緒に過ごせる時間は後少ししかないので、少しでも長い時間を一緒に過ごしたいのに……。

「捜しにいくしかないね」

本邸近くに行くのはあまり好きじゃない。

今の時間なら、父上と兄上は仕事に行っていて、カリンを捕まえる人は一人しかいない。

「アイリス姉さん」

カリンに対して、睨《にら》みつけるような視線で深々と椅子へ座る絶世の美女がそこにいる。

ピンク色をした髪に、同じピンク色の瞳と唇。

一つ上だとは思えないプロポーションは、大勢の男性を魅了して、その顔は美しさと愛らしさを併せ持つ。

アイリス姉さんを王国の美の女神と呼ぶ人がいて、幼い頃からの美しさをますます成長させている。

「あら、リューク。どうしたんですの？」

悪びれた様子もなく、カリンを引き留めていた張本人に問いかけられる。

全く自分は悪くないという態度には呆れてしまう。

「カリンを連れて行っても良いかな？」

「わたくしのお茶会を邪魔するつもりですの？」

アイリス姉さんが、怒った顔をしてボクを睨みつける。

「アイリス姉さんが、ボクに会いに来たカリンを連れ去ってしまったんだよ。ボクは、連れ去られた姫君を連れ戻しに来ただけだ」

ボクはアイリス姉さんの目の前に来て瞳を合わせる。

アイリス姉さんは、世間では魔性の女などと呼ばれている。

確かに見た目は綺麗だけど、カリンの方が可愛いからボクには効かないよ。

じっと、瞳を見つめていると炎が宿っているように感じる。

アイリス姉さんと瞳を合わせた男性は、姉さんを自分の物にしたいと思ってしまう。

ボクは全く思わないけどね。じっと見ているとアイリス姉さんの顔が赤くなっていく。

そして、次第に惚けるような顔になってきた。

「わっ私も、アイリス様とお話がしたかったのです。リューク、ごめんなさい」

「カリンは悪くないよ。アイリス姉さん、もういいでしょ？」

視線を逸らすと、アイリス姉さんも顔を背けてしまった。

「好きにすればいいですの。カリンとは学園に行けば、いくらでも会えますの」

「アイリス姉さんだけズルい。来年はボクも学園に行くからね。カリン、待っててね」

「あわわわ、美しいお二人が私を取り合って、あわわわわ」

慌てているカリンは可愛い。アイリス姉さんは不機嫌そうだ。

急いで、この場を離れたいけど、ご機嫌ぐらいはとっておこうかな。

「アイリス姉さん、ボクが来てから綺麗な顔が恐くなってるよ。アイリス姉さんも、もうすぐ学園でしょ。頑張ってね。アイリス姉さんの希少魔法も凄いんだから」

アイリス姉さんにエールを送ったけど、返事はなかった。

なんだか、息を荒くしていたから胸でも苦しいのかな。ちょっと心配だけど、ボクが心配しても余計に機嫌が悪くなりそうなので立ち去ることにした。

◇

婚約が決まってからの三年間は楽しかった。

カリンに連れられて様々な経験をすることができた。

掃除や洗濯、それ以外の世話をシロップがしてくれて、料理はカリンが、運動や美容はバルがしてくれているので、着実にボクの怠惰ライフが充実しつつある。

カリンは行動的な性格で、ボクの提案をすぐに実行してしまう人だった。

ある時は、孤児院で炊き出しを始めて。

ある時は、ダイエットメニューの研究を開始して、ボクの言ったメニューを作り出した。

ある時は、将来のためにレストランでもしたいねと話していると、ダイエットメニューを中心にした女性向けのレストランを造ってしまった。

そんな日々も、カリンがアレシダス王立学園に入学したことで終わりを告げてしまう。

「リューク様、本日も本を読まれて過ごされますか？」

シロップは二十一歳になり、大人の女性として魅力的に成長を遂げた。

肌艶も良くなり、尻尾の毛並みもふわふわで気持ちいい。

百八十センチの身長でモデルように美しい体形になった。

街を歩けば男性の視線を集めることだろう。

膝枕をしてもらったら、細くて成長していなかった昔と違って心地良い。

「そうだね。たまにはお出かけしても良いかもね」

「珍しいですね。リューク様がお出かけされるなんて」

「まぁね、ボクも来年には学園に行かなければならないからね。少しだけ世間に目を向けようと思ってるよ」

来年に向けて街を見て、買い物をしておきたい。

「それは良いことだと思います。それではご準備をしますね」

カリンがアレシダス王立学園に入ってからは、外出をしていない。

買い物は全てシロップに頼めば買って来てくれるし、どうしてもボクが選びたい時は商人に来てもらえばいい。マルさん以外に友達もいないので、会いたい人もいない。

ボクの生活は、カリンとシロップ、それにバルがいれば完結してしまう。

三年間は、カリンのダイエットのためにバルを使っていた。

カリンの筋肉痛を回復させてあげたり、ダイエットメニューの案を考えて提出したり、レストランの下見や孤児院への付き添いとか、何かと忙しかった。

シロップが御者をする馬車で三人で走り回った。

「馬車の準備ができました。今日はどこへ行かれるのですか?」

シロップは、綺麗な尻尾をロングスカートの中に隠し、犬耳を帽子の中へしまって変装を完成させる。

通人至上主義のせいで、シロップたち獣人は蔑みの視線を向けられる。

そのための変装をしているけど、いつかそんな教えがなくなればいいのに。

「行きたいところがあるんだ」

「本当に珍しいですね。雨が降らなければ良いのですが」

「はは、雨は降るかもね。雨が降ってもお出かけするから付き合ってね」

「かしこまりました。本当に珍しい」

お出かけすることはシロップも嬉しいようだ。獣人にとって、街を歩くのは気分が良くないはずがない。それでもボクと一緒に出かけられるのを喜んでくれている。

「じゃ、行こうか」

公爵家の家紋が入った馬車に乗り込んだ。公爵家の家紋を見た平民は道を空けてくれる。大抵の貴族たちも家紋を見て道を譲ってくれる。最高だね‼　権力って‼

ボクはバルによって馬車の中にクッションを作り出す。

揺れる馬車もバルがいれば快適になるからバル万能。

シロップは御者として馬車を走らせて街へと入る。

特権階級である公爵家の家紋を見せつければ、どこでも行きたい放題だ。

「リューク様、街へ入りました。どこへ向かわれますか」

小窓を開いたシロップに問いかけられて、ボクは行き先を告げる。

「マイド大商店までお願い」

「かしこまりました」

マイド大商店は、所謂《いわゆる》大手のデパートだ。ゲーム内にも登場する。

各階層で売っている物が違うため、ゲームの主人公として訪れた時は、アイテムや装備、好感度を上げる女の子へのプレゼントなどを買いに行く場所として使う。

「マイド大商店は、人が多いですが大丈夫ですか？」

「仕方ないよ。見たい物があるんだ」

「かしこまりました」

シロップは、御者をするのが好きだ。馬車の操縦を好きだというのは変かもしれないけど、体を動かすことが好きなシロップは、巧みな綱捌きで馬車を操縦する。

「到着しました」

「速いね」

「公爵家の馬車を塞ぐ者はおりませんので」

シロップが、公爵家の馬車でスピード狂にならなければいいけどね。

「入ろうか、シロップも欲しい物があれば好きに買っていいからね。どうせお金はデスクストス公爵家に請求が行くんだから」

「ありがとうございます」

ボクに無関心な父上は、お金をいくら使っても気にしない。

やりたい放題しても問題ない。

まぁボクなりに節度は持って使ってはいるつもりだけどね。

店内に入っていくと、客たちの視線がこちらへ集まる。

すぐに一人の男によって視線が遮られた。

「ようこそいらっしゃいました。デスクストス公爵家のリューク様ですね」

名乗ってもいないのに、ボクの素性を言い当てた男性は、身なりが整っている。

顔を見て、ボクはその理由を納得した。目の前の男はゲームにも登場する。

「ボクのこと、知ってるの」

「商売人たるもの、情報こそが武器ですので、こちらでは人が多くてゆっくりと商品のご紹介ができません。どうぞこちらへ」

身なりの良い男性に案内されて、賓客用の部屋へと通される。

ゲームの知識があっても、初対面であることは間違いないので、知らぬ演技はしておく。

賓客用の豪華な部屋には、大きなテーブルとフカフカなソファー、専属給仕をしてくれる綺麗なお姉さんがいて、飲み物やお菓子が食べ飲み放題になっていた。

貴族の中でも、最上級の公爵家はどこでもおもてなしが凄いね。

「わたくしはマイド大商店の店主、モースキー・マイドと申します。リューク様におかれましては、ご来店していただきありがとうございます。私のようなむさくるしい年配の男では、つまらないでしょうから。本日は我が娘にご案内をさせていただきます」

モースキーは四十歳前後なので、年配というほどの感じは受けない。

気の良いオジサンと言った印象で、態度も丁寧で悪い印象は持っていない。

紹介された少女が姿を見せる。

褐色の肌に編み込まれた赤茶の髪がエキゾチックな魅力を持つ女性だ。

胸元はカリンに負けないほど立派に育っていた。

服装は奇抜に見える柄物のワンピースで、彼女に良く似合っている。

「お初にお目にかかります。モースキー・マイドが娘、アカリ・マイドです」

ボクは、彼女に会うためにここにやってきた。

彼女は、ゲームの攻略対象であるメインヒロインの一人なのだ。

ゲームでは、学園パートで立身出世パートに向かうためにメインヒロインを攻略して、立身出世時の立場を決める必要がある。

アカリ・マイドを攻略すると、ゲームの主人公は商人として立身出世パートを始めることになる。

マイド大商店に来た目的は彼女を一目見たいと思ったからだ。

まさか接客してもらえるとは思わなくてラッキーだね。

「リューク・ヒュガロ・デスクストスだよ。こっちはシロップだ」

「シロップでございます」

「リューク様、シロップ様ですね。よろしゅうお願い申し上げます」

アカリは、シロップにも丁寧に挨拶をしてくれた。

今のシロップは帽子を脱いで、獣人である正体を明かしている。

アカリは蔑む視線を一切向けることはない。

大好きなゲームのヒロインの一人だから、会ってみたいと思っていた。

アカリの性格は商売に厳しいが、ノリが良くて優しいことがわかって嬉しい。

気分よく色々な物を見せてもらって、オススメ商品のほとんどを購入した。

目玉商品は《魔導ドライヤー》と《魔導美顔器》は絶対購入だね。

「シロップは何が欲しい？」

「私は別に……」

遠慮しているのか、シロップはあまり自己主張をしない。

日頃の感謝も込めて、何か買ってほしい。

「でしたら、こちらのチョーカーはいかがですか？」

どうしたら良いかと思案していると、アカリが可愛い赤いチョーカーを見せてくれる。

白い髪をしているシロップに赤いチョーカーはよく似合う。

「まぁ、素敵ですね。ですが……」

チョーカーを気に入ったのか、一瞬だけシロップが嬉しそうな顔をした。

アカリのチョイスが正解であることは表情でわかった。

「それをもらうよ」

「どうも、おおきに」

「リューク様！」

「いつもシロップにはお世話になっているからね。お礼だと思って」

ボクはアカリからチョーカーを受け取ると、シロップの首へと巻いてあげる。

チョーカーに付けられている鍵はアクセサリーなので取り外しには関係ない。

ボクがシロップを縛る首輪に見えるのは、気のせいだよね？

「まぁ素敵です」

「よく似合っております」

鏡の前でシロップは着けられたチョーカーを見て喜んでいる。

「シロップが喜んでくれたならよかったかな」

攻略対象のメインヒロインのアカリに出会えたのは、ボクにとって満足いくお出かけだった。

第六話　キモデブガマガエルの真実

ボクにはずっと気になっていたことがある。

どうして、リュークはキモデブガマガエル姿になったのだろう？

ただ、怠惰に食事を食べ続けて、運動もしないで、衛生管理も度外視で生活をしたとして鏡に映るボクの姿から、あそこまで醜くなるとは思えない。

美容と健康を頑張って、運動も魔法も努力して出来上がったボクは自他共に認めるイケメンで、むしろその辺のイケメンより美しい。

ボクの記憶にあるキモデブガマガエルのリュークは、顔中が太って醜く腫れ上がり、ニキビ、や吹き出物、イボなどができて大きく腫れて成長をとげていた。

さらに日焼け後なのかわからないシミや変色した皮膚が顔にマダラに点在していた。

そんな状態に普通の生活をしていて、なるのだろうか？　そうは思えない。

そこで、カリンに食事について質問をしたことがある。

「カリン。食べ過ぎたり、人の体を変化させてしまうほどの食べ物ってあるのかな？」

前世の記憶があるボクは、アレルギー体質や、体に合わない食べ物があることは理解している。

そういう物を食べた時に全身にぶつぶつができる人を見たことはある。

他にもチアノーゼ、下痢、嘔吐、頭痛、吐き気、など顔を変質させる物とは反応が違うように思える。

キモデブガマガエルのリュークのように全身に様々な症状が出るのはおかしい。

「ないこともないですが、そのほとんどは毒ですわね」

「毒？」

「ええ、毒は薬として使われることもあって、私も薬膳料理などを勉強する際に知りましたが、材料の中には毒を混ぜて、体を変質させたり、死をもたらしたりする物があるそうです」

ボクは、今まで毒の可能性は一切考えていなかった。

単純に、リュークの体が太りやすく、胃腸などが悪いのかと思っていた。

だけど、ボクが転生をした直後、リュークは高熱を出して倒れたとシロップが言っていた。

それはボクの誕生日で、コックや執事長が腕によりをかけて料理をしてくれた日だった。

「そういえば、リューク様が倒れた当初。他のメイドさんが毒を盛られたのではないかと、口にしていた人がいました。毒の中には容姿を変貌させてしまう物もあるとか」

毒を盛るとして、一体誰が？　リュークを殺そうとするのだろうか？

ボクは、毒を盛られたことを考慮して、当時のことを調べ出した。

そこでわかったのは、五歳の誕生日までボクは太ってはいたが、健康的な体をしていた。

そして、五歳の誕生日を迎えて以降、コックをしていた者は辞めさせられていた。

それ以降は、執事長がボクの料理を作っていたこと。

六歳になって自分で料理をするまで、ずっと執事長が料理をしていた。

その間、ボクは体調を崩し続けていた。

魔力が枯渇して気分が悪いと思っていたけど、決まって食事の後に気分が悪くなって回復魔法をかけていた。

回復魔法は、孤児たちに使うことで、怪我、病気、異常状態（毒）にも効果があることはわかっている。


全てが繋がった。

◇

ボクは誰も来ない部屋のカーテンを閉め切って、ある人物と向かい合う。

「やぁ、執事長」

目の前には、目と口を塞がれた執事長が、椅子に縛られて座らされている。

ボクの他には誰もいない。シロップにも何も告げていない。こんな姿をシロップに見せたくはないからね。

「ボクは考えたんだ。どうしてリュークはキモデブガマガエルになってしまったのかって。普通に成長していけば、太っちょになっただろうけど、あそこまで酷い顔にはならなかったはずだよね」

執事長は、ボクが言っている言葉が理解できないと沈黙を守っている。

「きっとね。ボクに毒を盛った人がいるんだよね」

毒という言葉に、執事長は体を大きく震えさせた。

「毒の中には、容姿を変貌させる効果のある毒があるんだって、ボクの食事に毒を入れられる人は誰だろう。食事を作る人かな。給仕をしてくれる人かな」

執事長は、大きく喉を鳴らすように唾を呑み込んだ。

口を塞いでいた布をとってあげる。

「わっ私は、デスクストス様から」

「うん。そうなんだね。父上から命令されて毒を盛ったんだよね」

執事長がボクに毒を盛る理由など、それ以外に考えられない。酷くボクを嫌っているならわかるだけど、執事長はボクに対して、いい人でもないけど、悪い人でもない。

じゃあ、執事長に命令できる人は誰なのか。雇い主であるデスクストス公爵に他ならない。

「これは確認だよ。毒を入れたのは君だよね」

「おっ、お許しを」

あっさりと認められてしまった。ボクは悲しさと共につまらなさを感じていた。

もっと抵抗してくれれば、復讐する気持ちも強くなったのに……。

「うん、許すよ。でも、罰は受けてもらう。大丈夫だよ。命までは取らない。仕事も奪わない。ただボクの魔法を使う実験体になってもらうだけだよ」

「何をなさるのですか？」

「君に《怠惰》をプレゼントしてあげる」

殺したところで、父上はきっと興味もないだろう。

だから、ボクは何もしない。

ボクの目の前には虚ろな目をした初老の男がいた。

目につけられた布も、椅子に巻きつけていたロープも、全て取り去っている。

それでも立ち上がることはない。

ただ、そこにいる執事長は、無気力に生きているだけだ。

「これで、デスクストス公爵はボクにとって敵だとハッキリしたね。殺されてなんかやるもんか。無関心に何もしてこないのであれば、ボクだって公爵家のすることを邪魔する気はなかったのに。だけど、そっちがその気なら、ボクはボクの怠惰な生活を守るために動かせてもらうよ」

執事長を残して、ボクは自分の部屋へと帰った。

「リューク様、どちらに行かれていたのですか？」

「ちょっとね。ねぇシロップ。ボクがアレシダス王立学園に行くって言ったら嬉しい？」

「行くのが当たり前だと思っておりました。行かないつもりだったのですか」

ボクの発言にシロップは驚いた顔を見せる。そういう選択肢もあるとボクは思っていた。

今の《怠惰》な生活が守られるなら、ゲームに関与しないで、過ごしていくのもありかと思っていた。

だけど、この家に居れば殺される。《怠惰》に過ごすことができないなら。

「デスクストス公爵家の駒として、使い潰されるぐらいなら、ボクの知識を活かして、ゲームの主人公たちを陰から助けてやるよ。『あくまで怠惰な悪役貴族』として、リュークの役を演じてやる」

ボクがゲームの主人公たちを陰から助けて強くしてやる。

貴族派と王権派が対立できるお膳立てをボクが用意するんだ。

これは自分の生活を守るために、ゲームの世界を知る者として、《怠惰》な生活を守るために、この生に抗うことを選択して、アレシダス王立学園に入学することを決意した。

◇

それから一年が経ち、入学試験の日。

入学者の実力を測るために試験官の前で、実技、魔法、学科の三種目の試験を受けた。

それぞれの首席は、特待生として合格することができる。

ボクは適当に力を抜いて、試験に臨んだ。

会場には、緑色の毛並みに、エメラルドグリーンの瞳をもつ猫獣人の女の子を見つけた。

メインヒロインの一人である冒険者のルビーだ。

可愛い姿に対して、鋭い短剣の技は試験官を倒すほど素晴らしい。

ボクは、彼女が実技をする横で、魔法を放って会場を吹き飛ばした。

首席になるのは嫌なので、試験は適当に受けた。

キモデブガマガエルでも優秀な成績で合格できたから大丈夫だろう。

メインヒロインの一人を見れただけでも、ボクとしては気分がいい。
お気に入りのゲームのキャラに会えるのは、それはそれで楽しみだね。
ボクの家に、合格通知が届いたのは、それから数日後のことだった。

幕間一　デスクストス公爵

我の名はテスタ・ヒュガロ・デスクストスである。

王国公爵家長子として生を享け、将来は父上の跡を継いで宰相となる者だ。

我が家族は、皆優秀な存在ばかりであり、
父、プラウド・ヒュガロ・デスクストスは、歴代最高の宰相である。

母、シイー・ヒュガロ・デスクストスは、王国の宝と呼ばれるほどの美貌を持ち。

妹、アイリス・ヒュガロ・デスクストスは、母の美貌を受け継ぎ、王国の美の女神と呼ばれている。

そして、我は公爵家の次期当主として日々研鑽に励んでいる。

自分で言ってしまえば、我は天才だ。

それに胡座をかくことなく努力を怠らない。

それは我が負けることを何よりも嫌うからだ。

生まれながらにして、我には二属性の魔法が宿っていた。

剣術や学問において、同世代に負ける者はいない。我は一歩も二歩も前を歩いている。

誰にも追い付かせることはない。

誰にも負けることはない。

我は誰にも負けることなど考えたくない。

もしも、負けることを考えれば、相手が王族であろうと許し難い苦痛だ。

我は狂おしいほどの嫉妬で心が埋め尽くされる。

そんな折、四歳離れた腹違いの弟が生まれた。

弟の愛苦しい姿を見て、愛しさと苦しさで我は嫉妬した。

生まれながらに可愛いなど妬ましい。

だが、弟は成長と共に、我とは違う道を歩む者だと認識できた。

公爵家と言っても、他家に侮られないために己を律して、研鑽に励むものだと思ってきた。

そんな我に対して、我儘な振る舞いに暴飲暴食をしてブクブクと醜く太る弟。

我からすれば見るに堪えない愚者へと成り下がった。

その時点で、我は弟への興味を失った。


弟は第二夫人の子だったこともあり、会うこともなく存在すら忘れていた。

アレシダス王立学園に入る準備をしている際に、愚弟を久しぶりに見た。

第二夫人の母を亡くしたことで、完全にデスクストス家とは切り離された存在。

離れに住む愚弟は、今更ながらに魔法の勉強を始めたそうだ。

我の従者をしているアレックスが教えてくれた。

「テスタ様、やっぱりリューク様は頭がおかしいです。男のくせに毎日顔を洗って、化粧水とか乳液を塗って美しさの追求をしているそうです」

アレックスから聞けば聞くほど、愚弟が阿呆だと理解できる。

すでに我にとって、愚弟は嫉妬の対象外となった。

弟が生まれた時、父上はあの愛苦しい姿を見て、後継者を譲るのではないかと危惧した。そんな自分が馬鹿らしい。

あの頭がおかしな者を後継者にするはずがない。

「あれのことは放っておけ」

父上の発言は、母上とアイリスに向けたものだった。

美容を気にし出した愚弟に興味を持った女性たちに苦言を呈したのだ。

母上とアイリスは、家族である我が見ても美しい。

特に妹のアイリスは、世界から愛されるために生まれてきたのではないかと思うほど、美しさと愛らしさを合わせて持っている。

もしも、兄妹でなければ我の物としたい。

めちゃくちゃにして、この嫉妬を全てぶつけたいと思ってしまう。

アイリスから愚弟の名が出ると、久しぶりに愚弟に対して嫉妬が湧いてくる。

母上まで、愚弟と同じことをやり始めた時は流石に止めた。

「母上、おやめください。どうして、あんな奴と同じことをなさるのですか？」

「あなたは男性だから理解できないわね。でもね、テスタ。女とは欲深い生き物なのよ。女性である限り、いつまでも美しい自分でいたいものよ。自らを着飾る欲は尽きないの。それが強欲な女と言うものよ」

母上から返ってきた言葉は、我には理解できないものだった。

男のくせに女性のように着飾る愚弟も、愚弟を真似るアイリスや母上も、我には理解できない。

我は理解できない者には嫉妬はしない。

不要な物として切り捨てるだけだ。

我には、理解できない者たちについて考える時間などない。

そんなことをしている間に、己の研鑽に時間を使った方が有意義である。

十五歳になった我は、学園に通うことが決まっている。

同学年には、優秀と呼び声高い第一王子のユーシュン・ジルド・ボーク・アレシダス。

我が公爵家と同格のガッツ・ソード・マーシャルが入学してくる。

負けるわけにはいかない。

学業であれ、剣術であれ、魔法であってもだ。

我の日課は、研鑽のためにある。

朝食の前に剣を振り。朝食後に勉強に時間を使い。昼食後は魔法を使い。

夕食後は一日のおさらいをする。

その合間で父上の仕事を見学させてもらって、公爵家の仕事を覚える。

父上は口数が少ない方で、丁寧に仕事を教えてくれるわけではない。

だが、黙って仕事を見せてくれる父上の背中が、我は好きだ。

いつか、父上に認められたい。

我が目標だ。

「なぁ聞いたか？」

「あん？　なんだよ」

我が修練場に向かう途中、公爵家に雇われた騎士たちが会話をしていた。

「ああ、希少魔法じゃなかったんだろ？」

「リューク様の属性魔法だよ」

愚弟のことなど興味がなかったが、聞こえてきた声は仕方ない。

「らしいな。なんでも身体強化の延長にすぎなかったそうだぞ」

「まぁ、属性魔法が使えるだけでも、すごいけどな」

「そりゃそうだ」

騎士たちの話を聞いて、我の口元は笑みを浮かべてしまう。

愚弟はどこまでも愚弟でしかない。

最後に我に嫉妬させることがあるのは、愚弟の属性魔法だと思っていた。

最後の心配も杞憂に終わったようだ。

我が公爵家の後継者として、地位を盤石にしたにすぎない。

取るに足らない愚弟のことを考えるだけ無駄ということだ。

これからは学園を共にする者たちをライバルとして研鑽を積む日々を送る。

我は久しぶりに嫉妬に胸を焦がすことなく、上機嫌で眠りにつくことができた

◇

わたくしの名はアイリス・ヒュガロ・デスクストスと申しますの。

この世の美はわたくしのために存在していますの。

私は美しく、美しいが故に誰からも愛されておりますの。

それは兄であれ、父であれ、異性を問わず同性からも愛を受ける存在ですの。

それがわたくし……、アイリス・ヒュガロ・デスクストスですの。

ハァ、溜息すら美しさを醸し出してしまいますの。

わたくしが溜息を吐けば、周りが一緒に溜息を吐いてしまいますの。

最近のわたくしには二つの気になることがありますの……。

一つ目は、弟のリュークのことですの。

一つ下に生まれた腹違いの弟は、子供の頃こそ太っていて醜く見るに堪えない存在でしたの。

美しい物にしか興味のないわたくしは歯牙にもかけておりませんでしたの。

ですが、六歳頃から太っていた身体は痩せて健康的になり、その頃から美しくなるために洗顔や化粧水、乳液などの美容を始めておりましたの。

美しさの追求をする弟にわたくしは感心したものですの。

美しいは正義ですの。

美しいからこそ誰もが愛してくれますの。

ただ、弟はもって生まれた美しさなのか……、男の子なのに美し過ぎますの。

それはわたくしが嫉妬してしまうほど美しく。

ハシタナくも、わたくしは弟と恋人になる妄想してしまいましたの。

ふふ、ハシタナイことを申しましたの。

あらあら、お茶会に来ている令嬢の一人がわたくしを見て鼻血を出してしまいましたの。

ふふ、ダメね。わたくしが美し過ぎて罪なことをしてしまいましたの。

わたくしの中で渦巻く色欲はいつから開花されたのか聞かれたなら、弟を見たときだとハッキリ申し上げられますの。

どこか嫉妬深くスネークのような兄でも、傲慢で獰猛に獲物を狙うグリフォンのような父でもなく。

怠惰でありながら、美しく成長した弟へ情欲を覚えましたの。

弟を見て、色欲を発散させたいと考えてしまいましたの。

ああ、なんて浅ましい我が身なのでしょうか？

ですが、この気持ちを公爵家の女として我慢するということこそ難しいですの。

「あっ、アイリス様。先ほどから溜息ばかり吐いておられますが、大丈夫ですか？　本日は私がご用意したお菓子をお持ちしましたのでいかがですか？」

目の前では私が開いたお茶会に、令嬢達が集まっておられますの。

私が弟を思って下着を濡らしているなど考えもしない顔で過ごされる令嬢たち、なんとも愛らしい子たちですの。

ですが、心配して質問をしてきたのはわたくしに次いで位の高い伯爵家のご令嬢であるカリンですの。醜い顔……、いえ、元は悪くないと思いますの。

太って醜くなった伯爵令嬢のカリンが心配そうな表情で私を見ておりますの。

肉まんのような顔。

カリンが生まれたカリビアン伯爵家は物流を取り仕切る家で、珍しい食材や調理法を誰よりも早く知り得ることができますの。

カリンは幼い頃から料理が好きで、調理を行ったお菓子や料理を、私へ提供してくれるんですの。だけど、彼女自身は自作の料理を食べてブクブクと醜く太ってしまいましたの。

本当に残念な令嬢ですの。

悪い人ではないのだけれど、どうしてもその醜く太った顔を近づけないでほしいですの。

「美味しいですの」

そうなんですの。

カリンが持ってくる物は全て美味しいですの。

美味しいのだけれど、目の前に用意されたマフィンは、どうみてもカロリーが高くて、ずっと食べて良い物ではないように思えますの。

「よかったです。私の手作りなんですわ」

嬉々として微笑むが、頬の肉が盛り上がって怖いんですの。

「カリン。美味しいのだけれど、最近のあなたは見るに堪えないですわ」

「えっ？」

「ご自分で、もうわかっているのではなくて？」

わたくしの言葉に話を聞いていた令嬢達がクスクスと、カリンを馬鹿にするような笑い声を出しましたの。

わたくしはカリンを嫌っている訳ではありませんの。

どうしても美しい物が好きな私としては、カリンの姿が許せませんの。

わたくしの言葉にカリンは涙を浮かべてドレスを握りしめておりますの。

「うっ……」

ですが、仕方ありませんの。

わたくしは言葉を着飾ることをしませんの。

「ごっ、ごめんなさい！」

カリンはそのまま涙を流して走り去って行きましたの。

疲れましたの。

私のもう一つの悩みは友人であるカリンが醜いことですの。

彼女が嫌いではありませんの。

初めてカリンにあったのは、今から十年前ですの。

お互い二歳の頃で、その頃のカリンは愛らしい子供でしたの。

成長と共に元々丸くて可愛かった顔は、大きく醜くなり、今では残念な成長を遂げてしまいましたの。

公爵家令嬢である、わたくしの取り巻きとしては見劣りしてもらっては困るんですの。

「さぁ、皆さん。カリンが作ってくれたお菓子は本当に美味しいですから、食べていってほしいですの」

令嬢達はカリンの体形はバカにしているけれど。

カリンのお菓子をバカにする人はいませんの。

嬉しそうな顔で食べている姿を見れば、彼女の見た目さえ変わってくれれば問題ないんですの。

ああ、友人を心配するわたくしは心も美しい……、で・す・の。


わたくしはあの日の出来事を今でも夢に見ますの。

どうしてわたくしはあんな言葉をかけてしまったんですの？

後悔が浮かんでは消えていくんですの。

「アイリスお姉様、お待ちになって」

三年前、私が醜いと彼女に告げたことで、彼女はお茶会を飛び出して、リュークに会いましたの。

その時の彼女は確かに太って醜い姿をしていましたの。

だけど、この三年で彼女は劇的な変化を遂げましたの。

顔には太かったときの面影の丸顔は残しているけれど、柔らかで可愛らしいふっくらとした唇。

憎たらしいほど魅力的ですの。

わたくしと違って優しそうな瞳をしていますの。

全身から柔らかな雰囲気と、可愛らしさを醸し出しておりますの。

海運業をしていた家のせいで日焼けしていた肌は、今では白く綺麗な輝きを放っていますの。

小まめな日焼け止めと保湿が彼女の肌を綺麗に変えましたの。

可愛いだけでなく、健康的で、美しく成長を遂げたカリンをバカにする人はおりませんの。

「カリン、まだお姉様と呼ぶのは早いのではなくて?」

何よりも腹立たしいのは、弟のリュークと婚約を結んだことですの。

わたくしが……、あの日、カリンに醜いことを伝えなければ、二人が出会うことはなかったんですの。

彼女の態度にイライラして、嫌みを口にしてしまいますの。

こんなわたくしは美しくありませんの。

「ごっごめんなさい」

明るくはなりましたが、元々が謙虚で優しい性格をしていて、それは変わっていませんの。

すぐに謝罪を口にしますの。

カリンの態度はわたくしを刺激しますの。

「ハァ、謝らないで……、わたくしがイジメているみたいですの。惨めになりますの」

カリンは、あの日に発した言葉で泣きながら我が家の敷地を走り回り、弟に遭遇しましたの。弟はその場でカリンへ求婚したそうですの。

《あの》醜く太ったカリンにですの。

信じられない思いでしたの。

まさか、弟が心まで美しいなんて卑怯ですの。

わたくしはいつか強引に弟を手に入れる妄想をしていましたの。

あの醜いカリンが選ばれるなど信じられませんの。

だけど、カリンは弟と正式に婚約するためにガンバリましたの。

醜かった身体はほっそりとしながら、出るところは残し、天真爛漫な愛らしさと美しさを併せ持つ女性へと成長を遂げましたの。

そこは認めてあげても良いですの。

「ハァ、それで？　弟との関係はどこまで進みましたの？」

今日は少し強引に二人きりのお茶会を開催しましたの。

最近のカリンはお茶会に来られないほど忙しくしておりますの。

数年前から、リュークの指示で作り出したダイエットメニューや、ヘルシーなお菓子が王国内で大流行してカリンがモデルとしてダイエットに成功したこともあって、宣伝に拍車をかけましたの。

貴族だけでなく、平民の間でもヘルシーなのに美味しいと評判で、カリンは色々なところへ呼ばれるようになりましたの。

昔から、カリンの料理は美味しかったんですの。

リュークと出会ったことで進化しましたの。

ダイエットを成功させて、美しく健康的に成長を遂げ、料理人として、新たなブームをつくり出して商売を成功させ、見た目も、環境も、全て弟に相応しい存在となりましたの。

まさしく自他共に認めるリュークに相応しい令嬢として、父様からも婚約者として正式に認められましたの。

「聞いてくださいますか？　リューク様が学園を卒業されたら結婚することが決まったのです」

ギリッ！　わたくしは奥歯を噛みしめてしまいましたの。

あれから三年が経ってリュークは、更に美しく成長を遂げましたの。

カリンから提供される食事は、リュークの身体にも影響を与えましたの。

身長は兄であるテスタよりも高くなり、腕や足もスラリと長く。

それでいて身体は引き締まり、肌は光を弾くほどの透明感を誇りますの。

美しさ、しなやかさ、強さ、そして魔法の才能、全てを開花させたリュークは、唯一無二の存在へ昇華しましたの。

この世で唯一わたくしと釣り合う存在として成長を遂げたと言える相手になりましたの。

それなのに……、こんな女に攫われていくなど考えたくもないですの。

「そう、よかったわね」

「はい！　それよりもアイリス様には、数え切れないほどの求婚話が来ているとか？」

自分の結婚が決まった余裕から、人の結婚の心配をしますの？

わたくしの結婚なんて……、そんなものどうでもいいですの。

欲しいのは弟だけですの。

わたくしが本気になれば、どんな男でも手に入るはずですの。

それなのに……、リュークだけは手に入りませんの。

「そうね。お兄様のご友人である第一王子のユーシュン様から王妃にならないかとお話を頂いていますの」

本当は王妃になど興味がありませんの。

「凄いです！　やっぱりアイリス様は私にとって憧れの人です！」

白々しい……、第一王子は確かに優秀で顔もいいけれど。

リュークの美しさには遠く及びませんの。

せいぜい男性としては小綺麗にしている程度。

だけど、リューク以外で私に釣り合う格を持つ者は王子しかいませんの。

「そうね。求婚してくださっていますの。お受けするつもりですの」

「素晴らしいですね。アイリス様は次期王妃になられるのですね」

キラキラとした目でわたくしを見るカリン。

彼女の作り出す料理は美味しいけれど、そのときが来たら必ず。

あなたには復讐させてもらいますの。

「姉様」

ドス黒い感情がわたくしの心を満たし始めたところで、愛しいリュークの声がわたくしを現実へと引き戻しましたの。

「あら、リューク。どうしたんですの？」

「カリンを連れて行っても良いかな？」

「なぜ？　わたくしのお茶会を邪魔するんですの？」

目的がわたくしではなくカリンと分かって、腹立たしい気持ちが湧いてきますの。

「アイリス姉さんがボクに会いに来たカリンを連れ去ったんだよ。だから連れ戻しに来ただけでしょ」

リュークがわたくしに近づいて叱るような口調で瞳を合わせますの。

わたくしは世間では魔性の女などと呼ばれておりますの。

ですが、目の前で瞳を合わせるリュークこそが魔性の男ですの。

こんなにも狂おしいほどに、わたくしが求めているのに応じないなど、罪な男ですの。

リュークの匂いがわたくしの鼻腔をくすぐり発情させてきますの。

「わっ、私もアイリス様とお話がしたかったのです。リューク、ごめんなさい」

「カリンは悪くないよ。アイリス姉さん、もういいでしょ？」

「好きにすればいいですの。カリンとは学園に行けば、これからいくらでも会えるんですの」

「む～アイリス姉さん、ズルい。来年はボクも学園に行くからね。カリン、待っていてね」

「あわわっわわわ」

婚約者に甘く囁く姿に奥歯を噛みしめますの。

本来であればそうしてもらえたのはわたくしのはずなのに……。

カリンだけズルいですの。

「アイリス姉さん。綺麗な顔が恐い顔になっているよ。アイリス姉さんも学園ガンバってね。アイリス姉さんの希少魔法も凄いんだから」

ふと、振り返った弟は陽だまりのような笑顔でわたくしを応援しますの。

そんなことで誤魔化されませんの……。

なんだか顔が熱いですの……ハァハァハァ……ほしい…………。

幕間二　マーシャル公爵家

俺の名はダン。マーシャル騎士団で騎士見習いをしている。

マーシャル騎士団は、王国に存在する二大公爵家の一つであるマーシャル家がつくった騎士団で主にマーシャル領内の警備をしている。

マーシャル家は、王国騎士を多く輩出している家系で、現在の王国騎士団元帥をしておられるのがマーシャル公爵様だ。

マーシャル領では、実力ある者を騎士として取り立ててくれる。

実力至上主義社会を領内のルールとして築いてきた。

平民であろうと、マーシャル公爵様に認めてもらえれば、騎士になれるのだ。

俺の父さん、ダンケルクはマーシャル公爵様に認められて右腕と呼ばれる人だった。

マーシャル公爵様から、名誉騎士の称号を授けられてもいた。

だけど父さんは、マーシャル領で起きた魔物の行軍と呼ばれるダンジョンブレイクの際に、マーシャル領を守るために殉職した。

俺もいつか父さんのように騎士になって、みんなを守れるようになりたい。

父さんとマーシャル公爵様は親友関係にあった。

父さんが、マーシャル領を守った功績で、俺と母さんは手厚く保護してもらっている。

ご厚意で騎士としての教育も受けさせてくれてる。

マーシャル公爵様には、二人の子供がいて、兄のガッツ・ソード・マーシャル様は四つ上。そして妹のリンシャン・ソード・マーシャル姫様は同い年だ。

「ダン。今日こそ決着をつけるぞ」

真っ赤な髪をポニーテールに結んだ血気盛んな姫様が俺に木刀を向けている。

「へいへい。姫様には負けねぇぞ」

俺と姫様は共に騎士となるために教育を受けてきた。

だからこそ、負けるわけにはいかない。

騎士にはなれていないけど、戦士としての誇りを持って姫様には負けない。

「今日で千戦目だ。四百四十三勝、四百四十三敗百十三分けだ」

「おうよ、姫様。アレシダス王立学園に入る前に勝ちこさせてもらうぞ」

体が成長するにつれて、力では俺の方が強くなってきている。

速さでは姫様の方が上だが、二人の戦績が物語っている通り互角に戦えている。

「属性魔法を組み合わせた戦いは、私の方が有利だ」

互いに構えをしながら、無属性魔法の身体強化を発動する。

身体強化魔法はマーシャル家のお家芸と言われるほど洗練されている。

騎士たちほど滑らかとは言えないが、同年代の者たちに比べれば、素早く全身に巡らせることができる。

姫様も同じタイミングで全身の強化を終えた。

「はっ！」

「行くぞ！」

ほぼ同時に地面を蹴って剣をぶつけ合う。

「取った！」

「舐めるな！」

剣を交差させる間に、俺は剣に属性魔法《増加》を付与して加速させる。

同じく、姫様も属性魔法を発動して、《盾》が出現して、俺の剣を受け止めた。

「まだまだ！」

「くっ！」

《盾》で剣を防がれたことで、スキができた俺の脇腹に姫様の剣が突き刺さる。

「これで私の勝ち越しだな」

嬉しそうな笑みを浮かべる姫様を、俺は地面に倒れて見上げている。

俺は今年、アレシダス王立学園に姫様の従者として共に行く。

立場的には専属騎士だが、正式な騎士ではない。

俺はアレシダス王立学園に行って騎士になる必要があるんだ。

「まだだ。続きは学園でやってやる！」

「くくく、負けず嫌いな奴だ。いいだろう。続きは学園で受けてやる」

負けを認めない俺を見て、姫様は見下ろして笑っていた。

マーシャル家で俺は騎士としての心を教えてもらってきた。

弱き人々を助け、剣を持たない人たちを守る。

正義感に溢れたマーシャル家の教えが、俺は好きだ。

「リンシャン。明日はアレシダス王立学園の入学式なのだ。ほどほどにしておきなさい」

落ち着いた低い声は、マーシャル公爵様の声だ。俺は急いで飛び起きて片膝を突く。

「父上。ご覧になっていたのですか？」

俺の横で膝を突く姫様が驚いた声を出す。

「いや、今来たところだ。二人が稽古をしていると聞いてな」

「未熟な剣をお見せしてしまい、恥ずかしい限りです」

「そんなことはない。二人とも身体強化が上手くなった。ダン」

「はっ！」

俺にも声をかけていただくのは恐れ多く。だが嬉しいと思ってしまう。

「お前はまだまだ伸びる。アレシダス王立学園に入っても娘を守ってやってくれ‼」

「はっ！」

「ダンケルクのような立派な騎士になるのだぞ」

父さんのことを言われて、俺は嬉しい気持ちになる。

いよいよ大人向け恋愛戦略シミュレーションゲームの舞台が始まろうとしていた。

第一章

アレシダス王立学園入学

Only Lazy,
Villainous Aristocrats

第七話　従者

アレシダス王立学園の入学式の日。

ボクは学園のブレザーに袖を通して鏡の前で確認を行っていた。

十五歳になり、身長は百八十センチを超え、顔は小さく透き通る白い肌は透明感があり、手足は長く、引き締まった体は完璧なプロポーションだ。

薄紫の天然パーマがサラサラと輝きを放っている。

どこから見ても、キモデブガマガエルではない。

自分で言うのもアレだけど……。

「美しい！」

これほど完璧に美しい男性をボクは見たことがない。

「リューク様、忘れ物はございませんか？」

シロップは、歳を重ねるごとにボクの世話をすることに使命感を感じているようだ。

少しばかり口うるさくなったけど、怠惰なボクとしては全てしてくれるのでありがたい。やっぱり、シロップがいてくれて良かった。

アレシダス王立学園は全寮制なので、シロップとは別れなければならない。

「ないよ。全部シロップが用意してくれたからね。手荷物以外は、すでに寮へ運ばれたしね」

「本当にリューク様はマイペースなんですから。寮までお供して片付けてあげたかったです。学園の定めたルールによって私はお供ができません。本当に大丈夫か心配です」

「ボクだって、シロップが来てくれたら嬉しいよ。これぱかりは仕方ないけどね」

貴族の中には、自分のことが自分でできない子も存在する。

学園側も従者の同行は認めている。

但し条件があり、従者になれる者は学園に通う者と歳が近くなければならない。

それも前後二歳までと定められている。

そのため従者を用意できる家は、歳の近い従者を子供の頃から一緒に育てて教育をしているのだ。ボクにはシロップしかいないので、そんな者はいない。

つまり、学園には一人で行かなければならない。そう思っていたんだけど、意外なことに父上の方から、従者の候補者が現れたと連絡が来た。

「大丈夫だよ。アレシダス王立学園にはカリンも居るしね。それにボクは自分のことを自分でできるってシロップも知っているでしょ?」

「それは知っておりますが、私がリューク様のお世話をしたいのです」

シロップは、幼い頃からずっとボクを守ってくれていた。

家族から受けられなかった愛情を、ボクはシロップからたくさんもらうことができた。

「ありがとう、シロップ。君には感謝してもし切れないほどの恩がある」

ボクはシロップを抱きしめた。

「リューク様！」

ボクに抱きしめられて驚いたシロップの尻尾がピンと伸びた。

「ボクを信じて待っていてくれるかい？」

「信じてお待ちしております。ですが、寂しいです」

「ありがとう。ボクも寂しいよ。家のことを頼むね」

「かしこまりました。お帰りを心からお待ちしております」

入学式に向かう馬車は、公爵家の家紋に専属御者が操って登校する。

目の前に座るシロップは、姉であり、母であり、唯一の家族だ。

ボクのことを心から愛してくれた。

シロップのことを、ボクはこれからも大切にしたい。

「学園を卒業したら、カリンと結婚するから、その時も付いてきてね」

「よろしいのですか？」

結婚したら、ボクの世話が終わると思っていたようだ。

ついてきてほしいと伝えると、嬉しそうに尻尾を振って喜んでくれる。

「うん。カリンが許してくれるなら、ボクの子を産んでほしい」

「えっ」

不意打ちの告白に驚いた顔を見せるシロップが可愛くて、やっぱり好きだ。

「ふふ、着いたみたいだね。それじゃ新生活に行ってくるよ」

ボクは馬車を降りて学園の門を潜る。

「リューク様、行ってらっしゃいませ」

シロップが馬車から降りて、深々と頭を下げて見送ってくれる。

ボクは、シロップに挨拶をするために振り返って手を振った。

シロップがいない日々は寂しい。

一年が終われば年末は家に帰ることができるから、それまでの辛抱だ。

◇

入学式前に寮へ入寮申請を済ませなければならない。

その前に父上が用意したという従者と会う約束をしている。

警戒はしているけど、どんな相手だろうと受け入れてやる。

「リューク様でよろしいですか？」

従者との待ち合わせ場所に向かう途中、貴族寮へ続く並木道で声をかけられた。

女生徒の青髪はボブに切り揃えられてサラサラと風に靡いている。

メガネをかけた真面目そうな女の子がそこにいた。

「初めましてだよね。君は誰？」

ボクは声をかけてきた相手に驚いてしまう。

名前を聞かなくても本当は知っている。ゲームで見ていたメインヒロインの一人だった。

「ふふ、すぐに分かりました。父の言う通りの人でしたので」

「父？」

メインヒロインの父親はモースキー以外に心当たりがない。

「申し遅れました。私は、魔法省属性管理局局長を務めるマルサ・グリコ男爵が娘、リベラ・グリコと申します」

長い役職名を名乗ったリベラに、ボクは鑑定魔法をかけてくれたマルさんを思い出す。

マルさんとは、今でも文通を続けている。

アドバイスをくれる、ボクの魔法の師匠だ。

「マルさんの娘さん？　びっくりしたよ」

「ふふ、父をマルさんと呼ぶのは、リューク様だけですよ」

「そう。マルさんの娘さんだから、リベさん？」

「いえ、さんは不要ですので、リベラとお呼びください」

真面目そうな雰囲気をしているリベラは、ゲームに登場するメインヒロインだ。

ゲームの主人公は、マーシャル公爵家の名誉騎士を父に持つ少年で、亡き父の志を胸に学園で勉強して王国騎士になることを目指して入学してくる。

血筋こそ平民ではあるが、属性魔法を所持しており、マーシャル領では子供の頃から魔物と戦って戦闘訓練をしている。

学園にやってきた主人公は、立身出世パートを目指すことになる。

立身出世パートに行くために、付き合う女性によってシナリオが変わっていく。
・特待生として入学してくる孤児。
・大商店の娘
・冒険者の両親を持つ獣人。
・魔法省を目指している魔女っ子。
・教師を務めている精霊族。
・マーシャル公爵令嬢
・アレシダス王国第一王女
七人の女性以外にも隠しヒロインや、サブヒロインなども用意されていて、やり込み要素が満載に散りばめられているのが醍醐味だ。

学園パートでは、己の基礎能力を向上させてヒロインたちと仲良くなる。

自分を磨くことで、出会うヒロインも代わりストーリーも変わっていく。

その一人であるリベラは、魔法が得意な女の子だ。

「リベラは魔法が好き？」

「大好きです。将来は魔法省に勤めたいと思っています」

ヒロインたちにはそれぞれ攻略の手順があり、リベラは主人公が魔法に関する授業を受けたり、魔法力を高めることで仲良くなれる。

魔法の基礎能力を高めることで、出会う魔女っ子だ。

三年の間に、リベラと仲良くなって魔法を鍛えてイベントを攻略すると。

「私と魔法を極めましょう」と告白してくれるのだ。


「そっか、リベラは真面目に魔法に取り組んでいるようだし、絶対になれるよ」

リベラの瞳はキラキラと光り輝く。

「普通は女性が魔法省に入りたいと言うと、バカにされるのです」

「どうして、リベラは才能もあるよ。それに真面目に魔法に向き合っているから大丈夫」

ボクは事実を告げただけだ。変なことは言っていない。

「はい。ありがとうございます」

リベラから向けられる瞳には好意が込められていた。

「ですが、学園にいる間はリューク様の従者として、お世話をさせていただきます」

「ボクのことは気にしなくてもいいよ。自分のことは自分でできるから」

「いえ、私がお世話をしたいんです」

前のめりに宣言するリベラに戸惑ってしまう。

どうしてこんなにも好感度が高いんだろ？　出会う前から、ボクを好きだったような態度に戸惑ってしまう。

「そうなの？」

「はい。リューク様のことが知りたいんです。リューク様の作り出す魔法は芸術です」

あ〜そっちか、この子は魔法狂いという性格が設定にあったな。

魔法のこととなると見境がなくなり、色々なトラブルを引き起こす。

ゲームの主人公がトラブルを解決して、リベラを助けるイベントをクリアすることで仲を深めていく。

「魔法は追々ね。今は、寮の入寮申請を済ませないと」

「それは全て終わっております。リューク様の手を煩わせるわけにはいきません」

なぜ、そんなにやる気に満ち溢れているんだろう。

仕事が早いのは助かるけど。

マルさんからどんな話を聞けば、ここまで好感度が高くなるのかわからない。

「わかったよ。入学式の時間まで魔法の話でもしようか？」

「お願いします。あっ、お茶を淹れられる場所へ行きましょう」

リベラが入れてくれたお茶は、ボクがマルさんに定期的に送っているハーブティーだった。やっぱりスッキリしていて美味しいね。

そのあとは、楽しく魔法について語り合った。

リベラの知識は素晴らしくて、聴いているボクも十分に楽しむことができた。

マルさんもそうだったけど、リベラも無属性魔法の可能性を考察するのが好きなので、ボクがクッションに乗って浮いていたバルの研究に興味があるそうだ。

宙に浮く以外にも色々なことができるように研究を続けているので、今度はリベラと一緒に研究をしてもいいかもね。

第八話　入学式

アレシダス王立学園は、王国史上最も古い歴史と格式を重んじる学園として、魔法の発展に力を入れている。

近年では平民からでも優秀な人材を見つけては特待生として迎え入れるようになり、広く門徒を募集するようになった。

アレシダス王国の至る所に存在するダンジョンからは、魔物が溢れることもあり、魔物に対抗する戦闘力、魔法力、それらを助ける学力を重視している。

このアレシダス王立学園こそ、大人向け恋愛戦略シミュレーションゲームの舞台だ。

ボクが悪役貴族を演じる相手である主人公たちが登場する。

入学試験の結果によって、クラス分けが行われていて、実技、魔法、学科の三項目によって判定されている。

成績上位者順に零クラスから十クラスまで存在する。

総合成績が上位じゃなくても、各部門で一位になった者は特待生として入学が認められて零クラス入りが確定する。

また、学年首席に選ばれるためには、総合的な成績が優秀でなければならない。

「学年首席、エリーナ・シルディ・ボーク・アレシダス君」

「はい」

入学式会場に第一王女が壇上に上がる。

白銀の長い髪に美しい容姿、男子生徒からは感激の溜息が漏れる。

十五歳とは思えないプロポーション。

ゲームの世界のヒロインたちは全員が違った美しさを持つ。

王女は綺麗なんだけどボクとしては推しではないので興味が無い。

ボクは会場を見渡して、ゲームの登場人物たちがいないか視線を彷徨わせる。

目についたのは、上位貴族のために用意された席に、堂々とした姿で座る美少女だ。

赤い長い髪を一つにまとめてくくったポニーテールにして、剣を床に突き立てる姿勢は背筋をピンと伸ばしていて美しい。

リンシャン・ソード・マーシャル、公爵家の娘で女騎士として登場する。

主人公の幼馴染であり、主人公が誰とも恋仲になれなかった場合は、強制的に彼女と結婚することになる。

彼女と恋人になると、マーシャル領の騎士として立身出世パートが始まっていく。

最も王道なヒロインのポジションにいる少女だ。

ゲームの世界でリュークに捕らえられた際には、異世界転生の定番的女騎士のやられ姿である、「くっ殺せ」を言うキャラでもあるので、少し笑ってしまう。

その時の拷問映像は、なかなかにハードな画像が使用されていた。

「何か面白い人でもいましたか？」

リベラがボクの表情を見て、質問をしてきた。

ついつい、ゲームのことを考えてしまうのは悪い癖だ。

「向こうに席に座る令嬢と、男子生徒が仲が良さそうだと思っていただけだよ」

リベラがボクが示した先に視線を向ける。

「マーシャル家のリンシャン様と従者の騎士ですね。リンシャン様は、凛々しく武勇に優れている人だと聞いています。魔法は得意ではないようですが、属性魔法は《盾》が認定されていました」

リベラの基準は魔法なんだね。さすがは魔法狂いだ。

属性魔法は、希少性が高いと秘匿扱いになるが、基本的には登録魔法として誰でも閲覧ができる。

リベラの頭には秘匿されている希少魔法ではない属性魔法なら、三百名の生徒全員の魔法データが入っているのかな？　まるで、歩く魔法辞典だね。

「隣にいる男子生徒は、リンさんの婚約者かな？」

「リンさん？　ふふ、ダメですよ。ご本人にその呼び方をしては」

「そうなのかい？」

「はい。凄く厳格な方だと聞いています。隣にいる男子生徒は、ダンと言う方ですね。リンシャン様の従者で専属騎士見習いではないでしょうか。確か、属性魔法《増加》の認定を受けていたと思います」

なるほどね……。ダン、彼がゲームの主人公となるはずの少年というわけだ。

ボクが彼を見ていると彼もまたボクを見た。二人の視線が交じりあった瞬間。

ダン少年から、嫌悪感を含んだ視線が向けられる。

ボクは人の悪意に敏感なので、すぐに悟ってしまった。

「どうして彼はボクに対して嫌悪感を含む敵意を向けてくるのかな?」

「嫌悪感ですか。多分ですが、デスクストス公爵家とマーシャル公爵家の仲が、あまり良くないからではないでしょうか?」

主人公ダンと、ボクの間には生まれながらに敵対関係が義務付けられているようだ。

なんともゲームの強制力というのは、面倒で仕方ないね。

「ファ〜、王女様の話は長くてつまらないね」

「エリーナ様はとても美しい方ですが、ご興味はありませんか?」

もう一人のメインヒロインである。王女様は確かに美しい。

だけど、アイリス姉さんを見た後だと、似たような印象しか持てない。

それにゲームでもあまり興味がないキャラだった。

「ないね。ボクには婚約者として大切にしてくれる女性がいるから興味ない」

「二人も……、うかうかしていられませんね」

何やら、ぶつぶつと呟くリベラの横でボクはバルを出現させる。

「少しお休みになりますか？」

「そうする。でも、いいの？」

リベラは真面目そうに見えるので、サボるのを許してくれないと思っていた。

「はい。流石にこの状況でお話はできませんから。ゆっくりお休みくださいませ。終わったら起こして差し上げますね」

「ありがとう、助かるよ」

リベラは理解ある子だった。

ボクは早速バルを出して心地よく眠ることにした。

「リューク様、リューク様」

「う、うん。やぁリベラ、もう終わったの？」

「はい、生徒たちの退出が始まりました。そろそろ起きてください」

「は～い」

ボクはクッションをマジックポーチに収納して、バルを消した。

「それが噂のクッションなのですね？」

「噂の？」

「父から、リューク様に初めて会われた時に、クッションに乗って浮いていたと」

マルさんとは、あれから多くの文通を交わしている。

初対面の時を思い出して少し笑ってしまう。

「多分、これが噂のクッションだよ。気持ちいいから今度乗せてあげるね」

「良いのですか。嬉しいです」

新しい魔法に興味のあるリベラは、心から嬉しいと笑顔になってくれる。

とても可愛い。

自分の興味があることに関して素直に好奇心を持てるリベラは素敵だと思う。

「くっ。今からオリエンテーションがなければよかったのに」

「はいはい。そろそろ移動しようね。下の生徒は、もう誰もいないよ」

悔しそうに考え込んでしまったリベラの手を握って立ち上がらせる。

「ふぇ。てっ、手を握って！」

「ダメだった？」

「いいえ、ダメではありません。初めて男の子と手を繋いだので驚いただけです」

「ごめんね。リベラの初めてをもらっちゃった」

顔を赤くして伏せてしまうリベラと手を繋いだままホールを出た。

ボクらと同じように他の生徒が出ていくのを待っていた生徒と鉢合わせしてしまう。

剣を持った少女は、こちらに対して軽蔑した視線を向けてきた。

「ふん。軟弱な」

ボクがリベラと手を繋いでいるのを見て、リンシャン・ソード・マーシャルが吐き捨てるように言い、後ろからついて来た騎士見習いのダンが睨みつけてきた。

「なっ！　なななんですか？　別に私たちは何も」

リベラは恥ずかしそうな顔で、何度かボクの顔を見て頬を赤らめる。

「はいはい。気にしない、気にしない」

ボクはリベラの背中をポンポンと軽く叩いて落ち着かせる。

「リューク様は、怒らないのですか？」

「怒らないよ。怒るなんて、凄くエネルギーを使うし面倒だからね。それよりもリベラと楽しい時間を過ごす方がいいよ」

ボク独自の見解を告げると、リベラは笑顔になってくれた。

「ふふ、リューク様らしい答えですね。私と話をするのは楽しいですか？」

「うん。楽しいよ」

「ふふ、私もリューク様とお話しするのは楽しいです」

怒っていたリベラは、少しだけ顔を赤くして機嫌を直してくれた。

ボクらは同じ教室なので、一緒に零クラスへと向かってホールを後にした。


零クラスの教室に入ると、席は各自自由に座って良いようだ。

教壇に向かってすり鉢状になっている教室だったので、どの位置からでも先生が見やすい。

ボクらは最後尾の最上段に腰を下ろした。

「全員揃ったようだね。それでは私から自己紹介をさせてもらう。零クラスの担任をさせてもらう。グローレン・リサーチだ。よろしく頼むね」

年齢は三十歳前後の優しそうな笑みを作る男性教員。

ゲームでも一年次に登場して、ステータスの説明をしてくれる先生だ。

プロローグ画面と同じ担任の自己紹介に、ボクはここが改めて、大人向け恋愛戦略シミュレーションゲームの世界で、今からゲームが開始されるのだと実感する。

「副担任を務めます。シーラスです」

二十歳前後に見える副担任の女性教員。

彼女もメインヒロインの一人だ。

精霊族なので実年齢は数百年を生きるエルフで、魔法の深淵を見た魔女として、メインヒロインの中で最も攻略難易度が高い。

「この零クラスは、実技試験、学科試験、魔法試験で、今期の上位成績者を集めています。三名の特待生を含めた二十名で、学園内では、王族、貴族、平民など家柄に左右されることはありません。全ては能力によってのみ、君たちを判断します」

最前列の中央に座る女子生徒が手を挙げる。

「はい。マーシャル君。なんですか？」

「能力で判断されると言われましたが、互いの順位や能力をどう把握するんですか？」

「良い質問をありがとうございます。それを可能にしたのがこちらです」

配られたのは、腕時計型の魔導器具。

「これはマジックウォッチと言います。君たちの魔力を感知して、現在の成績や順位などを掲示板で確認ができるようにする大発明です。まずは、魔力を流してみてください」

言われた通りに魔力を流し込むことで、目の前にゲームで見たステータス画面が現れる。

成績以外にも様々なことがわかるようだ。

学園パートと立身出世パートでは、ステータスの表記が変わる。

学園パートでは、こういう表示がされるので、面白い。

名前：リューク・ヒュガロ・デスクストス
年齢：十五歳
レベル：一
魔物討伐数：ゼロ
所属クラス：零クラス
実技評価：三百名中十位
学科評価：三百名中五位
魔法評価：三百名中二位
成績ランキング：総合二位
習得魔法

無属性魔法（生活魔法、強化魔法、補助魔法、回復魔法、不明）
属性魔法（《睡眠》魔法、《怠惰》魔法）

それぞれの項目は、詳細も確認できるようだ。もっと詳細を調べたいが時間がない。

「確認は出来ましたか？　魔力を流したことで、皆さんの魔力をマジックウォッチが認識して登録しました。登録された本人しか詳細を見ることはできません」

個人の秘密に当たるところは本人にしか確認ができないようになっている。

学科評価の詳細を見れば、得意科目や苦手科目がグラフとして表れる。

これらを一つ一つ検証していく時間を、今度取ることにしよう。

「所属クラスと成績ランキングは、学園側が把握する必要がありますので、誰もが見える掲示板に現在の成績ランキングが確認できます。どうです？　魔導器具こそ人類を進化させる最高の叡智でしょ？」

リサーチ先生が興奮して語り出したところで、シーラス先生が止める。

「リサーチ先生は、魔導器具狂いなんです。本当に変わり者ですよね」

魔法狂いのリベラに言われてしまうなんて残念な先生だな。

「リベラの成績はどうなの？」

ボクがリベラに問いかけると、クラスメートたちが一斉にリベラを見た。

掲示板で見えると言っても他人の成績が気になるようだ。

「後で話した方が良さそうです」

リベラの返事に頷いて、それ以上聞かないようにした。

リサーチ先生を止めたシーラス先生が説明を引き継ぐ。

「マジックウォッチに記載されています、成績ランキングや、科目評価は、定期的に行われる試験によって変動します。アレシダス王立学園の授業は自由選択制です。己が学びたい未来に向けて授業を選択してください。現在の順位は、入学時の成績でしかありません。今後の成長は皆さん次第です」

シーラス先生の言葉に、生徒たちは思うだろう。

自分の頑張り次第で成績ランキングは上げられる。

「実技に関しては、一年に一度学園剣帝杯と呼ばれる一大イベントが年末に行われます。学園剣帝杯で良い成績を残せば、魔法や学科で悪い成績を取っていても、上位クラスに残ることができます。また、学園剣帝杯で優勝した者には、王国より名誉騎士の称号が与えられます。四年に一度行われる王国剣帝杯優勝者へ挑戦権も同時に得られます。どうか学園剣帝杯で優勝することを三年間の目標の一つとして見てください」

主人公ダンの最初の目標は騎士になることだ。

それは学園剣帝杯で優勝することを意味する。

学園剣帝杯で優勝することで、名誉騎士の称号が得られる。

貴族の仲間入りを果たすことができるというわけだ。

貴族の仲間入りをすることで、他の領地への移動の身分が国から保証されて、立身出世パートで役に立つようになる。
「学園剣帝杯に向けて、アレシダス王立学園では、練習試合が認められています。校内ランキング戦とは個人の成績下位の者に挑む形でのみ成立します。下位の者が勝てば、個人成績のランキングを上げることができます」

校内ランキング戦の詳しいルールとして、成績ランキングは掲示板に掲載される。
・ランキング戦は下位の者が、上位の者に挑戦する形でのみ成立する。
・ランキング戦は一対一戦とチーム戦があり、挑まれた側に一対一戦か、チーム戦の選択ができる権利がある。
・ランキング戦に挑める相手は、同じクラス内か、下位クラスから上位クラスへは成績上位者五名のみとする。
・成績ランキング下位の者がランキング戦に勝利した場合、上位者の成績を獲得できる。
・成績上位者が敗北した相手が、下位クラスの者であれば、所属クラスが変動する。
・成績下位者が敗北した場合、同じ相手には半年間校内ランキング戦への挑戦権を失う。
・校内ランキング戦は基本的には、拒否できないが、応じるまでは開始もされない。
・校内ランキング戦に参加できるのは、一対一戦、チーム戦、それぞれ一日一回までとする。
・怪我や病気など、戦えない状態であると認められた場合のみ代理人を立てることを認められている。

代理人が立てられない場合や、挑まれた者が決闘を一定期間の間、拒否を続けていると、校内ランキング戦敗北となる。
・校内ランキング戦の敗者は、同じ相手に五回負けると挑戦権を失う。

ボクは読み終えた内容に面倒くささを感じてしまう。

この内容は、本来のキモデブガマガエルとして成長したリュークのために存在している。

校内ランキング戦の初戦でヤラレ役として、ゲーム主人公であるダンに敗北する。

それ以降リュークは、あの手この手を使ってダンに戦いを挑むようになる。

その際にリューク陣営が卑怯なことをしてもいいように、ゲームの設定として、リューク側が有利に戦いを申し込めるように考えたルールなのだ。

そのため、敗者に対して温情が強く、勝者に不利なルールになっている。

そろそろ面倒な時間が迫っていた。

校内ランキング戦の説明を先生が終えたところで、強制イベントが開始される。

「先生よろしいですか？」

ゲームの主人公であるダンが立ち上がって声を上げる。

「あなたはダン君ですね。なんでしょうか？」

「ランキング戦はいつから出来るのでしょうか？」

ダンの質問に答えを持たないシーラス先生が、リサーチ先生を見る。

「マジックウォッチの登録が済んでいるのであれば、いつからでも可能です」

「でしたら、挑戦を申し込みます」

ダンが振り返ってボクを見上げる。

「俺と勝負しようぜ。リューク・ヒュガロ・デスクストス！」

ダンの宣言によって、強制イベントであるチュートリアル戦が始まろうとしていた。

見た目が変わったボクに対しても、態度を変えないダンは、やっぱり面倒なゲームの強制力が働いているのかな。

第九話　チュートリアル戦

ボクを見上げて宣言したダン。

「俺の成績ランキングは二十位だ。このクラスでは一番下になる」

零クラスは全員で二十名が在籍している。ダンが二十位なら最下位ということになる。

ゲーム開始と同じ展開が繰り広げられる。

主人公は敵対貴族であるリュークにランキング戦を挑む。

プライドが高く傲慢なリュークは、平民のダンに挑まれた事で怒りを覚えて挑戦を受け入れる。

だが、今まで戦闘をしたこともないリュークは、魔法の才能だけで合格したこともあり、ダンに勝てなくて敗北する。リュークが、かませ犬を演じる重要な場面だ。

リュークに勝利したダンは、女子たちから強さを認められて好感度を上げる。

敗北したリュークは、ダンを逆恨みして付け狙うようになるといった、因縁的なイベントなのだ。

「なぜ？　ボクは面倒だからしたくない」

本心から、面倒なことはしたくない。

これがチュートリアル戦である以上、拒否しても強制的にやらされることはわかっている。それでも抗いたいと思うのがボクの本心だ。

「ハッ、怖気付いたのか？」

簡単には引き下がってくれないよね。

「ねぇ、君とランキング戦をしても、ボクにはメリットがないんだけど。君は成績ランキングを上げられるけど、ボクにはメリットがない。そんなこともわからないバカなの？　バカの相手はしたくないんだけど？」

戦闘をするなど時間の無駄だ。

面倒なのも事実だけど、今のダンに負けるとは思えない。

わざと負けるのも嫌だ。

ダンを強くするのはいいけど、そのためにボクが動かないといけないのが面倒なんだ。

ボクはあくまで裏から手助けをしたいだけで、全面的に協力するなんて怠惰に反する。

何よりも結果の見えた試合に臨むのは、バカらしくて意味がわからない。

「きっ、貴様、栄えあるアレシダス王国の貴族ならば、挑まれた戦いを受けるのは当たり前だろ！」

ボクの態度を見かねて、ダンではなくリンシャンが立ち上がって怒りをぶつけてくる。

熱い、熱すぎるよ。自分が言っていることが正しいと思っている相手ほど厄介な相手はいない。

物凄く面倒な子だったよ、メインヒロインのリンシャン。

「ハア、なら君が相手をしてあげれば。君も成績上位者でしょ。ボクはパスで」

ボクの態度が気に入らないのか、女騎士殿が睨みつけてくる。

教室内の空気が悪くなり、リベラがオロオロとしている。

その空気を察して、一人の女の子が立ち上がった。

「実技成績上位者であるダンさんと、魔法成績上位者のデスクストスさんがランキング戦をする姿を見たいです。デスクストスさん、学園のルールに従ってください。個人成績下位者が上位者に挑むことでランキング戦は成立します。拒否し続けていても、あなたのランキングが下がるだけです。何よりも、王国に住まう貴族として民を導く者であるべし。これは貴族としての義務です。貴族として拒否することは許されません」

マジでウザッ。先生たちの話を聞いていなかったのかな？

学園内では、王族、貴族、平民は関係なく、成績で判断するって言ってただろうに。

やっぱりこの王女様は、好きになれないな。

ただ、いくら関係ないと言っても、王女様と公爵令嬢の二人から言われてしまえば、拒否することは難しくなる。

これ以上断っても、ボクがやると言うまで終わりも来ない。

本当に、この二人は面倒な性格だな。

「わかりました。アレシダス王女様のおっしゃられるがままに」

ボクは深々と溜息を吐いて同意する。

ゲームの強制力は、王族や教師までボクへ戦闘をさせようと動くのか……。

◇

めんどくさい。

めちゃくちゃ嫌だ。

動きたくない。

校内ランキング戦なんてなくなればいいのに、嘆いていてもイベントは無くならない。

ゲームでは、主人公がヤラレ役であるリュークを倒して、校内ランキング戦のやり方を知るためにチュートリアル戦として解説が行われる。

ゲームが開始して、校内ランキング戦が始まると、ヒロインとチームを組んだり、怪我をしたヒロインに代わって代理をすることで好感度を上げる。

チュートリアル戦で敗北した悪役貴族のリュークは、三年間ダンを恨んで、強いと聞いた生徒を仲間にしたり、傭兵を雇ったり、あの手この手を使って、ダンへ校内ランキング戦を挑むために出現する。

卑怯な手を使って、悪逆の限りを尽くすが、結局負けるという役柄なのだ。

このイベントはその最初の一手目になるはずので、あくまで悪役貴族としての役割を演じようと思っているボクとしては負けなければならない。

「バル」

「(^^)」

闘技場に向かう途中で魔力を練って、バルを召喚する。

バルは透明な魔力なので、ボク以外には魔力の塊にしか見えない。

「リューク様、大丈夫ですか?」

リベラは、マルさんからボクが魔法が使えることは聞いているが、体を鍛えていることは聞いていないから心配なのだろう。

「うん。大丈夫だよ」

「父から、リューク様は動くのが嫌いだと聞いています」

「そうなんだよ。マルさんはよくわかっているね」

マルさんを褒めるように言うと、リベラは気が抜けたのか緊張を解く。

「本当に校内ランキング戦をするのは、お嫌だったのですね」

「うん、嫌。面倒だからね」

「相手は、マーシャル家の騎士見習いです。実技試験でも上位で入学できていることから、戦闘に慣れていると思われます。大丈夫ですか？」

「それは心配ないかな。今の彼なら余裕だと思うから」

ただ、どうやって負けるかで悩んでいるんだ。

前を歩くリンシャンとダンの後ろ姿を見て、ボクはあくびをする。

強制イベントであるチュートリアル戦は、リュークが敗北する。

ゲームでは、ターン制の戦闘シーンの説明になる。

よくあるコマンド形式で、攻撃、魔法、防御、必殺、の四項目から選択して戦闘が進められていく。

最後に属性魔法を使った必殺技によって、リュークが倒されるという流れだ。

今のボクにとっては現実なので、コマンドは現れてくれない。

「リューク様は不思議な方ですね」

「そう？」

「はい。誰も想像しない魔法を作り出せたり、上位貴族様なのに戦いを断ったり」

「貴族らしくない？」

「ええ。貴族はプライドを大切にしますので、貴族らしくありませんね。悪い意味ではありませんよ」

リベラの好感度が上がったような気がする。リベラと話しているのは楽しい。

二人で笑い合いながら闘技場へと入っていった。

闘技場では、リンシャンとダンがウォーミングアップをしていた。

クラスメートは観客席に座って、初めて行われる校内ランキング戦に興味津々だ。

中央では、リサーチ先生が審判を務める準備をしている。

「デスクストス家の腐った性根を、俺が叩き直してやる。入学式で堂々と寝ていたところを見ていたからな」

何やら宣言するダンを無視して、ボクはリベラに通路で控えるように伝えた。

「はいはい。相手してやるだけありがたいと思えよ」

開始の合図から一分間だけバルに体を預けて、戦闘を演じる。

そのあとで、負けを宣言すれば問題ないだろう。

「いいかい、バル。ボクの体にも、相手にも怪我をさせないように注意して」

「(^^)/」

ボクがバルへの命令を終えて、準備を完了させるとダンが話しかけてきた。

「お前のレベルは幾つだ？」

レベル？　ああ、確かステータスにそんな項目があった。

レベルは、魔物を討伐すると経験値を得られて上がっていくシステムだ。

どのキャラも、レベル九十九でカンストするから、あまり意味がない。

あくまで戦略要素が大切なゲームなのだ。

個人のレベルよりも、基礎的な能力の方が重要になる。

「レベル一だよ」

ボクの回答が気に入らなかったのか、睨む瞳に嫌悪感を含んでいる。

「貴族のくせに魔物と戦ったこともないのか。予想以下じゃないか」

貴族なら、魔物を倒すのが当たり前だと思っている顔をしているね。

「それでは成績二十位ダンの申し出により、成績二位のリューク・ヒュガロ・デスクストスとの校内ランキング戦を開始します。両者前へ」

バルに適当に相手をしてもらえば、ダンも満足するだろう。

あっさりとダンが負けることは勘弁してほしい。

一分は持ってくれよ。

「良い戦いにしよう」

ボクが声をかけるが、ダンからの返答はない。

「開始」

リサーチ先生の声で、ボクは意識を失って全てをバルへ委ねた。

次に意識を取り戻すと……、

「はっ、離せ！」

ボクによって首を掴まれて吊し上げられているダンが目の前にいた。

顔は殴られたのか、腫れてダメージを蓄積させている。

反撃しようとしたダンの剣を蹴り飛ばす。

自然に体が動いてしまう。

これも体に染み込んだ技術なんだろうね。

ボクやダンは大きな怪我をしていない。

ここから負けるのは……、無理だね。

「終わりにしよう」

ダンが使う属性魔法は《増加》で、ブースト魔法と言われている。

肉体や武器を強化した際に、魔法の効果を《増加》させて何重にも上乗せができるチート魔法だ。

個人で使う場合は、魔力と肉体を鍛えなければ効果が薄い。

仲間に魔法が得意な者がいれば、仲間の魔法を何重にも《増加》させられるので、強くなれるが、
一人で戦うダンはボクにとって脅威にならない。

「ブースト」

ダンが《増加》を使って、身体強化を二重でかけようとする。

ちょっと見てみたいが、今は面倒なので終わらせる。

「やらせないよ。スリープ」

ダンを掴んでいることで、ボクの属性魔法の方が効果が早い。

魔法について、経験不足だね。魔法耐性も弱いので《睡眠》に抵抗できない。

負けるはずだったのに勝ってしまった。これは誤魔化す口実がいるな。

ボクの魔法によって、意識を失ったダンがだらりと力を失う。

「ダン。なっ、何をするつもりだ？」

通路に控えるリンシャンの声が会場に響く。

これは結果を変えてしまったアクシデントに対しての演出だ。

ボクはダンをバルによって、天井近くまで浮かせていく。

闘技場の天井は高く。

人が落ちれば確実に死んでしまう高さまで浮かび上がらせる。

「勝者リューク・ヒュガロ・デスクストス！　ダン君を下ろしなさい！」

リサーチ先生が慌てて勝者を口にした。

こちらへ命令する。

「いいですよ」

ボクは一切ためらうことなく、バルを消滅させてダンを落下させる。

「キャー！」悲鳴を上げるクラスメートたち。

ボクの視線の先には、顔を青くしているリンシャン・ソード・マーシャルの顔がある。

ダンが地面に激突する前に、リサーチ先生が空中でダンを抱きとめた。

リンシャン・ソード・マーシャルは、助けられたダンの元へ駆けつける。

「なっ、何をするんだ。この卑怯者、ダンは意識を失っていたんだぞ」

勝った者を讃えるのではなく、罵倒してくるリンシャン。

ボクは彼女の態度にイラっとする。

「ボクに校内ランキング戦を挑んできたんだ。それくらいの覚悟は持ってもらわないとね」

睨むリンシャンから視線を外して、ボクはクラスメートを見た。

「腕に自信があるなら、校内ランキング戦を受けてあげるよ。これはサービスだ」

ボクが視線を向ける。

クラスメートたちの中には視線を逸らす者。

言葉をつまらせる者。

崇拝するように瞳を輝かせる者。

反応は様々だった。

「なんだ、誰もいないのか。今のボクは戦って疲れているかもしれないよ?」

しばらく待っても誰も声を出さなかつた。

「ボクは知識を持つ者を尊敬する。魔法を追究する者を尊敬する。だけど、力だけのバカな者を嫌う。こいつのように野蛮人ならば、校内ランキング戦で二度と再起できないようしてやるよ。待つのも飽きた。ボクに挑む者よ。明日があると思うな」

ボクの発した言葉はクラスメートたちが、他の生徒にも広めてくれるだろう。

悪役貴族としての演出としては悪くない。

やるなら徹底的に。

これで面倒な校内ランキング戦を挑んでくるバカがいなくなることを祈りたい。

最後にボクはダンを抱えて、ボクを睨むリンシャンを見た。

面倒な校内ランキング戦に付き合ってあげただけでも感謝されてもいいと思う。

リンシャンの瞳は、こちらが悪いと言わんばかりの態度を取っている。

これ以上の説明は無駄だね。

正義を振りかざす奴は自分たちに都合の良いことばかり言ってくる。

最悪な雰囲気になった闘技場からボクは立ち去ることにした。

通路で待っていたリベラと共に……。

「かっ、必ずダンはお前を倒す。覚えておけ」

震える声で、リンシャンから発せられた言葉に、ボクは何も答えることはなかった。

「よかったのですか？」

「何が？」

「本当は、彼が地面に激突する前に、リューク様が魔法を出現させて、受け止めるはずだったことを言わなくて」

「リベラ、ボクはね。怠惰なんだ」

「はい」

ボクが言いたいことが伝わらなくて、リベラは戸惑った顔をする。

「理解しようとしない者に説明することは無駄だ。無駄なことはしたくない。これでも十分に話した方だと思うよ。これ以上の説明は面倒だからしたくない。それよりもリベラと魔法の話をして、本を読んでいる方が有意義だ」

珍しく余計な説明をしたことで、リベラも納得してくれたようだ。

リベラの顔は誇らしく。寮へ戻る道を歩き出す。

「宜しいかしら？」

歩み始めた僕らに声をかけた者がいた。

振り返った先にいた面倒な相手に、ボクは溜息を吐いてしまう。

「ハァ……、なんですか？　王女様」

「王女様ですか、クラスメートなのです。エリーナで結構です」

「そうですか、ボクもリュークで結構です。エリーナ、それで何か？」

「王族である私に対して鬱陶《うっとう》しそうな顔をする人はあなたぐらいです」

めんどくさい。王族だから無下にすることもできない。それを理解していない。

ボクとは最悪の相性だ。

「あなたの実力、見せていただきました。素直に見直しました。態度の悪い方だと思っておりましたが、努力しているからだったのですね」

「それはどうも」

「ユーシュンお兄様から、テスタ様のお話は聞いていました。ですが、デスクストス家には、あなたもいるということを認識させてもらいました。素晴らしい戦いを見せていただき、ありがとうございます。それだけを言いに来たのです。それでは失礼します」

言いたいことだけ言って、去っていく王女様。

何がしたかったのかわからない。

エリーナ王女様と関係するのは、面倒以外の何物でもない。

「侮れませんね」

「何が？」

「いえ、リューク様は何も気にしないで大丈夫です。それよりも帰りましょう」

「ああ」

リベラに促されて寮へと帰ることにした。

結果は変わってしまったけど、チュートリアル戦を終えることが出来た。

第十話　歓迎会

チュートリアル戦を終えたボクとリベラは、寮へと帰ってきた。

ダンとの戦いは予想通り全く得るものがなかった。

バルに任せたとは言え、ダンは思っていたよりも弱くて、相手にもならなかった。

これからはリンシャンのように、ヒロインたちからは敵意を向けられるようになる。

面倒なことばかりが待ち受けていそうで、本当に無駄な戦いだった。

リンシャンから発せられた捨てゼリフの影響で、ダンとの再戦は避けられない。

本来のシナリオなら、チュートリアル戦で勝利したダンに対して、リュークが半年に一度の校内ランキング戦を挑んでくる。

今回は、決定事項とも言えるヤラレ役の事象を崩すことができた。

これまでの行いが無駄ではなかったことを証明してくれたような気がして嬉しかった。

「これからは平穏な学園生活を送れればいいんだけど」

寮から見える夜景からは、校舎が見えている。

憂鬱《ゆううつ》な出来事が待ち受けているように、不気味な雰囲気を醸し出している。

「そんなところで何をしているのですか？」

夜風に当たりながらテラスで考え事をしていると、本日の功労者に声をかけられる。

「久しぶりに君の作る料理を食べすぎてしまってね。休憩しているところだよ」

「ふふ、それはよかったです。リュークが食べてくれると思ったので、腕によりをかけて作りましたからね」

カラになったグラスをテーブルに置いて、カリンが渡してくれたグラスを受け取る。

窓の向こうに見えるホールには、黒の塔と呼ばれる貴族派たちの子供たちが集まって、入学の歓迎会を開いている。

先輩方からの有難い言葉を新入生たちが聞いているところだ。

会の主催者は、アイリス姉さんだ。

在校生の中で一番の上位貴族として挨拶をしていた。

ボクも新入生代表として挨拶を済ませ、マーシャル家の騎士見習いを倒した話はウケが良く、貴族派にはすでに知れ渡っていた。

対立派閥の者を倒したということで、貴族派から喜びの声を受け取った。

「本当に、カリンの料理は他の誰が作るよりも美味しくて元気が出るね」

「ふふ、そんなに褒めないでくださいませ。調子に乗ってしまいますわ」

一年間、会っていなかっただけなのに、大人っぽく成長したカリンはとても美しい。

「調子に乗って良いと思うよ。料理の腕だけじゃなくて、飲食業の経営や、ダイエットメニューの開発も成功してるからね。十分な功績をつくっている」

照れる彼女を見て、カリンを褒め称える。

「もう、それも全てリュークの助言があったからではありませんか」

「そんなことないよ。綺麗になりたいと言ったのは、カリンだからね」

ボクは婚約の顔合わせで告げられたカリンの思いを酌んだだけだ。

他のことも、ボクは提案しただけで、行動したのは全てカリンだからね。

「知恵を貸しただけだよ。その知恵を活かしたのも、商売に昇華させたのもカリンだよ。そして、それをバックアップしたカリビアン家の功績だ」

あの日、綺麗になりたいと言ったカリンにバルを使った健康ダイエットを提案した。

食事に関して助言して、健康ダイエットを成功させた。

ダイエットを成功させたカリンをモデルとして取り上げたカリビアン伯爵は、女性に向けたダイエットレストランを造り出して、カリンの才能を商売に活かした。

有酸素運動や、簡単にできるストレッチ。

そこから着想を得た軽い運動を伝授するジムや、キレイを維持するエステティックサロンの経営まで、カリビアン伯爵の商売意欲は素晴らしいと頭が下がる。

「そうやってご自分のことを誇らないのはいけませんわよ。私だって、リュークのことを褒めたいのです」

「ボクのことはいいんだよ、前にも言ったでしょ？　カリビアン家に富を集めて、ボクを養ってくれればいいって」

「ふふ、そんなことを言ってしまう貴族男性はあなただけです。本気なのですよね？」

「もちろん」

カリンと過ごした三年間で、ボクたちはたくさんの話をした。

デスクストス家がボクへ無関心なこと。

シロップだけがボクの味方だったこと。

怠惰で健康的な生活を目標にしていること。

生活のために、カリンの料理が必要で、ボクは料理に惚れ込んでいることを伝えている。

「私は料理だけですか？」

身長は、この三年でボクの方が高くなった。

可愛い婚約者様が見上げてくる。

可愛い顔と見下ろした視線の先に突き出る胸部。

また成長した婚約者様の凶悪な武器にボクは怠惰を忘れて彼女の体を求めてしまう。

「もちろん、今ではカリンを心から愛しているよ」

カリンの腰へ腕を回して抱き寄せる。

「いけませんわ。皆さんがホールにおられます」

「今日は君を離したくない。カリンの部屋に泊まってもいい？」

「結婚前の男女ですのよ」

彼女は、年上の女性としてボクを窘《たしな》める。

怒っているわけではない彼女の前で、ボクは膝をついた。

「たとえ、公爵家が潰れようと、伯爵家が潰れようと、ボクにとっては家よりもカリンが大切なんだ。もう君無しでは生きていけない。どうか君の側に居させてほしい」

「まぁ……、そこまで言われて、リュークを拒める女性はいないです。悪い人」

カリンが、膝をついたボクの胸へと飛び込んできた。

ボクはカリンを受け止めてバルを出現させる。

カリンを抱きしめたまま夜空へと飛び上がる。

魔法の絨毯《じゅうたん》とはいかないけど、二人はクッションに寝転んで夜の散歩をする。

「久しぶりですわ。バルちゃんに乗って夜の散歩」

「空だけは、ボクらを縛らないからね」

「ふふ、シロップさんだけは許しますが、他の女性と空中散歩をしたら嫉妬しますよ」

「う～ん、状況によるかな。命に関わらない限りは君とシロップ以外は一緒に乗らないことにするよ」

二人はしばらく夜を楽しんで、カリンの部屋へと姿を消した。

◇

入学式で行われたチュートリアル戦によって、同級生たちから向けられる視線は様々な変化を遂げた。

マーシャル公爵派閥の者からは、嫌悪と敵意を含んだ視線。

デスクストス公爵派閥の者からは、尊敬と崇拝を含んだ視線。

王女や中立派閥、平民からは、興味を持っているがどう接すれば良いのかわからない視線。

様々な視線が交じり合って、一年生ばかりの校舎には緊張感が生まれている。

ボクが教室に入れば、敵意を持つ相手でも、視線を向ければ焦って視線を逸らしてしまう。

「脅しの効果はあったね」

「どうかされましたか？」

教室を見渡していたボクに、リベラが問いかけてくるので首を横にふる。

「いいや。そんなことよりも今日は後で時間はある？」

「はい。あっ、魔法を試させてもらえるのですか？」

「それもあったけど、今回は別件だよ」

「え～」拗《す》ねて口を尖らせるリベラは可愛い顔になる。

「また今度ね」

ボクはリベラの頭を撫でて宥める。

「わかりました。絶対ですよ。それでは今日はどのような用事ですか？」

「マジックウォッチの検証をしようと思うんだ。付き合ってくれるかい？」

「もちろんです。魔導器具の検証は私もしようと思っていたので、一緒にできるのは嬉しいです」

リベラと放課後に検証をする約束ができたので、ボクらは授業計画を組むことにした。

アレシダス王立学園の授業は自由選択制で、好きな教科を自分で選択して受けていく。

様々な分野の勉強ができるので、自分の好みに合わせた主人公にカスタマイズしていく。

基本学科がいくつかあるので、学科テストや魔法テストは基本科目から出題される。

貴族や騎士は、魔法や実技を重点的に取り入れた授業計画を組んでしまう子が多いので、最低限の知識を学ばせるために基本科目が存在する。

ゲームの主人公であれば……、
勉強系の授業を多く取れば、特待生や商人の娘と仲良くなれる。

特待生や商人は、平民で戦闘能力があまり高くないため、校内ランキング戦では、負けてクラスダウンしてしまうこともある。

学科や魔法のテストが行われると戻ってくるので、それほど問題ではないのだが、攻略したい場合は、校内ランキング戦で守ってあげるとクラスダウンが減るので、好感度が上がりやすくなる。

魔法系の授業を多く取ると、王女や魔女っ子と仲良くなれる。

王女を攻略するためには、校内ランキング戦で王女に勝たなければいけない。

そのため魔法だけでなく、実技の技能もあげておかなければならない。

実技系の授業を多く取れば、公爵令嬢や冒険者と仲良くなれる。

公爵令嬢は、他の女性と上手くいかなかった場合でも結婚できるので、攻略不要のちょろインだ。

逆に冒険者は強くなって仲良くはなれるが、学園剣帝杯で優勝しなければ認めてもらえない限定条件がある。

全ての授業内容などを相談しながら、週末に会いにいけば、シーラス先生と仲良くなれる。

主人公ダンがどんな動きをするにしても、ゲーム進行を把握して、陰から手助けをしてやろうと思っている。

その前に自分の今後を決める授業選択なので、どうするべきか？

大前提として、動くのは嫌だ。

なので、実技系の授業は一切取らない。

勉強系は、本を読むのが好きなボクとしては面白そうではある。

ただ、一年次は基礎的な授業で十分に思える。

興味があるのは魔法だ。怠惰を追求するためにもボクは魔法の知識が必要になる。

「決まりましたか？」

「ああ、魔法学と魔導器具学を主に習う授業内容にしたよ。あとは基礎授業で埋めた」

「ふふ、私もリューク様と同じ内容です」

ボクの選択を聞いて、リベラが嬉しそうな声を出す。

魔法が好きなリベラは、魔法の勉強が一緒にできるのが嬉しいようだ。

ふと、ボクはゲーム知識を思い出した。

本来のリュークの横には、リベラはいない。

代わりに隣にいるのは、男子生徒なのだ。

キモデブガマガエルのリュークと、ガリガリに痩せたネズミ顔のタシテ・パーク・ネズール。

リュークが行う悪事を助けてくれる手下のタシテ君は、今回のボクへ近寄って来ない。

ふと視線を向けると、狡賢そうな伯爵子息が仲間たちと笑い合っていた。

身長が低く、魔法と学科を得意としていて、実技は苦手。

戦闘面ではあまり活躍しない印象だが、精神系の厄介な魔法を使って、攻略ヒロインたちを戸惑わせていた。

リベラがボクの従者として世話をしてくれるので、彼との接点がないのは寂しい。

リュークにとっては男性の友人になってくれそうな相手だったからだ。

「どうかされましたか？」

「いや、何でもないよ」

「そうですか、それでは個別練習室にいきましょうか？」

「個別練習室？」

「はい。知りませんか？　我が校の敷地はとても広く様々な施設があります。クラスランクによって使える施設には制限があるんですが、零クラス在籍者は全ての施設を優先的に使用することができます。個別練習室は、勉強や魔法、実技の訓練を個人で行えるように学園側が用意した部屋です」

リベラに説明を受けながら、個別練習室へと向かっていく。

どうして成績にランキングや、順位があるのかと言えば、こういう優先度をつけて競争心を煽るためでもある。

優秀な者にはより良い環境をというわけだ。

扉を開いて個別練習室に入ると別世界に入ったように広い。

「ここで勉強するの？」

「はい。ここは魔法陣で空間を広げていますので、本来は……」

リベラが魔法を詠唱すると、机が二つ並ぶ小さな部屋へと変わっていく。

「おお、これなら落ち着いて勉強できそうだ」

「ふふ、リューク様の知識は不思議ですね。みんなが知っているようなことは知らないのに、みんなが知らない不思議なことを知っておられるので」

リベラに笑われてしまった。

ボクは床に描かれた魔法陣を見る。

「魔法の使い方は不思議だね。こんな方法もあるんだ」

「リューク様も魔法がお好きですね。魔法陣は魔法を定着させるために必要なんです。上手く描かなければ発動しません。絵を描く才能もいるんです」

魔法は便利ではあるけど、使うためには努力が必要になる。

無属性魔法は、魔力に頼る部分が多いが、発想力や想像力がなければダメ。

属性魔法は、固有魔法のおかげで理解すれば使いやすいが、応用するためには訓練と理解が必要になる。

「魔法は奥が深いね」

「はい！　ですから面白いのです！」

魔法狂いのリベラが魔法について語り出す前に、本題に入らないとね。

「そろそろ今日の本題に入ろうか？」

「はい。マジックウォッチの検証ですね。それでは詳細を紙に書いていきます」

名前：リベラ・グリコ
年齢：十五歳
レベル：四
魔物討伐数：三十六体
所属クラス：零クラス
実技評価：三百名中三十二位
学科評価：三百名中十位
魔法評価：三百名中一位
成績ランキング：総合七位

習得魔法
無属性魔法（生活魔法、強化魔法、補助魔法、回復魔法）
属性魔法（《水》魔法）

リベラのステータスは、ボクよりもレベルが高かった。

魔法評価が学年首席なのも凄い。

「成績ランキングは七位か、凄いね」

「リューク様は二位ですよね？」

「そうだね」

チュートリアル戦の時に言われていた。

掲示板を見てもわかることだ。

「属性魔法《水》に驚かれましたか？」

「驚いた。リベラなら応用がたくさん出来そうだね。使い勝手が良さそうだ」

「そうなのです。《水》は攻撃や防御、補助にも応用が可能なので、実験して試し甲斐があって楽しみです」

「ボクのも見せておくね」

ステータスを見たリベラは驚いた顔をする。

「よろしかったのですか？　この属性魔法は秘匿されるべきです」

「マルさんも知っているからね。国には登録されているし、リベラが学園内で話さなければ問題ないよ」

希少魔法は秘匿性が高い。

ボクの属性魔法は両方とも、希少魔法なので、人体に作用する魔法としか家族に伝えていない。

それはマルさんが配慮してくれたからだ。

「かしこまりました。ダンの意識を一瞬で奪った理由がわかりました。それに不明はなんでしょうか？」

無属性魔法の不明は、バルのことかな？

詳細を押すと、不明＝登録されていない魔法、解析不明と表示される。

「なるほど。リューク様のオリジナル魔法なので、登録がないため解析不明と出るのですね」

「登録されていない魔法は解析できないと言うことか」

「マジックウォッチもまだまだ進化の途中です。これからに期待しましょう」

ボクらはマジックウォッチの詳細を書き出して、互いにマジックウォッチの可能性について語り合った。

◇

怠惰なボクではあるけれど、ボクの朝は早い。

なぜかって？　美容は一日して成らずなんだよ。

キモデブガマガエルにならないために始めた美容だけど、今ではボクにとってのモーニングルーティンになっている。早い時間に起きたボクは、隣で眠る天使の寝顔を見つめる。

何よりも大切な時間だね。人は、一人で生きていくことはできない。

孤独はとても辛いから、隣で眠ってくれる人がいると知るだけで幸せな気持ちになれる。

学園に来て、一番よかったのは、カリンの側にいられることだ。

カリンは料理だけでなく、学科をメインで授業を組んでいる。

学科には様々な分野があり、カリンは将来レストランなどの経営者になるために経営学などを学んでいる。

カリビアン伯爵の手伝いをするのだと張り切っていた。

目標に向かって頑張る彼女は、とても素敵な女性なんだ。

授業で疲れているカリンを寝かせたまま、まだ空が暗い早朝に学園を散歩する。

誰もいない学園の敷地を散歩するのは、少しワクワクするね。

「少しだけ汗を出そうか？　バル、トレース」

「(^^)」

誰もいない広場を見つけたので、バルを召喚して身体を預ける。

バルは、ボクの脳内に記憶している格闘家の動きを再現して身体を動かしていく。

最初の頃は、フワフワと物を運ぶしかできなかった。

今では応用をたくさん考えた。

《フォルムチェンジ》、《トレース》、《コントロール》

三つの応用魔法を組み合わせて、バルを使えるようにした。

《フォルムチェンジ》は、バルの形状を変化できる魔法だ。

普段は透明な魔力の塊で、風船のような形をしているバルだけど、ビーズクッションのように全身を預けて心地よい感触で眠れるクッションへ変化できるようになった。

荷物を運べるだけでなく、眠るボクを運べるようになったのも副産物として大発明だったと今は思っている。

荷物を運べるなら人も運べるだろうと、思ってやってみたらできた。

魔力の供給が切れれば、不安定になって維持するのが難しくなる。

魔力と相性が良くて、自由自在に変化できる素材があれば、バルにボディーを作りたい。

「いい汗が出たね」

《トレース》はボクの記憶をバルがダウンロードして、ボクの体で再現する魔法だ。

脳内のデータをバルが記録して、統計学のように収集していく。

そこから最適な戦闘方法を確率論から分析して、編み出せるように魔法をプログラミングした。

そのため、学園に来る前に騎士や冒険者の戦いを見学に行ったんだ。

カリンに連れ出された際に社会勉強として見たんだけどね。

カリンがいないと思いつかなかったな。

最近はデータも大分集まってきて、解析なんかも出来るようになってきた。

学園では、校内ランキング戦が度々行われている。

生徒同士が魔法を使う姿を見ることができるので、バルのデータ収集には良い環境だ。

バルを実戦で使ったのは、ダンが初めてだった。

相手を倒す最適解をバルが選択して戦った結果としてダンに勝てた。

バルは実戦でも通用することが証明できた。

戦闘以外のデータ収集にも使えると思うから、まだまだ応用ができそうな魔法だね。

「バル、コントロール」

《コントロール》は、ボクの意識を残したまま、バルが操作する身体を遠隔操作する。

人は、自分の身体を使うときに脳内セーブをかけてしまう。

それはキャパシティーを超えて身体を使いすぎないように、危険から守るための自己防衛本能が働くからだ。

だけど、コントロールを使うことで、ゲームのコントローラーを持った状態で、自分の身体を操作できるように考えた魔法で、限界を超えた動きができる。

身体を動かすのはバル。操作するのはボクといった感じだ。

これのメリットは、しんどさと痛さを感じないで済むことだ。

寝ながら自分の操作して、身体を鍛えられたらラクでいいのにって考えた答えだ。

バルを発動していても、コントロールを使えば、ボク自身に意識があるので、魔法を使うこともできる。

バルを解除する前に回復魔法で怪我を治しておけば痛みを感じないで済む。

これだけ万能なバルだけど、バルにも弱点はある。

洗顔をしてもらおうと、顔をゴシゴシと擦って、水をビチャビチャにしてしまった。

いつも見ていることでも、力の加減が難しいようだ。

どんなことでもある程度の経験を積ませないと、すぐにはできない。

「そろそろいい時間だね」

運動と魔法を同時に訓練できるバルは、ボクにとって大発明だ。

自分の部屋に戻ったボクはシャワーと洗顔、化粧水、乳液、保湿クリームを済ませる。

そして、ここからがボクにとっての至福の時間だ。

一年前にマイド大商店に行った理由として、そこでしか売っていない発明品があるからだ。その名も《魔導ドライヤー》だ。

アカリに会うついでに購入した《魔導ドライヤー》は、熱魔法が使えない者でも、温風と冷風を使うことができる優れ物で、これが無ければ髪をサラサラに保つことはできない。

美容には努力が必要なのだ。

髪の毛も正しくケアをしなければ、櫛が通る綺麗な髪にはならない。

これを生み出した発明家にボクは感謝したい。

「椿油は、夜でいいや」

モーニングルーティンとして、一連の流れが終わったところで制服に袖を通して、従者を待つのがボクの朝だ。

コンッコンッ
「リューク様、そろそろ起床のお時間です」

ノックの音がして、リベラの声が聞こえる。

「ああ、今出るよ」

入学当初は、着替えの手伝いをするつもりできたリベラに、制服で出迎える。

「あっ、ご自分で着られたのですね」

物凄く残念そうにされた。

「はいはい。朝食へ行こうか？」

「はい」

寮の朝食は、食堂で自由に食べられるバイキング形式だ。

貴族の一部には自分用にシェフを連れてきている子もいる。

ボクにはもちろんそんな人はいないので、基本的には食堂でバイキングを食べている。

「アイリス姉さん。おはようございます」

食堂に着くと、アイリス姉さん専用席で、紅茶を飲んでいた。

絶世の美女であるアイリス姉さんは、紅茶を飲む姿も様になっている。

低血圧で、朝は不機嫌なアイリス姉さんは、朝食を摂らずに蜂蜜ティーを朝食代わりにしていたので、今度カリンにサプリメント開発を提案してみようかな？

「ええ、おはよう。リューク、リベラさん」

「アイリス様、おはようございます」

「リューク、あなたはしっかりと食べないとダメよ」

学園に来るようになって知ったことだが、アイリス姉さんは気遣いのできる人だ。

家にいる時は、話す機会がなかっただけで、学園にはテスタ兄上も、父上もいない。

上位貴族の令嬢として厳しくはあるものの、優しい一面をアイリス姉さんから感じる。

「はい。アイリス姉さん。リベラ、行こう」

「はい。アイリス様、失礼します」

「ええ」

食堂にカリンはいない。

カリンは朝が弱いので、ボクが朝食を食べ終える時間になっても下りてこない。

また、夜に会えるので、リベラと朝食を終えて学園に向かう。


これがボクのモーニングルーティンだ。

年老いたら、今のモーニングルーティンはやめるかもしれない。

だけど、いつまでも健康的な身体を維持したいと思っている。

幕間三　リベラ・グリコ

私の名前はリベラ・グリコと申します。

父は魔法省で、属性管理局局長を務めているマルサ・グリコ男爵と申します。

魔法省は、王国に住まう者達が使う魔法を管理する機関として、王国内でもエリートばかりが集められております。

自慢の父は、幼い頃から魔法について様々な知識を与えてくれました。

魔法には無限の可能性があり、無属性魔法と言ってバカにしてはいけないと、耳にタコができるほど言われてきました。

それが嫌なことではなく、父のおかげで私は魔法が大好きになりました。

属性魔法は強力な魔法です。

使う人によって、悪にも正義にもなるのだと父は私に言いました。

属性魔法は、神様から個人に与えられたギフトです。

ですが、魔法は誰もが使えるものであってほしいと私は思います。

魔法を本当に愛している者ならば、無属性魔法にこそ可能性を見出すことが出来ます。

私が十一歳のとき、父は天才魔法少年と出会いました。

私にとって良き教師だった父は、天才少年に教えを請う生徒になりました。

彼の話をしているときの父は心から楽しそうな顔をするのです。

天才少年から得たインスピレーションを、私へ語り伝えてくれるのです。

天才少年の話は、私の心を震わせました。

天才少年の名はリューク・ヒュガロ・デスクストスと仰るそうです。

彼は、他の人が思いつかない方法で魔力を利用して様々な変化を生み出していきます。

話を聞く度に無属性魔法の可能性が広がり、私たち親子が思いつかなかった方法や、知り得なかった知識を知ることが出来ました。

いつの間にか、私の中で彼は天才少年ではなく、魔法を愛する同志だと思うようになりました。

無属性魔法への理解力。

属性魔法を使う応用力。

無属性であれ、属性であれ、魔法への無限の想像力と発想力。

父から聞く天才少年は、天才と言うだけでは足りません。

魔法の深淵を垣間見た怪物に思えました。

だからこそ、もっと私も彼のことが知りたい。

そう思ってアレシダス王立学園で、彼の従者として務めることに志願しました。

公爵家で第二子息の従者を募集しているのを見つけたとき、心臓が掴まれた気がして飛びつきました。どんな人なのだろうか？

父からはとても美しい少年で、性格は面倒くさがりだと聞いています。

魔法を極めているのに、美しさや生活環境まで整える知識まで持っていて、美容や食事も気にしているのに、面倒くさがりだそうです。

私の中で、同志であると同時に変な人だなって思っています。

でも、色々なことができるかもしれなくて面白そうなので楽しみにしています。

だって、美容って凄く面倒くさいんです。

魔法の研究だけに全ての時間を使えたらいいのに、食事や生活環境まで考えている？

凄く面倒なことをしている人だと思いました。

リューク様の発明の一つに、父に飲ませていただいたハーブティーがあります。

スッキリとしていて飲みやすく、飲んだ後は頭がクリアになるのです。

味だけじゃなく、美容と身体にも良いそうです。

彼からの贈り物で、毎月一定数が送られてきます。

今では家で飲むお茶になりました。

父が彼について説明するとき……、髪はふわふわなマッシュパーマで、光を反射するほど美しいそうです。

肌は白く透明感があり、眠そうなタレ目ではあるが、笑った顔は陽だまりのように温かな雰囲気を持つと言います。えっ？　そんな人いるのでしょうか？

私が思った感想は父の妄想の中に存在する人ではないかと思ったほどです。

アレシダス王立学園の入学式の日。

リューク様と待ち合わせをして、やっと彼に会うことができる。

そう思って歩いていると、風に吹かれる彼を見つけました。

父が言ったことが本当であり、私は彼の姿に目を奪われました。

美しい髪は春の風に靡いて輝きを増し、美しい肌は光を反射する。

黙って歩く顔は優しそうで、柔らかな雰囲気が彼の周りに存在していました。

私は、妄想の中で作り出した彼よりも、現実に存在する彼に恋をしました。

「リューク様ですか？」

ずっと会いたかった彼が目の前にいます。

想像よりも美しくて、想像よりもカッコイイ。

「君は？」

「ふふ、すぐに分かりました。父の言うとおりの人でしたね」

「父？」

「申し遅れました。私は魔法省属性管理局局長を務めるマルサ・グリコ男爵が娘。リベラ・グリコと申します」

貴族社会では、階級が上の者から声をかけるのが礼儀です。

ここが学園でなければ話しかけることすら出来ない高貴な方。

緊張しながら話しかけた私が名乗ると、リューク様の顔が笑顔へと変わりました。

「マルさんの娘さんか」

クシャっと笑う陽だまりのような笑顔に胸がドキッとして痛いです。

「ふふ。父をマルさんと呼ぶのはリューク様だけですよ」

「そう？　マルさんの娘だから、リべさん？」

「いえ、さんは不要です。どうかリベラとお呼びください」

父をこんなにも親しそうに呼ぶ人に初めて会いました。

魔法省は、研究者が多く。

馴れ合いを嫌う人が多いそうなので、友人と呼べる人は少ないと父が言っていました。

会話に集中していなければ、笑顔を見た後から私の胸はドキドキが強くなっていることがバレてしまう。

「リベラは魔法が好き？」

いきなりリューク様から私が大好きな魔法について質問されました。

「大好きです！　将来は魔法省に勤めたいと思っています！」

「そっか。リベラは真面目に魔法に取り組んでいるようだし、絶対なれるよ」

嬉しい。

私が好きなことを好きだとハッキリ言えることが、女が魔法省なんてとバカする人もいます。リューク様の言葉は私の想像を超えていく。

「普通は女性が魔法省に入りたいと言うと、バカにされるんです」

なれると言ってくれた。それだけでリューク様の側にいたいと思えた。

私を認めてくれるリューク様、彼のお世話をしたい。

「はい。ありがとうございます。ですが、学園にいる間はリューク様の従者として、お世話をさせていただきます」

「ボクのことはそれほど気にしなくてもいいよ。自分のことは自分で出来るから」

「いえ、私がお世話をしたいんです」

「そうなの？」

「はい。リューク様のことが知りたいんです！　リューク様の作り出す魔法は芸術です」

彼は無属性魔法を使ってオリジナル魔法を作り出せると、父が言っていました。

私はそれが見たい。知りたい。学びたい。

「魔法は追々ね。今は、寮の入寮申請を済ませないと」

「それは全て終わっております。リューク様の手を煩わせるわけにはいきません」

一秒でも彼の時間を無駄にしてはいけない。

父から、「リューク様は凄くめんどくさがりだから世話をしてあげると喜ぶよ」と聞いていたので全力でお世話させていただきます。

「わかったよ。入学式の時間まで魔法の話でもしようか？」

「お願いします。あっ、お茶を淹れられる場所へ行きましょう」

入学式が始まるまで、私はリューク様の思考を十分に堪能することが出来ました。

幕間四　遠い背中

俺の名はダン。
父さんと同じ騎士になるためにアレシダス王立学園にやってきた。
学園では騎士になるための勉強と訓練をして、マーシャル家に恩返しをするんだ。
それが俺にとっての目標だ。
ただ、王都に来てからの俺はイライラしていた。
それは王都が、平和過ぎるからだ。
マーシャル領は常に魔物の脅威にさらされているところだった。
命の危険と隣り合わせで、自らを鍛えなければ生きていけない日々。
生きるために、みんなが協力し合って、そこには絆があった。
王都は、平和に生きている人たちに危機感がまったく感じられない。
王都に住んでいても、町を出れば魔物は存在する。
それなのに誰も危機感無く平和な日々を過ごしている。
平和なのが悪いとは言わない。
だけど、人と人との間に絆が感じられない。

王都の貴族たちは権力争いに夢中で、協力し合うのではなく、相手を蹴落とすために蔑むことばかりに力を注いでいる。

一番許せないのは、マーシャル領で住んでいる人たちのことを、野蛮人と蔑むような言い方をされたことだ。

アレシダス王国を魔物から守るため、マーシャル領に住んでいる人たちが防波堤となって、厳しい生活をしていることを何も知らないくせに、許せねぇよ。

マーシャル領をバカにしている奴らのボスが、筆頭貴族のデスクストス公爵家だ。

「ダン、あの家の者は我が家の敵だ。絶対に私はあの家の者には負けたくない」

俺が仕えるマーシャル家のリンシャン姫様もデスクストス公爵家を敵対視していた。

魔物の脅威にさらされる北に領地を持つマーシャル家。

気候も穏やかで魔物の出現率が低い南のデスクストス家。

何もかもが真逆の二大公爵家。

それは王国の武と文を司る二大巨頭であり、相容れない両家の確執は、今に始まったことじゃない。それは平民の俺にだって分かっている。

だから姫様に代わって、同学年で入学してくる公爵家の息子の鼻を明かしてやる。

その息子がどんな男なのか気になって入学式の際に視線を向けた。

そこにいた男を見た瞬間、俺の心に怒りがわいてきた。

女のように髪を伸ばして、何の苦労も知らなさそうな綺麗な顔。

横にいる女子と話す軽薄そうな姿。

戦いを知らずノウノウとした態度。

如何にも貴族という風貌の嫌な奴だった。

奴の全てが気にくわない。

極めつけは王女様が挨拶をされている際に、奴はどこからともなくクッションを取り出して眠り始めたのだ。

栄えあるアレシダス王立学園の入学式で睡眠を取るなどあり得ない。

「デスクストス家の腐った性根を、俺が叩き直してやる。入学式で堂々と寝ていたところを見ているからな」

お前みたいな貴族がいるからこそ、救われない者たちがいるんだ。

「はいはい。相手してやるだけありがたいと思ってね」

制服の上から見える身体を鍛えていない細い身体。

魔法成績が上位だと言うが、姫様と共に魔物との戦いで鍛えてきた俺が負けるはずがない。俺はレベル五で、全ての身体能力が上がっている。

「お前のレベルは幾つだ？」

これはあくまで手加減をするための質問だ。

「レベル一だよ」

レベル一だと、貴族のくせに魔物と戦ったこともないのか。

レベル三程度はあると思っていたのに予想以下だ。

いくらデスクストス領が安全だといっても、魔物と戦わないということは絶対にない。

レベルが上がっていないと言うことは、魔物と戦ったことがない？

デスクストス公爵が、こいつを可愛がって戦わせなかったということだ。

はっ、ますます気に入らない。

姫様が、女性の身でどれだけの魔物と戦ってきたか、あの過酷な日々を俺は忘れない。

こいつだけは絶対に許さん。

「それでは成績二十位ダンの申し出により、成績二位リューク・ヒュガロ・デスクストスとのランキング戦を開始する。両者前へ」

グローレン・リサーチ先生が審判役となり、闘技場の中央で向き合う。

「良い戦いをしよう」

あろうことか手加減しようと思っていた俺に向かって、奴は挑発するような言葉をかけてきた。

何が良い戦いだ。貴様が俺とまともに戦えるはずがないだろ。

俺は頭に血が上る。もういい、一瞬で終わらせてやる。

「開始」

先生のかけ声と共に俺は最速で身体強化を発動した。

マーシャル公爵様にお褒めいただいた身体強化は、俺が一番得意な魔法だ。

「はっ」

だが、奴は俺が身体強化をかけるタイミングを狙って拳を振るってきた。

「なっ」

とっさに飛び退いたが、奴は俺から離れない。

同じ高さ、同じ速度で動いて前進してくる。

近すぎて剣を振るうことができない。

「ぐっ」

奴の攻撃は全て体術で、何発かもらっちまった。

制服の下に防具を着けていなければ、最初の一撃で大ダメージを受けていただろう。

魔法が得意と聞いていたから油断していた。

「舐めるな！」

強引に剣を横薙《な》ぎにして奴を振り払う。

しかし、奴は上半身を反り返るほど倒して剣を避けた。

ありえない動きに俺の身体が硬直する。

大ぶりをした俺は隙だらけになり、身体を反らした奴は反動を使って、頭突きをお見舞いしてきた。目の中に光がパチパチと輝き、視界がホワイトアウトする。
二、三発顔面を殴られて意識が飛びそうになる。
「ぐっ」

胸倉を掴まれて首を絞めるように持ち上げられた。

「はっ、離せ」

「終わりにしよう」

暴れて剣を振るおうとするが、奴の蹴りが俺の剣をはじき飛ばした。

奴が俺を見上げる。

俺は何も出来ないで終わるのか？　そんなの嫌だ。

「ブースト」

奥の手である属性魔法を使う。

「やらせないよ。スリープ」

ぐっ、奴の手から逃れようと身体能力《増加》をかけた。

だが、俺はそこで意識を失っていた。

◇

世界は広い……。

俺はマーシャル領の生活しか知らなかった。

マーシャル領では戦うことが全てだった。

強さだけが自分の証明だと思ってきた。

だけど、俺は自分の力を示す戦いで負けた。負けたら死ぬ。

父さんは領を守るために命をかけた。俺はまだ死んでいない。悔やむことが出来る。

だから、俺は自分を見つめ直すことにした。

今回の敗北は、相手を見た目で判断して手加減しようとまで考えた自分の驕りだ。

油断して、調子にのっていた。

相手の力量も知らないで、自分のことばかりで……。

「バカだったな」

目標は変わっていない。強くなって学園剣帝杯で優勝する。

そのために何をすればいいのか？

バカな俺が思いついたのは、他の奴よりも早く起きて身体を動かすことだった。

早朝に起きて、軽いランニングをして汗を流してから剣を振る。

素振りから始めて、マーシャル流剣術の形を一つ一つ確かめるように形をなぞっていく。集中して身体を動かしていると頭がカラッポになって気持ちが良い。

学園に来てからは、食事も好きなだけ量を食べられて身体もデカくなってきた。

授業は、実技と魔法を中心にして強くなるための最短ルートを進んでいる。

そんなある日、俺は早朝に奴の姿を見つけた。

あの入学式の日から、目で追ってしまっていたから間違えようがない。

リューク・ヒュガロ・デスクストス公爵子息の姿を。

俺が従う姫様、リンシャン・ソード・マーシャル公爵令嬢の敵であり、俺にとってはいつか倒さなければいけない相手。

まだ、日も昇っていない朝方に奴がいることに違和感があり、俺は何か悪いことでも考えているんじゃないかと警戒して観察を続ける。

だが、考えていたことが杞憂であったことを知る。

奴は、軽く散歩を済ませると、少し広い場所に行って鍛錬を始めた。

武器を使わない体術。

格闘家と呼ばれる冒険者が、己の肉体のみで魔物を倒す術を持つという。

それを実戦で使う奴を初めて見た。

デスクストスの動きは洗練されていて一切の無駄がない。

「綺麗だ」

それが戦う形であることは見ていて分かる。

舞を舞っているように滑らかで、無駄がなく、鍛錬の熟練度が高いことがわかってしまう。

目を奪われる。魅了される。圧倒される。

「勝てないはずだ」

何も出来なかった俺は意識を奪われたことも、魔法が未熟なせいだと思っていた。

鍛錬に裏付けされた実力は、武を志す者であれば理解できる。

「奴は、見た目も、強さも、魔法も、全てを鍛えていたんだ」

全てに妥協が見られない。

自分はどうだっただろうか？　見た目は髪は短く切りそろえているがボサボサ。

母さんがいないから洗濯もろくに出来ていないヨレた服。

強くなるための方法も、マーシャル流剣術と魔法だけ、その魔法も全然理解できていない。

「はは、負ける要素ばっかりじゃねぇか」

今なら分かる。

リュークの奴は貴族の坊っちゃんだ。

だけど、メチャクチャ努力している。

本来レベルが上がれば身体能力が向上して、レベルが低い奴には負けない。

だけど、レベル差などの関係ない能力値に差があるんだ。

奴は、日々の鍛錬によって己の能力を高めている。

見た目の所作が綺麗なのも、体術の鍛錬も、魔法の理解力も、勉強も俺より上。俺よりも遥か遠い先にいる。

「くく、メチャクチャ遠い背中じゃねぇか。遠すぎてまったく見えねぇよ」

高い高い壁であり、それでもマーシャル家のために倒さなければならない。

「おもしれぇじゃねぇか！　絶対に越えてやるよ。今のままじゃダメだ。魔法も、戦闘も、勉強も負けてるなら全部やってやる！」

デカい目標を手に入れて様々なことに目を向けるようになった。

そうすることで俺は知ることになる。世界は広い。

手始めに始めた体術は、メチャクチャ難しかった。

リュークを真似るように身体を動かしても、リュークのように綺麗に身体を動かすことが出来ない。荒々しく力に任せた攻撃の方が自分に向いている。

リュークとは同じに出来ない。

でも、真似たことは無駄じゃない。

自分に合った戦い方を理解できた。

魔法の勉強を始めて自分が弱すぎることを知った。

リュークが本気で魔法を使っていれば、自分などすぐに負けていた。

魔法に対抗するためには魔法耐性を向上させなければならない
そうしなければ魔力の高いリュークの属性魔法を防ぐことが出来ない。

属性魔法も、今までは身体強化をブーストさせることしかしてこなかった。

もっと使い方の工夫が必要で、応用するために魔法を勉強しないと通用しない。

知らないことが多すぎて、自分が本当にバカで田舎者だったことを学園の授業を聞くほどに思い知らされる。

「ダン、最近は勉学にも身を入れているようだな。お前にしては珍しいじゃないか？」

俺と同じく、実技と魔法の授業を多くとった姫様に声をかけられる。

「ああ、俺は強くなりたい」

「うん？　強くなりたいのに勉強をするのか？」

「そうだ。身体を強くすることも、魔法をたくさん覚えるのも大事だとは思う。だけど、それを使うための頭がなければ結局奴には勝てない」

「奴？　デスクストスか、またランキング戦に挑戦するのか？」

姫様が心配そうな顔をする。

ああ、分かっていたんだ。

姫様も、俺じゃリュークに勝てないって思っているんだ。

「まだ、やらねぇよ。今のままじゃ勝てないからな。だけど、明日の俺は今日よりも強くなる。一歩一歩、進んで奴に追いつく。必ず、俺が奴を倒すんだ」

俺の言葉に姫様は心配そうな顔を止めて、誇らしい顔をしてくれる。

「ガンバレ！　私も負けないぞ」

「ああ、姫様にもランキング戦を挑むからな。マーシャル領からの続きだ」

「いつでも受けてやる。待っているぞ」

姫様は、俺よりも魔法への理解がある。

属性魔法の応用も使えて、魔力も俺よりも多い。

戦闘をすれば負けないまでも、まだ確実に勝てるとは言えない。

「本当に世界は広いな。強い奴がいっぱい居るじゃねぇか」

実技講義は様々な戦闘の技術を教えるだけでなく、戦闘に役立つ戦術や戦略を勉強する。

実戦的な講義では、冒険者ルビーと模擬戦を行った。

「お前じゃ私に勝てないにゃ」

「絶対倒してやるよ！」

短剣を使うルビーの動きについていけなくて、何度挑戦しても一度も勝てない。

騎士とばかり訓練をしてきた俺は奇襲に弱い。

変則的な動きについていけない。

魔物と戦っているときは必死で自分がどんな動きをしていたのか理解していなかった。

魔法講義は、座学以外にも実戦的な訓練も多くあった。

攻撃魔法の講習で、王女様と模擬戦をした。

「身体強化は素晴らしいですが、それ以外が全て拙いですね」

エリーナ王女様の属性魔法である《氷》を防ぐこともできなくて、あっさりと負けちまった。無属性魔法の魔法障壁を作ってもすぐに砕け散る。

魔力コントロールが下手な上に、根本的な魔力量が全然勝てない。

実技も、魔法も、女子に全く歯が立たない。

リューク・ヒュガロ・デスクストスは、女子達よりも遥かに強い。

遠い背中を思い出して、俺は今日も立ち上がる。

「絶対に追いついてお前を倒してやる」

騎士になることが学園での目標だが、越えたい背中を越えるのも今の俺の目標だ。

第二章

森のダンジョン実習

Only Lazy,
Villainous Aristocrats

第十一話　チーム分け

このゲームは、レベルの概念がありながら、レベルだけでは人の強さを測ることができないように設定されている。レベル以上に大切になるのが、基礎能力値になる。

学園生活の三年間では、レベルと共に基礎能力値アップに時間をかける。

《勉強》《魔法》《訓練》《休息》からコマンドを選んで、週間の過ごし方を決めていく。

授業は自由選択制なので、途中で変更することも可能なのだ。

週末は、ミニイベントを消化していく形式なので、《勉強》《訓練》《ダンジョン》《魔法研究》《バイト》《デート》《休息》のコマンドから選んで、週末を過ごす。

週末も、勉強や訓練で基礎能力値上げや、ダンジョンでレベル上げなどができる。

魔法研究は、新しい属性魔法の応用研究や、無属性魔法の練習などができたり、魔導器具の開発なども行える。施設は学園側が提供してくれている。

バイトやデートは、飲食店街や商業区などが学園内に造られているので、様々な体験を学園の敷地内で行えるように準備がなされている。

学園パートでは、恋愛をメインにしているので、コマンドに応じてイベントが起こり、生じるイベントをクリアしていくことで、女性たちと仲良くなり、己を鍛えることに繋がっていく。

それは後々の立身出世パートで、主人公の能力値を決めることにも繋がる。

何かに特化させて、鍛えていくことで仲良くなれるヒロインも代わっていくことになる。

これらを自分で起こすアクションイベントとするならば、強制イベントと言われる。

ゲームの進行上さけては通れないイベントがいくつか存在する。

その一つが、学園剣帝杯だ。

アレシダス王立学園に在籍する生徒は強制参加になっている。

敗北すれば成績が下がるが、棄権も許されているので、最悪出なくてもいい。

ゲームの強制力によって、どのような力が作用するのかわかればいいけど。

主人公にとっては最終目標であり、騎士になるためには、絶対に優勝しなければならない。

一年次、二年次では、主人公よりもレベルや能力値が高い上級生を相手にしなければならないため、優勝は三年次で出来るように目指していく。

では、一年次の強制イベントとは何か？

「それでは皆さん。課外授業の一環として、ダンジョン実習をしていただきます」

リサーチ先生の発言に生徒たちは、様々な反応を見せる。

いよいよ自分の力を試せると喜ぶ者。

戦闘をしなくてはいけないことに戸惑う者。

めんどくさそうな顔をする者……あっ、これはボクだけかな。

とにかく、学園の授業として本格的な強制イベントが始まろうとしていた。

「先生、よろしいですか」

優等生のリンシャンが挙手して立ち上がる。

「マーシャル君、なんですか」

「課外授業では、チームを組んで授業に挑むとお聞きしていました。チーム分けは、どのようになさるのでしょうか」

課外授業のチームは学園側が、成績と能力によって判断してチーム分けを行う。

基本的に、四人一組のチームとして、最大六人のサポートメンバーを入れたチームを組む。零クラスは、二十名なので、サポート無しの四人チームを五つつくることができる。

成績上位者が集まる零クラスなら、四人一組の一チームで問題はないと思う。

下位クラスになると能力が低かったり、属性魔法を使うことができない生徒も出てくるので、六人一組のチームをつくれるように三十名が一つのクラスに在籍している。

校内ランキング戦などで、入れ替えが行われれば、行ったチームへ移動していくだけだ。

下位クラスがダンジョンに挑む際には、先生たちによる引率もつけられる。

上位クラスは、授業では、主人公が仲良くなりたいヒロインとチームになる。

好感度によってチーム分けが偏ったり、週末に一緒にダンジョンに行ってレベル上げを行うことができるシステムなので、現在のダンに対する好感度がわかるということだ。

ボクとしては、リンシャンとエリーナにダンと組んでもらって、リベラと組めたら嬉しい。あの二人は面倒そうなので、パスしたい。

「バランスを考えて、こちら側で決めさせていただきました」

予定通り、学園側がチームを決めているようだ。

「それでは一チーム、エリーナ・シルディ・ボーク・アレシダスさん。チームリーダーをお願いします」

「はい」

「メンバーは、アカリ・マイドさん。リベラ・グリコさん。ダンさんです」

おや、主人公と女騎士が別々のチームになることは珍しい。

主人公に対して、好感度の高い女騎士は高確率で同じチームになるはずなのに。

「二チーム、リンシャン・ソード・マーシャルさん。チームリーダーをお願いします」

「はい！」

「メンバーは、ミリルさん。ルビーさん。リューク・ヒュガロ・デスクストスさんです」

これは本当に珍しい。

女騎士と悪役貴族であるボクがチームを組むことはゲームではあり得ない。

特待生たち二人とも話したことがないので、ボクにとっては面倒そうだ。

「先生、私は従者として、リューク様と同じチームに入りたいです」

リベラが立ち上がって、チームメンバーの交代を要求する。

ボクもリベラが同じチームになってくれると嬉しいから、交代してほしい。

「一年生では、互いの実力がはっきりとわかりませんので、現在の成績に合わせたバランスを考えております。なので却下します」

「くっ」

リベラが悔しそうに奥歯を噛み締める。

「仕方ないさ。ボクのことは良いから、リベラは自分のチームで頑張っておいで、怪我をしないようにね」

ボクが声をかけるとリベラは席に着いた。

「わかりました。リューク様ならば、大丈夫だと思いますが、お気をつけください」

リベラは、チームリーダーに選出されたリンシャンを睨みつけた。

◇

全てのチームが発表されると、チームごとに個室が与えられた。

話し合いの時間をとるためだ。

互いに話したこともないので、当たり前だね。

「改めて、チームリーダーをさせてもらう。リンシャン・ソード・マーシャルだ」

男勝りな口調に、手を腰に当てて、高圧的な態度を取る。

「ミリルです。学科で特待生になりました。勉強が好きです。戦闘は得意ではありません」

リンシャンに怯えているのか、何故かボクの後ろに隠れる。

ミリルがボソボソと自信なさそうな口調で話す。

顔は可愛い、儚げな薄幸の美少女といった印象だ。

「ルビーにゃ。私は冒険者として働いていたにゃ。ダンジョンのことは任せるにゃ」

獣人であることを隠すために帽子を被ったままなのに、語尾が「にゃ」になっている。

獣人ではないと、他の生徒に話しているのを聞いたが、愛嬌があって可愛い。

猫をモフりたい衝動にかられるのを我慢する。

ミリルがボクの後ろに隠れ、ルビーがボクの横に座って、リンシャンと向かい合っている。

「リューク・ヒュガロ・デスクストスだよ。よろしくね」

全員が自己紹介を終えて、三対一のような構図で席に着いている。

ボクは隣に座る、ミリルとルビーに視線を向ける。

二人からは好意的な視線を向けられている。

「気にしないでください、リューク様。あっ、リューク様とお呼びしてもいいですか？」

「うん。いいよ」

「ありがとうございます。何かあれば言ってくださいませ。パンでもジュースでも買ってきます」

何故か自分からパシリになりたいと発言するミリル。

ボクと話す時は、自己紹介の時よりも声がはっきり出ているぞ。

「私もリューク様と呼びたいにゃ」

「いいよ」

「嬉しいにゃ。ありがとにゃ」

猫……、モフモフで可愛い。

シロップに会いたい、モフモフしたい。

「私を撫でてもいいにゃ。好きにしていいにゃ」

なんだと！　スリスリと顔をボクの肩に擦り寄せる。

完全に猫だ。

「お前たち！　何をしているんだ、さっきから！　今からチームとして役割について話し合いをするんだ。ちゃんとしろ！」

怒声をあげて、ボクを睨むリンシャン。

三人の行動がわからなくて面倒になってきた。


現実逃避したくなったボクは、ダンジョンについて考える。

ダンジョンは、魔物を生み出す摩訶不思議な魔境で、形状によって呼び方が変わる。

洞窟、森、地下施設、など様々存在している。

魔力が一箇所にとどまり続けることで、魔力の濃度が濃くなって、ダンジョンコアを作り出すとも言われている。

ダンジョンコアに意思があるのかはわかっていない。

ダンジョンコアが生まれると、領土拡大を目指すように魔物を生み出してダンジョンを広げていく。

ダンジョンにもレベルがあり、一から十までランク付けされている。

ランク一が生まれたての赤ちゃんとして、レベル十は、ダンジョンに人が足を踏み入れることができないくらいの強力な魔物が蔓延《はびこ》っている。

成長したダンジョンは、人が欲する鉱物やアイテムを生み出す。

人々はダンジョンから得られる資源やエネルギーを求めて、糧を得るために集まる。

魔導器具に使われているエネルギーは、ダンジョンから生まれる魔物の魔石が使われる。

魔石を欲する人々ではあるが、だからと言ってダンジョンが成長しすぎてしまえば、ダンジョンから溢れた魔物によって町を襲うようになってしまう。

一定数は刈り取らなければならない。

それを行うのが冒険者たちだ。

彼らが魔物を狩って、魔石を集めダンジョンを制御している。

王都内にも二つのダンジョンが管理されている。

森ダンジョンと地下迷宮ダンジョンの二つだ。

地下迷宮ダンジョンは、教会の墓地から繋がる地下から発見された。

出現する魔物のほとんどがゾンビとスケルトンで、地下三階まで確認されている。

地下三階には、ガス状生命体であるレイスやゴーストが出現する。

発見されるまでに時間がかかったこともあり、ダンジョンランクは三まで成長している。

ゾンビやスケルトンは物理攻撃が通じるが、レイスやゴーストは物理攻撃が効かない。

そのため、地下迷宮ダンジョンは新入生が挑戦するには難易度が高い。

課外授業で使われるダンジョンは、森ダンジョンになる。

ランク二の森ダンジョンに出現する魔物は弱い。

生まれたてのレベル一とは異なり、ダンジョンコア付近では、ボスモンスターやレアモンスターと呼ばれる強力な魔物が出現する。

レベルが低い生徒がダンジョンコア付近には近づかないように引率するのだ。


リンシャンが役目について話している間に、ダンジョンについて考えていると眠くなってきた。

大きなアクビをしてしまう。

「ねっ、眠いですか。よっ、良ければ私の太ももを枕に使ってください！」

ミリルが凄い提案をしてくる。

今日話したばかりの相手の膝で寝るのは、ちょっと……。

「ミリル。お前は何を言っているんだ。ここは学園だぞ。不純だ」

リンシャンがミリルの発言に反応してうるさい。

「私の太ももでもいいにゃ」

何故か、ルビーまで参戦してきた。

ミリルの太ももは細くて折れそうだが、ルビーの太ももはスカートから尻尾がフリフリと振られ、鍛えられた太ももはボリュームもしっかりしていて気持ちよさそうだ。

何より、尻尾や耳をモフモフしたい。

「おい、昼寝はダメだ。今は作戦会議中だぞ」

リンシャンは優等生として注意しながら怒っている。

これだけうるさくされていて、ゆっくり眠れるとは思えない。

いっそ、《怠惰》を使って全員のやる気を無くしてしまおうか。

「もう話はいい。理解しているようだからな。最後に確認だ。私は騎士で剣と盾を使う。前衛を任せてもらって問題ない」

「ルビーも前衛でいいにゃ。武器は短剣にゃ。攻撃は回避するにゃ。属性魔法も使えるにゃ」

「せっ、戦闘は得意ではありません。回復魔法はたくさん勉強したので、自信があります。そっ、それと弓も多少は使えます。後衛希望です」

三人がそれぞれの得意を口にして、最後にボクを見る。

「ボクは寝たい」

この話に意味はない。

ただただ面倒だ。

「お前は、私たちは真剣にやっているんだ。なんだその態度は?!」

怒るリンシャンに対して……。

「そうですね。リューク様は私と一緒に後衛で寝ていてください。私がお連れします」

「そうにゃ。リューク様は私たちがピンチの時だけ動けばいいにゃ。それで十分にゃ」

「お前たち、お前たちが甘やかすから、この男がつけあがるんだぞ」

ここに来てリンシャンの怒りが、ボクにではなく二人へ向けられる。

「ひっ」

「ふんにゃ」

怯えるミリル。気にしていないルビー。

対照的な二人ではあるが、どうして二人がボクを大切にしてくれるのかわからない。

公爵家の息子ということで、色目を使っているのかな。顔がイケメンに育ったので、単純にアイドルのファン的な扱い。ヒロインたちには、それぞれ悩みがあるので、悩みを解決するために動かなければ仲良くなっていくのは難しいはずなんだ。

「もういい。今日は解散にしよう。今週末はダンジョンに挑戦する。いいな？」

「わかりました」

「いいにゃ」

「は～い」

リンシャンから解放されたので、廊下に出るとリベラとダンが立っていた。

同じチームで仲良くなったのかな？

そう思っているとリベラがボクの方に向かってきた。

「リューク様、お疲れ様です」

ダンと話していたリベラは無表情だったのに、ボクの前では笑顔になる。

「話はいいの？」

「問題ありません。行きましょう」

リベラに手を引かれて歩き出す。手を繋ぐだけでリベラは頬を染めていた。

好意を持ってくれているのは嬉しい。

でも、どうしてミリルやルビーからも、リベラと同じように好意を向けられているのだろう？

ふと視線を感じて、振り返ってダンの表情を見れば、こちらを見ていた。

不思議なことに、入学時に向けられていた嫌悪感は無くなっていた。

リベラから何か言われたのかな？

主人公にはずっと嫌われると思っていたので、少し不思議な気がする。

第十二話　戦う意味

森ダンジョンは、アレシダス王立学園から繋がる山がダンジョンと化している。

山全体とはいかないが、山の中腹までがダンジョンで、ダンジョンコアは山の頂上付近の洞窟内にあることが確認されている。

森ダンジョンの敷地は広大で、広さだけならばレベル三相当にランク付けされている。

アレシダス王立学園の生徒が、毎年一定数の魔物を狩っている。

そのためダンジョンのレベルが上がることなく、レベル二を維持していた。

「リューク様、しんどくないですか？　お水を飲みますか」

週末になって、森ダンジョンにやってきた。

ボクはクッションに寝そべったまま、腰にロープをつけたミリルによって引かれている。

ミリルが甲斐甲斐しくボクの世話をしてくれる。

どうして、こんなにもボクへ尽くしてくれるのかわからなかった。

だけど、ミリルのことをカリンに話すと疑問は解決した。

カリンが孤児院の炊き出しをしていた際に、ボクが回復魔法の実験をするために、色々な人間を回復していた時に、ミリルの弟を助けたことがあるそうだ。

全然覚えていないけど、ミリルは恩を返すためにボクの世話をしてくれている。

態々、カリンにチームを組んだので世話をさせてほしいと、許可を取りに来たほどの恩を感じてくれている。

「ううん。のどは渇いてないから、いいや」

「そっ、そうですか。何かしてほしいことがありますか？」

「今のところはないかな？　あっ、あそこ矢を撃って」

「はい」

召使いではないけど、ボクのために働いてくれるので助かる。

ダンジョン攻略もラクに済ませられるというわけだ。

女騎士殿も、週末までダンジョンにいかないで、本番まで待てばいいのに。

ボクは強制的に連れてこられたので、バルに寝転んだまま魔法を発動している。

移動は、ミリルが引っ張ってくれる。

森の木にぶつかりそうになったら、バルがエアバッグになって防いでくれるので、動かないでいい。最高だね。

「倒しました」

「お疲れ様」

「魔石を持ってきたにゃ」

「おかえり～」

ルビーも、ボクのために従順に働いてくれている。

こちらは理由はわからない。

獣人特有のルールでもあるのかな?

二人で魔物を倒して素材や魔石を集めてくれる。

ダンジョンって凄いね。

マジックウォッチにチーム登録しているからわかるんだけど、協力して魔物を倒すと経験値の分配を受けられるようなんだ。

ボクのステータスでは、魔物討伐はゼロなんだけど、レベルは五まで上がったよ。

素材や魔石は、カリンが誕生日にプレゼントしてくれたマジックポーチに入れている。

「おい」

「うん、何？」

「これのどこがダンジョン攻略なんだ？」

「何が、ダンジョンを攻略しているでしょ」

「戦闘がないじゃないか」

何を怒っているのかわからない。

チームだから一緒に行動しているけど、リンシャンは一番働いていない。

ボクは動いていないけど、属性魔法《睡眠》を応用して、半径三十メートル以内に近づいた敵を眠らせている。

詠唱を省略するために新しく考えた魔法である、オートスリープ様々だね。

無属性魔法のサーチも上手く機能している。

サーチは本来、敵や罠の探索をする魔法として開発された。

そのサーチを応用して、敵と認識した相手をオートスリープで眠らせる。

眠った魔物をミリルが矢を撃って倒して。

ルビーが討ち漏らしや、倒しきれていない魔物を討伐しては魔石を回収してくれている。

一人だけ、何もしないで怒鳴っているリンシャン。

「………」

「無視するな」

「もう、うるさいなぁ、何が不満なの」

こんなにも快適で安全にダンジョンを攻略できているのに。

どうして不満があるのかわからない。

「全部だ。どうしてお前はクッションに乗って寝ているんだ。どうしてミリルがお前を運んでいるんだ。どうして魔物が戦っていないのに寝ているんだ。これじゃ戦闘訓練にならないだろ。ハァハァハァ」

息が切れるほど、一気に叫んだリンシャンがボクを睨む。

彼女の思想とボクの思想はやっぱり合わないね。

「ミリル、説明できる？」

「はい。お任せください」

ボクは説明が面倒なので、ミリルに丸投げした。

「よろしいですか？　リンシャン様。リューク様がクッションに乗って寝ているのは動かなくても魔法を発動できるからです。じっとしていることで魔法へ集中するためでもあります。私がリューク様を運んでいるのは、リューク様が動かなくても移動するためです。魔物が寝ているのは、リューク様が魔法を発動してくれているからです。ダンジョンは危険な場所なので、戦闘が苦手な私でも弓の訓練をしながら経験値を得られます。弱い私でもレベルを上げることができるということです。リューク様の優しさと行動がわかりましたか？」

オドオドしていたミリルはいない。ハキハキとした口調で説明を終える。

ミリルは仕事をやり終えた満足そうな顔で、ボクを見る。

頭を差し出されたので、「よくできました」と頭を撫でてあげた。

「ズルいにゃ。私も撫でてほしいにゃ」

魔石狩りから戻ってきたルビーが、ミリルと反対にやってきたので撫でてあげる。

可愛い女の子二人を侍らせるような見た目になってしまう。

二人のご褒美が頭を撫でることでいいならラクなので受け入れた。

「だからそれがおかしいだろ。ダンジョンは危険なところなんだ。助け合うことで絆を高め合ってチーム力を向上させるんだ。これでは寝ている魔物を倒すだけの作業じゃないか」

ダンジョンの中で叫び続けるリンシャンの方が、危機管理能力がないと思う。

危険と言いながら、魔物を誘き寄せるような行為をするのはやめてほしい。

「ねぇ、それの何が悪いの？」

危険がなくて安全に魔物を狩れている。

レベルが上がれば、ミリルやボクも強くなる。

レベルが上がればチームも安全になって、ダンジョン攻略がラクになる。

「わっ、悪くは……ない」

魔石を取り除いた魔物は、ダンジョンに吸収されていく。

魔物の死体が死屍累々という気持ち悪い状況にはならない。

魔物を大量に倒せば、ダンジョンを弱体化させることができる。

他のチームも、弱い魔物しか出なくなればラクにダンジョンを攻略できる。

「だが、こんな戦い方……」

「ねぇ、君は仲間を危険に晒《さら》したいの？」

「違う！　私は……」

尻つぼみに言葉を失うリンシャン。

「魔物は討伐しなくちゃいけないんだよね。簡単に倒すことができれば、倒す人も、魔石を欲しい人も喜ぶんじゃない。どっちが不謹慎なことを言ってるかわかってくれる？」

ここまで言わなければわからないのだろうか？

戦闘バカに戦闘するなということが無理なのかな？

「……」

黙り込んでしまったリンシャンに、二人も気まずそうな顔をする。

「ハァ、気に入らないなら今日はもう解散にしよう。本番の課外授業じゃないんだ。リーダーがやる気ないならもういいでしょ？」

元々、リンシャンによって、強制的に週末に集められたんだ。

これ以上続ける意味はない。

「まっ、待ってくれ。私が……悪かった。続けよう。まだ時間はある」

顔は納得しているようには見えないが、他の者たちのために引き下がったようだ。

それからは黙って働くようになったリンシャン。

ルビーと共に眠る魔物を狩って魔石を取り出す。

こうして初ダンジョンは終了した。

学園に魔石を提出して完了となる。

解散寸前で、リンシャンが立ち止まる。

「リューク・ヒュガロ・デスクストス」

「何？」

「私と校内ランキング戦をしてほしい」

「ハァ、ダンの時のことを忘れたの。殺すよ？」

「……」

思い詰めた顔をしたリンシャンがジッとボクを見つめる。

「そんな真剣な目で見られてもね。面倒だな。ルビー」

「はいにゃ」

「君が相手をしてやれ」

「任せるにゃ」

「まっ、待て！　それでは意味が」

自分勝手にこちらの都合も考えないで、戦闘で決着をつけようとする。

自分が間違っているとは考えないのかな。

「何、意味？　ボクには戦うことに意味なんてないよ。君には意味じゃなくて目的があるんでしょ。君が勝ったら、魔法を使わないで魔物と戦闘しろっていうんでしょ？　わざわざ危険なことをチームに命令するための戦いでしょ」

「そっ、それは……」

瞳を揺らして、迷いながら奥歯を噛み締める。

「前にも言ったけど、力だけで決めようとする野蛮な奴は殺すよ。君はボクとどっちの意見が合っているのか決める戦いがしたいんでしょ。ボクの代理としてルビーが代表を務める。彼女が負ければ君の言うことを、チームメンバーが聞くんだ。ボクでもルビーでも一緒だよね。その代わり負けたら従ってね」

これはボクなりの譲歩だ。面倒な戦いをしたくないって言うのもあるけど、彼女の気持ちを発散させてあげることで、大人しくなってくれればそれでいい。

彼女は、戦うことでしか伝えられない不器用な人なのだ。

「……わかった。ルビー、頼めるか？」

「わかったにゃ。ランキング戦をリンシャンに挑むにゃ」

「承諾する。戦い方は一対一だ」

不器用な女子を気遣うって面倒だなぁ。

◇

闘技場でルビーとリンシャンが向かい合う。

審判は、副担任のシーラス先生が務めてくれる。

「ルビー、お前に聞いておきたい」

「なんにゃ」

「お前は冒険者だ。どうしてあの男の戦い方を認められるんだ」

リンシャンは、縋るような目でルビーに問いかけていた。

「はっ、お前は本当にバカなのかにゃ」

「ナニっ」

「冒険者は、戦うことを目的にしてないにゃ」

「なんだと、魔物と戦っているじゃないか」

「そこが考え方の違いにゃ。私たちは、生きるために仕事として魔物と戦っているにゃ。魔物を狩るのも、魔物と戦うのも、素材や魔石を集めるためにゃ。安全に魔物を狩れて、ダンジョンの素材が集められるなら嬉しいにゃ。命をかけなくていいということは、仲間や自分が傷つかないで仕事ができることにゃ。これほど幸せなことはないにゃ」

リンシャンは、目を閉じて覚悟を決めたようだ。

「答えは決着の後に出す」

「いいにゃ。相手してやるにゃ」

二人が臨戦態勢に入って、シーラス先生が開始の合図を宣言する。

「それでは、成績ランキング十八位ルビーの申し出により、成績ランキング四位リンシャン・ソード・マーシャルとの校内ランキング戦を開始する」

二人が距離をとり、合図を待つ。

「開始」

二人が同時に動き出した。

少しだけルビーの速度が勝る。

「ふんにゃ」

「舐めるな」

獣人特有の身体能力の高さを活かした素早い動きは、学年一位の速さを誇る。

相手の死角を狙ってフェイントをかけるルビーの動きに、リンシャンも対応している。

実技学科で、手合わせをしてる者同士なのである程度は動きが読めるのだろう。

「無理にゃ」

だけど、経験値はルビーの方が上のようだ。

リンシャンがルビーの速度についていけなくなってきている。

「シールド」

ルビーの猛攻に耐えきれなくなったリンシャンが、属性魔法《盾》を使って防御を固める。

だが、《盾》を使って背後を守っても全方位はカバーできない。

「甘いにゃ。《風》よ。吹くにゃ」

リンシャンがルビーの作り出した属性魔法《風》から身を守るために立ち尽くしている間に、ルビーはリンシャンの下に潜り込んで顎を蹴り上げた。

下から突き上げられて、脳を揺らしたリンシャンは意識を失って倒れた。

「終わりにゃ」

「勝者ルビー。これによって成績ランキングを変動させます」

シーラス先生の決着の声が闘技場に響き渡る。


二人の戦闘を見ていた。

ボクはゲーム世界に登場する、リンシャン・ソード・マーシャルについて考えていた。

彼女は、主人公が誰とも上手くいかない時でも、結婚ができるちょろインとしてゲームに存在する。

プレイヤーとしては、簡単に攻略ができるので、人気の少ないヒロインだった。

個性豊かで見た目も可愛いヒロインが多く登場するため、簡単に攻略できるリンシャンよりも、明るく可愛い猫娘のルビーなどは人気ヒロインだった。

リンシャンは、他の女性を選ばなければ勝手に結婚できる。

どうでもいいヒロインとして、プレイヤーたちからちょろイン認定を受けていた。

だけど、ボクの評価は他のプレイヤーとは違う。

今のボク、悪役貴族のリュークには厄介な相手として、話が噛み合わないこともある。

だけど、ボクがプレイヤーだった時、リンシャンは推しキャラだった。

本来の彼女は、最高の良妻なのだ。

主人公を愛し続けるからだろうと思うプレイヤーも多かっただろう。

だが、違う。違うと宣言する。

確かに主人公とのエンディングでは、プレイヤーの想像通り、主人公を愛し続けた良妻として、夫を一途に愛し、子供を心から愛する素晴らしい女性であることは間違いない。

愛する者を大切にするが故に、愛する者から与えられる言葉を信じてしまう。

それだけ彼女は純粋なのだ。

今は、主人公のダンと恋人関係ではないので、マーシャル公爵家から告げられたデスクストス家の情報を鵜呑《うの》みにしているのだろう。

では、ボクがどうしてリンシャンを推すようになったのか、その話をしよう。

ダンの恋人に選ばれなかったリンシャンはどうなるのか？

そのほとんどが、悪役貴族のリュークに捕えられる未来が待っている。

リュークに捕えられたリンシャンは、「くっ、殺せ」と言わされながら、初めての体験を経験する。そして、リュークの子を身籠るのだ。

立身出世パートでは、リュークの妻として、ダンの敵として現れるリンシャン。

リュークの妻となり、主人公の敵になったことで、リンシャンの美しさが際立つことになる。リュークが強引に彼女を手に入れたとしても、リンシャンは初めてを捧げた相手を夫として認め、最期まで添い遂げてくれるのだ。

それは、リュークとの間に出来た子を守り、リュークを愛する気持ちを貫き通して気高く誇り高い女性であり続けた最期を遂げる。

プレイヤーとしてゲームをしていれば思うことだろう。

リュークを殺せば、リンシャンは戻ってくると。

だけどリンシャンはダンの申し出に対して……、

「戻ってこい。リンシャン。また一緒に暮らそう」

「もう遅いのだ。私の家族はこの子とリュークだけだ。ダン、貴様は夫を殺した。私は死んでもお前のモノにはならない」

斬首されたリュークの頭を抱き抱えて、自らの体を激しい炎で焼くリンシャン。

リュークと共に最期を添い遂げる姿は脳裏に焼き付いている。

リンシャンは、良い意味で一途な性格の乙女なのだ。

夫だけに尽くす、ダメンズ製造機とも言う。

怠惰なボクとしては悪い称号ではない。

その清らかな心は、悪い男にも尽くしてくれる。

リンシャンのことを考えながら、闘技場へと下りていく。

「勝ったにゃ」

「よくやった」

勝利を喜ぶルビーの頭を撫でて誉めてやり、リンシャンへと近づいていく。

「デスクストス君、何をするつもりですか？」

ボクを警戒しているシーラス先生が問いかけてくる。

「医務室に連れていくだけです。闘技場の中にあるのでしょう？」

「あるわ。お願いできるかしら、私は、学園長に報告するけど大丈夫？」

「ええ、構いませんよ」

シーラス先生は、警告するように学園長と口にする。

ボクにとってはどうでもいいことだ。

リンシャンをバルに乗せて浮き上がらせる。

「その魔法は……デスクストス君。お願いしますね」

シーラス先生は闘技場を去っていく。

ボクは残されたチームメンバーの二人を見る。

「ルビー、ミリル、今日は解散だ」

「はいにゃ」

「わかりました」

ルビーは、ボクの意図を酌んで、素直にボクの言うことを聞いて従ってくれた。

ミリルは、ボクの言うことに対して、反論する気も無い様子で全て受け入れてくれる。

ゲームの世界では、主人公に選ばれなかったリンシャンは、リュークと戦って敗北する。

そのあとは、リュークが無理やりリンシャンを自分のモノにする拷問シーンに入る。

ただ、今回リンシャンを倒したのはボクではない。

それにボクは拷問するつもりもない。

男性であるボクが、女性であるリンシャンを医務室に運んでいく。

それはボクから推しへの敬意でしかない。

医務室に向かう途中、ダンが駆けつけてきた。

「リューク・ヒュガロ・デスクストス……。姫様は負けたのか？」

見ればわかることを問いかけてくる。

「ボクにではないけどね」

「戦いを挑まれたんじゃないのか？」

「断ったよ。代わりにルビーが戦った」

ダンとまともに会話をするのは初めてだ。

もっと熱血漢で猪突猛進的なタイプかと思っていた。

だが、ダンは冷静に現状を見ている。

もっと考えなしに突っかかってくるかと思ったが、意外にも冷静な対応に拍子抜けしてしまう。

「意外だな」

「うん？　ああ、デスクストスには迷惑をかけたと思っている。すまない」

ダンは入学時に行った校内ランキング戦でのやり取りを謝った。

「ふむ、どういう心境の変化だ」

想像していた主人公像とは違っていた。

何か企んでいるのかと勘繰《かんぐ》ってしまう。

「別に何も、心境は変わってねぇよ。元々、デスクストス公爵家は姫様の敵だ。いつかはあんたを倒すことに変わりはねぇよ」

倒すと言いながら嫌悪も敵意も感じない。

「だけど、あんたは思っていたより嫌な貴族じゃないってのはわかる。努力して、俺よりもずっと先を歩いているスゲー奴だ。今の俺じゃあんたには勝てない。それにあんたは敵だが、筋は通っていることは理解している」

本当に意外な奴だ。

主人公ダンの意外な一面に、ボクは口元を歪めて笑ってしまう。

「バカに毛が生えたようだな」

「ウルセェよ」

「マーシャル嬢のことは君に託そう」

バルによって浮かせていたリンシャンを、ダンの腕へと下ろした。

これが本来の姿だ。

未だに目を覚さないで眠り続けるヒロインを受け取るのは、物語の主人公だ。

「ありがとう。姫様はちょっと頭が固いかもしれねぇが、あんたは悪い奴じゃねぇ。俺はそう思う。あんたを超えるために俺は鍛え続ける。姫様は、家の事情もあるから無理かもしれねぇけど、自重させるように言っておくよ」

どうにもお人よしが過ぎる主人公の態度が、気持ち悪い。

そんな調子では、これから訪れる困難を乗り越えることは出来ない。

「……お前にボクの何がわかる？」

今出せる魔力を最大限まで放出して、殺意と威圧を含んでダンを見る。

「嫌な奴じゃないだって？　勘違いするなよ。下郎が」

唾を呑み込むダン。

ボクから紫の魔力が柱となって噴き上がる。

ダンは、ボクからの威圧を正面で受け、視線を逸らすことなく覚悟を示した。

くくく、面白い。それでこそ物語の主人公だ。

バカな猪武者など怖くない。

主人公として、努力して成長してもらわなくてはならない。

そのためならばボクは、悪役貴族を演じてやろう。

「ボクは、あくまで怠惰な悪役貴族だ。それだけは忘れるな」

魔力を収めたボクは、ダンから視線を逸らして反対方向へ歩き出した。

「とんでもねぇな」

ダンから聞こえてきた声に応じることはない。

第十三話　課外授業

いよいよ本番の課外授業が始まろうとしていた。

リンシャンとルビーの決闘以降。

リンシャンは週末にダンジョンに行く事は誘うが、大人しく従うようになった。

ダンジョン攻略を終えても、何も言わずに立ち去っていく。

「本日より、課外授業を開始します。課外授業は、零クラスから順番に三日間をダンジョン内で生活をしてもらいます。ダンジョン内で生き残ること、食事の用意や寝床の確保など基礎学習にて学んだことを活かしてください。先生達も救援要員として、森ダンジョンには居りますが、教師が助けなければいけない緊急事態以外の救出は、成績の評価を下げることになると覚悟してください」

シーラス先生が、教師代表として課外授業の説明をしてくれて、零クラスは各々のチームメンバーたちの元へと集まっていく。

「おっ、おい」

今日は、珍しくリンシャンの方から話しかけてきた。

「何?」

「どうして何の用意もしていないんだ?」

リンシャンは重そうな鎧を纏い、リュックを背負って立っている。

三日間のダンジョン実習をするにしては重装備過ぎる。

「逆に君は荷物が多すぎない？」

「それはそうだろう。三日間もダンジョンで過ごすんだ。食事だけでなく、女性には準備が必要だからな。荷物は多くなるというものだ」

リンシャンの発言に、ルビーとミリルが顔を見合わせる。

元々、孤児で朝の用意は水で顔を洗うだけだったミリル。

冒険者として、野営が多い生活をしてきたルビー。

二人ともダンジョンで過ごす際に、装備と保存食を用意して、女性の準備を最低限しかしていない。ボクは二人の方が正しいと思う。

公爵家の令嬢として育てられたリンシャンは、従者を男性のダンにしているので、女性として必要な物を全て自分で用意しているのだろう。

別にそれが悪いとは言わない。

ただ、ダンジョンに行く用意として、不適切としか言えない。

「ルビー、バッグの中身を確認して」

「はいにゃ」

「ミリル。マーシャル嬢へダンジョンに挑戦する際の説明をしてあげて」

「わかりました」

ボクに言われるよりも、同性から言われた方が納得するでしょ。

ルビーにリュックを剥ぎ取られ、ミリルに叱られる。

鎧は脱がされ、なんとも情けない姿で正座をして説教を受ける。

リンシャンが逃げ出してボクの前にやってくる。

「どっ、どうして私がこんな目に」

軽装になったリンシャンは、腰に剣を佩き、背中には丸盾を背負って、胸と脛の防具以外は、脱がされてパンツとシャツといった冒険者スタイルになる。

引き締まった身体は、着痩せするタイプでスタイルが良かった。

腰にはマジックポーチをぶら下げているので、荷物は全てそちらのポーチに収納された。

「うん。そんなもんじゃない」

「ちょっと待て、ミリルの説明を受けて、私が無駄な荷物を持ってきたのは分かる。だが、お前はどうして武器の一つも持っていないんだ。食事はどうした。わっ私は、食料を分けてやらんぞ」

こちらの心配をしてくれる辺りは、根が優しいのだろう。

マジックポーチを自分だって持っているのに、何を言っているのだ。

ルビーに負けたからか、改心したダンに何か言われたのか、随分と大人しくなった。

「ボクのことは気にしなくていいよ。三日間よろしく。暗くなる前に寝床の確保をしたい」

「わかりました」

「了解にゃ」

「わっ、わかった」

リンシャンがリーダーとしての役目を果たしていないので、ボクの合図で出発する。

どうせボクはミリルに引っ張ってもらうだけなので、クッションに乗って本を読む。

「おっ、おい」

「うん。何？」

ダンジョンに入ってもいないのに、リンシャンがボクの横を歩いている。

「ダンから聞いた」

「何を」

本へ視線を向けたまま、耳を傾ける。

「医務室まで運んでくれようとしたんだろ」

「結局、ダンが運んだけどね」

「……ミリルから、孤児院で助けてもらった恩を返していると聞いた」

「さぁ、そんなこともあったかな」

「むむむ、私はルビーに負けた。私よりも強いルビーが、お前の方が強いと言っていた。たっ、鍛錬はずっとしているのか」

うーん、なんだろう。凄く話しかけてくる。

別に本を絶対に読みたいわけじゃないけど、話しかけられて邪魔されると面倒だ。

「してないよ。身体を動かすのは嫌いだからね。はい。話は終わり。ダンジョンに入るよ」

「わかった」

ダンジョンと言う言葉に反応して、リンシャンが臨戦態勢に入る。

ここからの作業も慣れてきた。

眠った魔物を三人が狩って魔石と素材を収集していく。

リンシャンも随分と慣れたようだ。

夜まで休息を挟みながら、レベル上げを繰り返した。

「野営の準備をするね」

ボクは、丁度いい見晴らしの場所を見つけてテントを張る。

「なっ、なんだこれは」

「テントだけど、見れば分かるよね?」

数名が入って寝られる程度の大きな天幕式のテントをマジックポーチに入れて持ってきた。

「分かるが、こんな大きなテントをダンジョンの中で張ったら、襲ってくれと言っているようなものだ」

「うるさいなぁ。ボクのポーチはマジックバッグなんだよ。チームなんだから知っているでしょ。一日中、外で過ごしたんだから、シャワーも浴びたい。ベッドで寝たい。ちゃんと身体のケアをしないとお肌に悪いからね」

テントは、四人が寝ても余裕があるほど広さが十分にあり、簡易トイレ、魔導シャワーを設置できるようにしている。全てカリンが買ってくれたものだ。

去年のカリンとアイリス姉さんたちもテントで過ごしたそうだ。

食料は、カリンが作り置きしてくれている美味しい保存食をポーチに入れて持ってきた。

「野営で、こんな豪華な食事が」

「美容には良質なタンパク質とミネラル、食物繊維が必要なの。糖質とグルテンはお肌の敵だよ。食事は身体の資本だろ」

大豆で出来たパスタに干し肉と野菜とキノコのスープ。

カリンが発明したダイエットメニューは味もいい。

リンシャンにも振る舞ってあげているのにうるさいなぁ。

「リューク様、食堂のご飯より美味しいです」

「凄いにゃ。美味しいのにお肌が綺麗になるなんて反則にゃ」

ミリルとルビーは幸せそうにパスタとスープを味わっている。

「美味しい……」

リンシャンも一口食べて頬を緩める。

一通りの食事を終えたボクはシャワーを浴びて、洗顔や化粧水などの、美容関連の寝る準備をしてからパジャマを着てベッドへ入る。

「おっ、おい。寝ている間の見張りは誰からするんだ。リュークが寝るなら、私からにするぞ。いいのか？」

夜になって張り切り出すリンシャン。

ボクは説明するのも面倒なので、ミリルに説明を託した。

「リンシャン様、見張りは不要です」

「はっ？」

「リューク様は、寝ている間も常時魔法を発動していられるそうです。ですから、リューク様の半径三十メートル以内には魔物は近づくことができません」

リンシャンがこちらへ視線を向けているのを感じたが、ボクは目を閉じた。

「こいつ。もう寝たのか、クソ」

まだ寝てはいないが、うるさいので寝たふりをする。

「姫様」

「なっ、なんだ。どうしてミリルが私を姫様と呼ぶ？」

「私の出身はマーシャル領です。姫様のことも知っております」

「そっ、そうだったのか」

同郷の者だったことにリンシャンが嬉しそうな声を出す。

「どういうおつもりですか？」

「何がだ？」

「この間まで、リューク様のことをお嫌いでしたよね」

「おっ、おい。寝ていると言っても、本人がいる前だぞ」

まぁ起きているけどね。

いつでもスリープで眠れるけど、彼女たちの話に興味がある。

「リューク様は、一度寝てしまうと一定時間は起きないそうです」

スリープタイムを使うからね。

「そうなのか」

「ただ、防御システムが働くから、敵意を向けたり、攻撃するような動作をしたら撃退されるそうです」

寝ている間は、バルが監視しているからね。

「なんだそれは、達人レベルではないか」

「そんなことはどうでもいいのです。姫様のお気持ちをお聞かせください」

珍しく、ミリルが強気にリンシャンに詰め寄っている。

「いや、あの……ふぅ。気持ちか……そうだな。自分でもわかっていなかった。だけど、整理するために話すのもいいかもしれない」

「やっと話す気になったかにゃ」

「ああ、今まですまなかった」

リンシャンが二人に対して、謝罪を口にする。

公爵家の姫君として育てられたリンシャンが、平民である二人に頭を下げた。

「あっ、顔をお上げください」

「いいや、まずは謝罪を受け入れてほしい」

「何を謝罪しているのかにゃ」

リンシャンの謝罪に、ルビーが冷静に問いかける。

「今までの私の態度だ。傲慢で自分勝手だった」

「そうかにゃ。そう思うなら私は謝罪を受け入れるにゃ」

「私も謝罪を受け入れます」

「そうか、よかった。お前たちはチームであり、クラスメートだ。仲良くしてくれると嬉しい。どうか私のことはリンシャンと呼んでくれ」

素直に謝罪を口にできたリンシャンの態度に、ボクはこれ以上聞くのは無粋だと判断して眠りについた。

遠くから三人の笑い声が聞こえてきたから仲良くなれたのだろう。

◇

明け方に目が覚めたボクはモーニングルーティンを始める。

いつもなら愛しい天使が、横に眠っているはずなのに。

今日は三人の美少女が寝ている。

愛しい人がいないだけで寂しく感じてしまう。

三人を起こさないようにテントを出て、ダンジョンを散策する。

朝は魔物も寝ているのか、ダンジョンの中は静かで心地よい空気が流れていた。

「ふん」

最近はコントロールの魔法を強化するために、バルに体を預けながら、意識を覚醒させている。

バルを発動しながら、魔法を同時に発動する鍛錬をするためだ。

無属性魔法のサーチを習得してからは、応用を考えるのが楽しい。

寮内にいる人間の数や性別まで判断するために、色別のマークをつける設定を作った。

マークによって、敵か味方か判別できるようにした。

敵は赤、味方は青、どっちとも判断できない警戒が必要な相手は黄色。

相手の魔力や敵意によってサーチが反応するように設定する。

イメージは有名なダンジョンゲームに使われるマップ画面だ。

敵であればオートスリープが反応して飛んでいく。

それでも近づかれた敵は、バルによって迎撃される。

三つの魔法を同時に発動していると魔力消費が激しい。

そのため魔力を調整してコントロールする技術を訓練中というわけだ。

不意に武器を持った黄色信号がサーチにかかった。

バルが撃退行動を取ろうとする。

「くっ、さすがだな」

剣を持って攻撃を仕掛けてきたのは、リンシャンだった。

鞘に納められていると言っても、撲殺は出来ると思うぞ。

ボクは意識を覚醒させて体へと戻した。

「なんのつもりだ。本当に殺されたいのか？　ここは学園じゃない。校内ランキング戦でもないんだぞ。ダンジョンでお前を殺せば証拠も残らない」

ボクは怒りで、魔力を含んだ威圧をリンシャンにぶつける。

「それが本来のお前なのか」

「はっ？」

「気配を消して、ずっとお前が起きてからの行動を見ていた。ダンジョン内の散策をして、激しい肉体鍛錬、それをしながら魔法をいくつも発動していた。どれも凄い技術だ」

彼女の表情に敵意は見えない。

戸惑いと不安、そして、後悔の感情が見て取れる。

「ハァ、何がしたいんだ。本当に」

「私と戦え」

「またそれか、お前は戦うことしか頭にないのか」

「私がバカなことは、自分でもわかった」

呆れて声を掛ければ、リンシャンの顔は今までのような思い詰めた顔ではなかった。

今まで見たことがない、清々しい顔をしていた。

「デスクストス公爵家が我が家にとって、敵対貴族であることは変わらない。だが、お前が私の敵なのかどうかは、私にはわからない。ずっとお前を敵視してきた。ダンは言ったんだ。誰かに聞いた話を信じるんじゃなく、自分で見たことを信じろと」

ダンの態度の変化もおかしいが、リンシャンもその影響を受けたようだ。

ゲームの流れと違ってしまったのは、チュートリアル戦で勝ってしまったせいか。

ボクのせいで流れが変わってしまったのなら。

「一度だけだ。模擬戦として戦ってやる」

「本当か！」

「但し、金輪際ボクに対して戦いたいと言ってこないことが条件だ」

「ありがとう」

悩むかと思ったが、リンシャンは嬉々として礼を口にした。

お礼を言われるのは想定外なので、拍子抜けしてしまう。

本当に今までとは違うようだ。

正義感を振りかざし、こちらの話を聞かないリンシャンではない。

「お前は何をかけた戦いだ？」

「何も、私は戦った相手と刃を交えることで、心の会話ができると信じているんだ。お前と戦うことで、お前のことがわかると信じている」

「そうか、本当に戦闘バカだな」

ボクはコントロールで意識を覚醒させた状態で、バルへ体を預ける。

属性魔法を使えば、簡単に勝ててしまう。

だけど、それじゃリンシャンは納得しない。

「いくぞ」

正攻法で剣を振るうリンシャン。

バルは、身を躱してリンシャンの腕を取ろうとする。

しかし、大きく飛び退いてリンシャンが距離を取った。

「やらせない」

リンシャンの動きには形があり、一連の動作を覚えてしまえば、バルの敵ではない。

バルは相手の動きをデータとして蓄積していく。

蓄積されたデータから相手の行動を予測して、ヒット率の高い行動を当てることができる。

「くっ」

剣を交わすほどに、リンシャンはボクへ攻撃を当てることができなくなっていく。

「ハァハァハァ」

息を切らせるリンシャン。

そろそろ終わりにしよう。

「ぐうっ、まだだ」

バルによって倒されるリンシャンが悪あがきのためにボクの腕を掴んで一緒に倒れた。

二人は、身体を重ね合わせ、唇がぶつかり合う。

「んん」

目を見開くリンシャン。

「終わりにしよう」

ボクはリンシャンから離れて、バルから意識を奪い取る。

リンシャンのおでこにデコピンを食らわせた
「ハウゥ」

「ボクの勝ちだね。金輪際、ボクへ戦いを挑むなよ。ハァ、シャワーを浴びてこよ」

リンシャンはしばらく立ち上がることはなかった。

言葉が出ないほど悔しかったのだろう。

予定外の出来事はあったけど、ボクはいつものルーティンに戻った。

他のチームメンバーのために朝食を準備して、先ほどの出来事を忘れるように、珍しく二度寝した。

第十四話　ダンジョンボス

ボクが意識を覚醒させると、ルビーとミリルが朝食を終えてお茶を飲んでいた。

「リューク様、お目覚めですか」

「ああ。二日目スタートだね」

「はい。でも、おかしいのです」

「うん？　何かあったの、リンシャンがいないようだけど」

先ほどのキスを思い出してしまう。

リンシャンのことだから、怒り狂って暴れているのかな。

「リンシャン様は調査に行かれています」

「調査」

「はい。起きてから昨晩リューク様が眠らせてくださっているであろう魔物を狩りに向かったのです。ですが、一匹も魔物が見当たらなくて」

ミリルに言われて気がついたが、そう言えばモーニングルーティンをした時にも魔物はいなかった。

確かに夜のうちに寝かせているなら、寝ている魔物がいないのはおかしい。

「魔物がいないか、そういうことか」

「何かご存じなのですか？」

ボクはゲームの様式を思い出した。

課外授業では、魔物の調査と言いながら一定数の魔物を狩っているとダンジョンボスが出現する。

ゲームに登場するリュークは、ダンジョンボスにダンを殺させようと襲わせるイベントが起きる。

ダンはチームの仲間と協力してダンジョンボスを退ける。

ただ、厄介なボスなので、ダンたちだけでは倒せない。

助っ人キャラとしてシーラス先生がダンジョンボスを倒すために現れる。

ダンジョンボスが出現している間は、魔物は全ていなくなり、ダンジョン内にいる者はダンジョンから出られなくなる。

ダンジョンコアが、ダンジョンボスへ大量の魔力を注いで異物の排除をするために動き出したのだ。

「ちょっと確認してくるね」

「どこに行かれるのですか」

「みんな！　離れた場所で巨大な魔物がどこかのチームと戦っている」

偵察から戻ってきたリンシャンが飛び込んでくる。

ボクの顔を見ると茹でタコのように顔を真っ赤にしてしまう。

乙女だなぁ〜。

「おっ、起きていたのか、さっ、さっきのだな」

何やら一人で言い出した。

ミリルとルビーは状況を察して、リンシャンの言葉を待つ。

「ハア、キスぐらい気にするな。大人になれば、誰でもすることだ」

「「きっ、キス！」にゃ！」

「ヤッパリアレハキスナノカ」

キスという単語で叫び出す女子。

何やらぶつぶつと小さい声で呟くリンシャン。

カリンやシロップと経験済みであるボクとしては大したことではない。

「そんなことよりも今はダンジョンボスだ」

「ソンナコトデハナイダロ」

小さい声で怒るリンシャンを見ているのは面白い。

「ルビー」

「はいにゃ」

「例の場所を調査してきてくれ」

「わかったにゃ」

「ミリル」

「はい」

「テントを片付けるから、必要な物を取り出しておいてくれ」

「かしこまりました」

二人はボクの指示に従ってすぐに動き出す。

「ほら、お前も外に出ろ。どこかのチームと戦っているダンジョンボスはどっちだ？」

「こっ、こっちだ」

ボクが近づくと恥ずかしそうに微妙に距離を取る。

それでも素直に従って案内しようとするリンシャン。

態度が、随分と軟化したね。

案内されるまでもなく、外に出ると木々よりも巨大なスライムが見えた。

ボクはバルに乗って空へと浮き上がる。

「うわっ、実際に見るスライムはマジでキモいな。森ダンジョンなんだから、トレントとか、ラビットとかにしとけよ。ゴブリンがいないだけマシだったのに、でかいスライムはマジでグロいな」

アメーバ状生命体であるスライムがデカい。

全てを呑み込んで消化していくので、見ていて気持ち悪い。

戦っているのはダンのチームだ。

ボクが働きかけなくても、ゲームの強制力がダンにダンジョンボスを仕向ける。

「おっ、凍った。あれはエリーナだな。ダンジョンボスもやるな。すぐに氷を破壊した。ダンジョンボスのスライムは魔法耐性が強いからな。レベルが低いと魔法は効果がないんだよな。ダンジョンボスよりもレベルが高くなれば、魔法耐性を突破できるんだけど。今のダンたちのレベルは十程度のはずだ。ダンジョンボスのレベルは四十だから無理だな」

ボクが行けば、スライムの攻略法を知っているので簡単に倒すことができる。

だけど、これはダンが突破するべきイベントなんだ。

ボクはゲームを楽しむようにしばらくダンたちの戦いを見守ることにした。

リベラが魔法を放ち、エリーナがスライムを凍らせる。

でも、スライムには効果がない。

アカリが手榴弾型魔導器具を使ってスライムを吹き飛ばす。

今までで一番効果が高かった。

魔石を露出させたが倒しきれていない。

スライムは全身を再生してしまう。

どうするのだろうと見守っていると、ダンが指示を出して、何か作戦を実行するようだ。

リベラが水の龍を作り出して、スライムを足止めする。

エリーナが水龍の水蒸気を凍らせて、さらにスライムを停止させた。

二人の魔法の威力が先ほどよりも上がっている。

ダンの属性魔法の効果だ。

そこへ、アカリの手榴弾が投げ込まれる。

凍ったスライムが破裂して、魔石が露出したところへ、ダンが突っ込んで剣で魔石を切りつけた。

「主人公もやるじゃないか」

チームとして機能していることを確認できた。

ボクは見守るのをやめて、リンシャンの元へ戻った。

「よし。ボクたちは、ボクたちの出来ることをするぞ」

地上に降りたボクは、リンシャンとテントへ戻った。

「ルビー、偵察はどうだった」

「大丈夫にゃ。いつでも行けるにゃ」

「なら、案内を頼む」

「了解にゃ」

「待て、助けに行かないのか」

リンシャンの言葉にボクは何も言わずにバルへと腰を下ろした。

ミリルは、ボクが乗ったバルを引き始める。

「おい、危険な魔物が出ているんだぞ」

それでも食い下がるリンシャンに対して、ボクは一言だけ伝えた。

「好きにしろ」

ここからは自由行動だ。

リンシャンがダンの加勢に向かうなら止めはしない。

どっちにしてもダンたちだけでダンジョンボスを倒すことは不可能だ。

シーラス先生が到着するまで持ち堪えられそうだと、ボクは判断した。

何より、ボクたちについてきても、リンシャンが役立つことはない。

「……」

黙ってしまったリンシャンを無視する。

ボクはミリルに進むように指示を出す。

ルビーが先導して歩き出すと、リンシャンは後ろからついてきた。

どうやらこちらについてくることを選んだようだ。

「ここにゃ」

ルビーの案内で、ボクらは森ダンジョンの頂上にある洞窟へと辿り着いた。

「ありがとう」

ボクはバルから降りて、洞窟の中へと足を踏み入れた。

「リューク様」

「ミリル、ここまで連れてきてくれてありがとう。ここからは自分の足で行くよ」

「もったいないお言葉です」

「バル、ついてこい」

「(^^)」

ルビーやミリル、リンシャンも後に続いて入ってくる。

洞窟の奥には、巨大なクリスタルが輝きを放っていた。

「これがダンジョンコアか」

空気中に漂う濃い魔力。

生きとし生ける物、全てに作用する魔力の結晶化した特別な鉱石。

ダンジョンコアが魔物を生み出して、ダンジョンを造り出す。

だが、ダンジョン以上に、ダンジョンコアには可能性が秘められている。

「なっ、何をするつもりだ」

リンシャンは、ボクがしようとしたことを止めようとした。

「今は緊急事態だぞ。ダンジョンボスを止めたくはないのか」

ダンジョンコアに特別なことをすると、ダンジョンボスを消滅させられる。

「ダンジョンボスが出現すると、倒すか、もしくはダンジョンコアの機能停止をさせる必要がある。

それはわかるな」

「しっ、しかしそんなことをしたら、しばらくダンジョンは機能を失って資源が採れなくなるんだぞ」

「そうだな。だが、森ダンジョンは学生用のレベル上げをする場所だ。魔石回収の役目しかない。一年もすれば活動を再開するだろう」

リンシャンとの問答をしている間に、ダンたちは苦しむことになる。

「そんなことをすれば、生徒のレベル上げを行う場所も、学園の資金源も、王国のメンツも」

リンシャンが諸々の心配事を口にする。

これだから立場ある人間は大変なんだ。

政治的な思考が関与して、必要な時に動くことができない。

ボクには全く関係ないけどね。

「前にも言っただろ。人の命を危険に晒すのか？」

「ツッ！」

リンシャンは、それ以上何も言わなくなった。

ただ、ボクがすることから目を背けた。

「ダンジョンコアよ。お前の力、ボクがもらうぞ」

ボクはダンジョンコアの一部である、レアメタルを取り除いた。

魔力の一部であるレアメタルを取り除かれたことで、ダンジョンコアは活動を休止した。

ゲームの知識通り、ダンたちを助けたのはシーラス先生だった。

シーラス先生は、ダンたちと協力してダンジョンボスを倒したようだ。

すぐに、ダンジョンボスが現れたことは学園の知ることとなり、ダンジョンボスを倒した後から、森ダンジョンが活動を休止したことも周知された。

シーラス先生は、生徒たちに避難と課外授業のダンジョン変更を伝えて、ボクらの課外授業は終わりを告げた。

しばらくダンジョンの調査などで、シーラス先生は時間を奪われるはずだ。

ボクには何の関係もない。

目の前には、ダンジョンコアから取り出したレアメタルが置かれている。

「さぁ実験を始めよう」

ボクの前には魔法陣が描かれたゴミが積み上がっていた。

幕間五　リンシャン・ソード・マーシャル

ダンジョンチームが発表されて個室を与えられた日。

散々、ミーティングをひっかき回した張本人は真っ先に個室から出て行った。

深々と溜息を吐いて、残された二人を見る。

「ちょっと話がしたい。いいか？」

扉の向こうにダンの姿が見えたが、今はダンを待たせても話をしておきたい。

「はっ、はい。なんですか」

「なんにゃ」

私の言葉に従って、立ち上がるのをやめて席に着いてくれる。

「聞いておきたい。どうしてあんな男のことを気にしているんだ」

二人の態度は明らかにデスクストスに対して好意的に映る。

もしも、あの男に弱みでも握られているのであれば、マーシャル公爵家の力を使ってでも助ける覚悟はある。私の言葉に二人は顔を見合わせた。

「でっ、では私から……リューク様は私の恩人なんです」

「デスクストスが恩人？」

デスクストスと言えば悪名が高い家であり、恩人という言葉が似合うような家ではない。

騙されたとか、脅されているなら納得できる。

恩人とはあまりにも意外な言葉で、大きな声を出してしまう。

「はっ、はい。リューク様は、私がいた孤児院を救ってくれたんです」

ミリルが頬を染めて語り出した内容に我が耳を疑う。

孤児院をデスクストスが救う？

無償でご飯を与えた？

何か毒の実験をしていたのか？

もしくは人身売買のカモフラージュのために？

信じられない言葉に脳が追いつかない。

「ご本人は、当たり前のことをしているので、気にもされていないようでした。その態度が素晴らしいのです。私にとって救世主以外の何者でもありません。凄いことをしてくれたのに忘れてしまうほど当たり前に人を救ってしまう方なのです。弟の命も救ってくれました。リューク様が居なければ、私はここにいません。だから、私はリューク様のために全てを捧げるんです」

デスクストスのことを話すミリルは彼に陶酔していた。

話が止まらなくなり、狂信者《きょうしんしゃ》という言葉が浮かんでくる。

瞳は輝いているのに、焦点が合っていない。

恍惚とした表情に赤みかかった顔は、本心からデスクストスのことを慕っているのが伝わってくる。

意外すぎる感情をぶつけられてしまい、どう対処すればいいのかわからなくなる。

もしかして洗脳でもされているのか、そんなことを疑いたくなる。

私は救いを求めるように、ルビーへと視線を移した。

まさか彼女も、そんな不安そうな瞳をしていたのだろう。

「私は……あいつが強いからにゃ」

「はっ？」

ルビーは端的な言葉でデスクストスを評価した。

確かにダンとの勝負で勝利した。

冒険者は強さこそが自分を証明する物差しだと私は思っている。

だが学園には、リュークよりも強い者は大勢いる。

ルビー自身も強い。

対戦をしたことは無いが、戦っても勝てるかどうかわからない。

そんなルビーがデスクストスを強いと断言した。

私は疑うような視線を向けてしまう。

「信じてないにゃ。それは別にいいにゃ。でも、あいつが学園で一番強いにゃ。それは間違いないにゃ。私は強い奴が好きにゃ。私の家族も強い者が好きにゃ。リューク様は差別をしにゃいにゃ。だから、私はあいつの側にいるにゃ」

二人から説明を聞いても全く理解できない。

「恩人？　強者？　差別？」

あまりにも自分の頭の中にいるリューク・ヒュガロ・デスクストスの人物像と一致しない。

デスクストス公爵家は、代々王国の宰相として国王に仕えていて歴史は王国誕生にまで遡る。

初代国王と親友だった初代デスクストスが、王の妹を妻にもらったことで、親戚関係が始まっている。

歴史は進み、デスクストス家が様々な家系と婚姻を結んだことで、王家との血縁は薄まっているが、それでも王家に次ぐ高貴な家系であることは間違いない。

だが、最近のデスクストス公爵家は、悪評しか聞かないのだ。

曰く、獣人を雇っているのは建前で奴隷として人身売買をしている。

曰く、王都に権力を集中させて、貴族達を集めて悪巧みをしている。

曰く、王国の金貨を集めて市場を裏で操作している。

他にもたくさんの悪評があり、事件の裏にはデスクストス公爵家の影が存在している。

兄上は同級生であるテスタの調査のために親交を深め、父上は軍務の合間にデスクストス公爵家の悪事を暴くための調査を続けている。

私は同級生であり、デスクストス公爵家の第二子息であるリューク・ヒュガロ・デスクストスを調査するつもりだった。

事前に調べた奴の情報は、変人の一言だった。

男性なのに美容に興味を持ち。

貴族のくせに自分で食事を作り。

婚約者と遊びほうけるばかり。

それが調査結果であり、私が知り得たリューク・ヒュガロ・デスクストスの人物像だ。

ミリルが言った慈善事業をしたという記録などありはしない。

ルビーが言うように鍛錬をしている様子も調査報告にはない。

では、実際に見たリューク・ヒュガロ・デスクストスはどのような人物なのか。

見た目は、噂通りで男のくせに小綺麗にしていて、軟弱な印象だった。

入学式でも、授業中でも、こうしてチームを組んでも女性を侍らせている。

婚約者ではない女性と遊びほうけてばかりの女好き。

貴族らしくない男で、挑まれた決闘を断った。

ただただ誇りのない貴族で、印象はやっぱり最悪だった。

でも、鍛錬した様子もないのに、ダンには勝利した。

噂通りの見た目と態度を取るのに、調査にはない強さを持つ。

総じて私が出した結論は……。

「理解できない。奴の一族は悪だ。理解出来ない以上。得体のしれない者であることに変わりは無い。監視をやめることはないいな」

二人に礼を述べて、解散を口にした私は廊下に出てダンと合流する。

「待たせたな」

「いや、全然大丈夫だぜ。奴がいないのによかったのか？」

ダンはデスクストスが出て行くのを見ている。

「問題ない。私は彼女たちと話したかったんだ。奴は私以外のメンバーには慕われていたぞ」

「そうか」

「うん、驚かないのか？　私には理解出来んな」

いつもならダンも私と同じく文句を言うところなのに。

ダンは何も言わず困った顔をしていた。

「ダンジョンに入れば奴のことを理解できるかもしれない。人は危機に直面したとき本性を現すからな。魔物と対峙すれば奴の本性が見えるかもしれん。監視は続けるつもりだ」

私は入学してから、ずっとデスクストスのことばかり考えている。

理解できない行動が多いことに答えが出ないからだ。

ダンジョンで奴を見極める。


ダンジョンでも私は奴を理解することはできなかった。

だからこそ、戦うことで奴を知ろうと校内ランキング戦を挑んだ。

やつは戦いを拒否して、ルビーに代理を任せた。

ルビーに負けて意識を取り戻した私の横にはダンがいた。

「うっ、うん。ここは」

「よう。目が覚めたか、姫様」

「ダン、ツッ！　そうか……私は負けたのか」

顎に残る痛みと、未だに揺れる視界。

ダンがいる安心感と共に、ルビーに負けたことを実感する。

デスクストスが言うことが正しかったような、喪失感が胸を締め付けた。

「ああ。負けた。俺たちは二人とも負けたんだ」

「なんだ、お前は悔しくないのか？」

「悔しいさ。悔しいから、俺たちは理解しなくちゃいけねぇ」

「……何をだ」

私は揺れる視界を閉じて、顔を腕で隠しながら問いかけた。

「俺たちは間違っていた」

「間違ってなど！」

「間違ってんだよ。誰かに聞いた話を信じるんじゃなく、自分で見たことを信じろよ」

否定する私に対してダンが怒鳴り声を上げる。

それは今までの彼とは違う叫びだと理解できる。

「……ダン」

「いいか、リューク・ヒュガロ・デスクストスは強い。それもとんでもなく強いんだ。あいつの家が悪さをしてるとか、そんなこと知らねぇよ。あいつ自身は強さを手に入れるために努力してんだよ。それを認めて理解しろ。俺たちは強くなる努力をあいつ以上にしないと勝てないんだ。姫様、お前はあいつよりも弱い」

それは私もわかっていたことだ。

私以上の強さをもっている相手であること。

奴を慕う者達がいるということ。

奴個人は何か悪いことをしたかと聞かれれば何もしていないこと。

やる気が無く何もしようとしない。

無害なくせにやることは効率が良くて、納得ができない。

「すまん。言い過ぎた」

「いい。私も自分で考え始めていたことだ……」

「よし。寮に帰って美味い物食べようぜ。腹がへっちまったよ」

「ああ」

ダンに肩を貸してもらって部屋に帰った。

その後も、私はリューク・ヒュガロ・デスクストスについて考えていた。

それからの日々は、リューク・ヒュガロ・デスクストスを目で追う日々だった。

負けた手前、ダンジョンでは奴の言うとおり効率的にレベルを上げた。

マーシャル領にいたときは危険な魔物が多かったので、戦える相手は限られていた。

そのため騎士に守られ、少しずつレベルを上げることしかできなかった。

だが、魔物が弱いこともあるのだろう。

リュークの言うとおりに魔物を倒して行けば、二週間ほどで私はレベル十を超えた。

レベル十は騎士としては駆け出しとして認められるレベルだ。

基本的にレベル二十からが騎士として認められるレベルになる。

身の軽さを味わい、眠らされる前の魔物に気づいて一人で戦ってみた。今までなら苦戦した魔物を簡単に倒すことができた。奴に咎められるかと思ったが、奴は何も言わずにただ近づく敵を眠らせ続けていた。

ミリルも矢を撃てる範囲が広がり威力も上がった。

ルビーの素早さや隠密力も高まっている。

レベルを上げることで、各々が得意な分野がレベルアップしているのが実感できた。

いよいよ課外授業本番という頃には、私のレベルは十五にまで達していた。

入り口付近であれば一人でダンジョンにチャレンジしても問題ないレベルになっていた。

出発の際に準備万端にして行ったつもりだが、三人からダメだしを受けた。

荷物を減らされ、防具も最小まで減らされてしまった。

身軽で動きやすい姿の方が、ダンジョンでは行動しやすい。

必要ないアイテムについて、ミリルの説明も納得できた。

いつも通りリュークの魔法で魔物を倒す課外授業初日には、私のレベルは十六になった。

こんなにも簡単にレベルが上がっていくのは、今まで感じたことがない。

夜になると、奴が用意したテントの中で寝ることが出来た。それも奴のお陰で安全に休むことが出来た。全て、リュークが起点となっている。

先に眠ってしまったリューク。

女子だけで話す機会が出来て、ミリルとルビーに謝罪した。

今までの私はリュークを敵視するあまり、二人のことを考えていなかった。

それはリュークが言った言葉が正しかったことを認めることになる。

ここまで効率よくレベルが上がって二人が強くなったのを見て、私は認めるしかない。

奴を見るようになって、奴自身は無害だと判断した。

むしろ、様々なことに気を使っていることがわかってきた。

貴族派の者達がリュークに命令されて嫌なことをすることもない。

傲慢な貴族は、下の派閥に悪さを命令する者がいる。

リュークはそんな者とは違っていた。貴族派の者達がのんびり出来るように、休憩時間にはどこかに居なくなる。リュークが居なくなれば教室内で、もめ事も起きない。（基本的にもめていたのは私だった）

◇

考えごとばかりしていると、眠りが浅くなってしまった。

ふと気がついたとき、リュークがベッドからいなくなっていることに気づいた。

簡易な装備だけ持って、私はテントを出た。

リュークの姿を追いかけて気配を辿った先に奴を見つけた。

まだ明け方の暗い時間、リュークは一人で鍛錬をしていた。

洗練された格闘術で身体を動かしながら、魔法を発動して、武術と魔法を融合させるような独特な形を実践していた。奴の動きに……、見惚れてしまう。

滑らかな形に、鍛え上げられた身体。

美しい魔法は、どれだけ鍛錬すれば辿りつけるのかわからない。

ダンが言った意味をやっと理解できた。私は……気がつけば奴に襲いかかっていた。

「くっ、さすがだな」

あっさりと躱されてしまう。

「なんのつもりだ。本当に殺されたいのか？　ここは学園でも、ランキング戦でもないんだぞ。ダンジョンでお前を殺せば証拠も残らない」

威圧を受けて、初めて分かる。リュークは私よりも遥かに強い。

「……それが本来のお前か」

「はっ」

「気配を消して、ずっとお前が起きてからの行動を見ていた。激しい肉体の鍛錬。それをしながらの魔法発動、凄い技術だ」

これが本来のリューク・ヒュガロ・デスクストス。

「ハァ、何がしたいんだ」

「私と戦え」

「またそれか、お前は本当に戦うことしかできないのか？」

「私がバカなことは自分でもわかった」

私は自分の目でちゃんとリュークを見ていなかった。

「デスクストス公爵家が我が家にとって、敵なのは変わらない。だけど、お前が私の敵なのかどうかは、私にはわからない」

家族の言葉を疑うわけじゃない。

でも、私にはリュークが敵には感じられない。

「ずっと私はお前を敵視してきた。だけど、ダンは言ったんだ。誰かに聞いた話を信じるんじゃなく、自分で見たことを信じろって」

ダンの話をすると、リュークは深々と息を吐いた。

「一度だけだ。模擬戦として戦ってやる」

「本当か？」

「但し、金輪際ボクに対して戦いたいと言ってこないことが条件だ」

「ありがとう」

嬉しかった。戦うことで語り合えることもある。

「お前は何をかける戦いだ」

「何も、私は戦った相手の心を刃を交えることで会話できると信じている。お前と戦うことで、お前のことが分かると信じている」

「そうか、戦闘バカだな」

奴が初めて笑った顔を見た。

何故か、ドキッとして少し胸が痛い。

「いくぞ」

もっとも得意な一撃で初撃を放つ。

しかし、躱されて腕を掴まれそうになった。

「やらせない」

何度攻撃を仕掛けても当たらない。

「くっ、ハァハァハァ」

息を切らした私の元へリュークから初めて攻撃を仕掛けてきた。

「ぐうっ、まだだ」

奴が仕掛けた攻撃に対して、私は腕を掴んで共に倒れる。

なっ、私の唇にリュークの唇が！

「んん」

リュークは何もなかったように離れていく。

「終わりにしよう」

そういってデコピンを受けた。

「ハウッ」

衝撃が強すぎて立てない。

「ボクの勝ちだ。金輪際、ボクに戦いを挑むなよ。ハァ、シャワー浴びてこよ」

去っていくリューク……。

私の初めてをリュークに奪われた？

一気に顔が熱くなる。

「二人の元へ戻るのはまだ無理だ」

私は顔の火照りを冷ます為に辺りを歩いているうちに違和感に気づいた。

「なぜだ？　魔物がいない？」

違和感を覚えた私はしばらく散策をしてテントへ戻り、ミリル達に異変を報告した。

リュークは眠っていて、彼の顔を見るだけでドキドキしてしまう。

今、私の横にはリュークが寝ている。

幕間六　学園の教師

校内ランキング戦。

所属、零クラス生徒ルビー、同組リンシャン・ソード・マーシャル。

勝者ルビー、成績ランキング四位を獲得。

敗者リンシャン・ソード・マーシャル、成績ランキング十八位へ転落。

二人のランキング戦を見届けた私は闘技場を後にした。

コンコン
「入りなさい」

「失礼します」

学園長室にはグローレン・リサーチ先生と、もう一人の男性が座っていた。

「只今、校内ランキング戦を行った者がいましたので、ご報告に参りました」

「ふぉふぉふぉ、リサーチ先生のお陰で観戦させていただきましたよ」

魔導器具狂いが学園長室に魔導モニターを運び込んで、闘技場内を映し出していた。

「それにしても今年はハイレベルな戦いをする者が多いようじゃな。魔法も、実技も王国の将来は安泰じゃ」

学園長は生徒達の活躍を喜んでいるようだが、私は素直に感想を伝えることが出来ない。実際に戦った者達は素晴らしい戦いを見せてくれた。

しかし、私は戦いの後に見た未知の魔法に興味が移ってしまっている。

研究者とは、常に疑問を持ち、探求心を持って新しい知見を追求する因果なものだ。

リューク・ヒュガロ・デスクストスが作り出した無属性魔法の話は、魔法省でもある時期、話題になった。

当時の私は子供が魔法を使っただけでも十分に凄い才能だと思っていた。

だが、表舞台に出ない子など興味がわかないとしか思わなかった。

こうして目の当たりにしたことで、リューク・ヒュガロ・デスクストスの作り出した魔法が現代の魔法書に記載されていない物であることは一目でわかってしまう。

学園の副担任をしているのも、魔法について研究が出来るからだった。

ただ、最近は魔法の開発よりも魔導器具のような快適な物ばかりに研究は移行している。

未知との遭遇が無いまま数年を過ごしていた。

そんな私の衝撃がどれほどのものであったことか……。

今、見た魔法は私の知らない未知の魔法だった。

「なっ、なんじゃこれは」

学園長の叫び声によって、異常な出来事が起きていることに気づいた。

魔導モニターの向こう側、リューク・ヒュガロ・デスクストスとダンが対峙していた。

やはり、もめ事を起こすのか、リューク・ヒュガロ・デスクストス。

私は彼の異常性に危機感を持っていた。

リンシャン・ソード・マーシャルを託したことは間違いだったのか？

疑問に思っていると、モニター越しにリュークと目があった気がした。

「ボクは、あくまで怠惰な悪役貴族だ。それだけは忘れるな」

それは私への警告だったのではないか。

リュークは更に魔力を放出した。膨大な魔力は、数百年生きているエルフに匹敵する多さを誇示した。

魔導モニターに映し出された魔力量は、測れる数字を超える異常な数値を計測していた。

「ふぉふぉふぉ、若者はええのぅ。一人の強者が、もう一人を引き上げる。ライバルという奴じゃな」

魔導モニターはリュークの魔力に当てられて……。

「うわっ、なっ、なんだこれは。急にモニターが」

火を噴き出した魔導モニター。オーバーヒートを起こしている。

高出力の魔力に魔導モニターに使われる魔石の方が、耐えられなかった。

闘技場内に設置されているダンジョンボスクラスの魔石で無ければ、今の彼の魔力は受け止めきれないのだろう。

「リサーチ君、大丈夫かね」

慌てて近づいたリサーチ先生が、魔導モニターの爆破に巻き込まれる。

とっさに、私と学園長は魔導障壁を張った。

もう一人の男はいつの間にかいなくなっていた。

リサーチ先生はどうだろうか？

「ボクの魔導器具が、うわっ」

どうやら元気なようだ。

全身黒焦げで頭もちりちりになっている。

痛みを訴えていないようなので大丈夫なんだろう。

「ふむ、どうやら凄い子が紛れ込んでおるようじゃな」

慌てているが、元気なリサーチ先生から目を逸らして、学園長は窓際に立って闘技場に向かって話し出す。

「ふぉふぉふぉ、彼に触発されて、相手の彼だけじゃなく、周りも成長していくのじゃろう。なんとも面白い子たちが入ってきてくれたものじゃな」

「そうですね」

「先ほど剣帝殿も参られて話をしていたんじゃ。彼も弟子を探しにきたそうじゃ。もしかしたら、面白い子たちの中に剣帝を継ぐ子が現れるかもしれんのじゃから、ワクワクするのう。シーラス先生。君は教師ではあるが、魔法の深淵を見たものじゃ弟子は取らんのか」

「私は……気になっている子はいます」

リューク・ヒュガロ・デスクストスの顔が浮かぶ。

「ふぉふぉふぉ、深淵の魔女の弟子と剣帝の弟子。本当に面白いのじゃ。どうじゃな、今年の課外授業は」

四年前に優秀な生徒が多くいた時にも問題は起きた。

学園長はそれを危惧されているのだろう。

「零クラスは癖の強い者が多いです。強さで言えば問題ないと判断します」

「そうかそうか、ふむ。楽しみな世代じゃのう。上のバカな者達がきなくさい動きを始めておる。どうか若者達に被害がないようにしてほしいものじゃ」

通人族は本当にめんどうな生き物だ。

強欲で、権力や地位など常に欲にまみれている。

「彼らならば問題はないと思いますが、警戒はしておきます」

「うむ。一年生がダンジョンに挑戦する時期は、ダンジョンボスの出現も確認されておる。様々な問題と共によろしく頼むのじゃ」

私よりも年若い学園長は、禿げた頭を私に向かって下げた。

生徒達の行く末を思いながらも、私は彼へ接触の仕方を考える。

「もうダメだ！　魔導モニター作るの凄く大変なのに！」

一人で慌てるうるさい男に邪魔されながら……。

◇

課外授業二日目。

私が異変に気づいたのは、日が昇ってからのことだった。

引率員として、数名の教師がダンジョンの中で寝起きをしている。

私もその一人として、テントを張って休息を取っていた。

目が覚めた私が一番最初に感じた違和感は、森があまりにも静か過ぎるということだ。

森には魔物以外にも生き物が存在する。

いくら、ダンジョンと化して魔物が徘徊していると言っても、動植物や虫たちは魔物と共存するように生きているのだ。

「なんの気配もしない」

魔物も、動物も、虫の声もしない。あまりにも静かなダンジョンを探索していく。

生徒達の位置情報は、マジックウォッチが教えてくれる。

「高いところから見てみましょうか？」

偵察を行うために木に登って私は異常な魔物の存在を目の当たりにした。

「なっ、なんですあれは。森が侵食されている」

すぐに魔物の居る方向へ駆け出した。

途中で、零クラスのタシテ・パーク・ネズールが、チームリーダーをする四とすれ違ったので、警戒を促して避難するように指示を出しました。

魔物に近づくにつれて誰かが戦っていることが分かり、私は駆ける速度を上げた。

遠目で見ても魔物の強さは生徒たちが対応できる相手ではない。

魔物の背後に到着したと思った瞬間、爆発した魔物の魔石が剥き出しになっていた。

これだけの攻撃力を誇る生徒が居ただろうか?

爆炎の向こうからダンが飛び出してくる。

魔石を斬った。魔物を倒したのか?

「なっ」

斬りつけられた魔石が再生するですって。

傷が浅かったということなの?

「ダン、逃げなさい」

私は叫ぶと同時に回避行動を取れていないダンを守るために動き出す。

魔物の触手によって吹き飛ばされてきたダンを受け止める。

「大丈夫ですか?」

「シーラス先生」

爆炎の向こうでは、女子生徒達が触手に捕まり服を溶かされていく。

私は生徒を助けるために魔力を最大まで練り上げて、属性魔法を発動する。

「フラワーボンバー」

私が魔法を発動すると、スライムを中心に爆発が起こり花が咲き乱れる。

ピンク色の花が咲き誇り、生徒達が解放されたことを見計らって次の魔法を発動する。

「フラワーエナジー」

花を咲かせた相手の能力を一時的に吸収する。

今回は、相手の耐性を弱体化させる効果を持つ。

「今です。攻撃しなさい」

私は魔物から解放された生徒へ声をかけて攻撃を促しました。

エリーナとリベラが反応して魔法を放つ。

「ダン、立てますか？」

「シーラス先生、どうして」

「あれはダンジョンボスです。まさか、こんなにも早くダンジョンボスが現れるなど前代未聞です。現れたからには倒すまでダンジョンを出ることは叶いませんよ」

ダンの疑問に答えている場合ではないため、私は現状を伝えて走り出す。

「敵の魔法耐性は効果を下げました。今なら攻撃が通ることでしょう」

私が花びらを投げつければ、魔物が苦しみ出す。

「えっ、攻撃が効いた？」

後ろからダンの声が聞こえてくる。魔物には、それぞれ倒し方が存在する。

ただ、闇雲に高火力の攻撃で倒すだけが戦闘ではない。

「相手の弱点を知りなさい。魔物学の授業をちゃんと聞いていればわかることです」

私の攻撃を見た生徒たちが攻撃を開始していく。

しかし、レベル差があるためか魔物が抵抗してなかなか倒しきることができない。

ただ、戦えているので大丈夫だろう。

私は一人、座り込んでいるダンを見た。

「一先ず、なんとかなりそうです。よく頑張りましたね」

「先生」

「あなたは最善を尽くしていました。私が来るまでに、あなた方がしていたことは遠くから見ていました。本当に無事でよかった」

私が褒め言葉をかけても、ダンは顔をうつむかせて塞ぎ込んでしまった。

「どうしました」

「俺……、俺は魔物を倒せなかったです」

悔やんでいる声に私は優しく語りかけることにした。

「あなたは立派です。誇って良いです」

「でも、あいつなら……。リュークなら先生の力を借りなくても魔物を倒すことが出来たはずだ」

「リューク、リューク・ヒュガロ・デスクストス君のことですか」

「はい。俺はあいつに勝ちたい。勝たなくちゃいけないんだ」

「そうですか。ですが、人には成長の早さがあると私は思います。リューク君は確かに魔法について、あなたの先を歩んでいることでしょう。ですが、戦闘においては、あなたもリューク君に劣っているとは私は思いません」

視線を魔物に向ければ、彼女たちの攻撃によって少しずつ魔物が弱り始めている。

決着は近いようだった。ただ、倒し切る前に彼女たちの魔力が尽きるかもしれない。

「あなたはあなたのやり方で強くなればいいのです。それでも不安ならば私が指導をしましょう。私は一応先生ですからね。強くなるため、魔法を知るためのご協力はしますよ」

手を差し出してダンを見る。

「先生が俺を強くしてくれますか」

「ええ。これでも魔法の深淵を知る者と呼ばれていますので」

自分で言っていて恥ずかしくはありますが、説得力ある言葉は他人から言われた言葉の方があるような気がした。

「魔法の深淵を知る者。先生、俺を強くしてください。魔法について教えてください」

「ええ。あなたにその気があるなら、いくらでも」

ダンは私の手を取って立ち上がる。

最後の仕上げのために私は魔物を見て、不可解な現象を見ることになりました。

確かにダンジョンボスは弱っていた。

さすがに倒しきれるほどではなかった。

魔法を放ったリベラは気づいていなかったが、魔物は魔法に当たる前に消滅した。

「やった。ダンジョンボスを倒したんだ。うわっ、レベルが一気に上がったぞ」

ダンジョンボスが消滅したことで、ダンたちチームはレベルアップした。

しかし、不可解な現象に私は疑問を感じてしまう。

「先生、助けていただいてありがとうございます」

「いいえ、あなたたちが時間を稼いでいたお陰です。私は手助けをしただけですよ」

エリーナに言葉を返して気持ちを切り替えることにした。

「ダンジョンボスが出たということは、ダンジョンはレベルが下がって一時的に機能を停止します。それが二ヶ月なのか、半年なのかはわかりません」

一先ず、危機が去ったことに安堵した。

「しばらくは使えないので、皆さんの課外授業は終了です。今後のことは学園の先生方と話し合ってお伝えします」

「「「はい」」」

生徒達は素直にダンジョンから帰宅していく。

私は他の先生たちと、残された生徒にダンジョンボス討伐を知らせる。

◇

ダンジョンボスが出現してしまったことで、課外授業は一旦中止されることになった。

森ダンジョン内の調査を教師陣で行うことになり、ここ最近のダンジョン内に起きていた異変を知ることになる。

「毎週三百の魔石ですって！」

それは学園に併設されている魔石の買い取り所からの報告だった。

課外授業期間が決まると、練習としてチームでダンジョンへ挑戦する者が増えるのは毎年のことだ。優秀な生徒が含まれる際は、ダンジョンボスの出現も懸念されるため、課外授業中は警戒をしている。

四年前に第一王子ユーシュンが入学した世代でも、ダンジョンボスが出現して大変だった。あのときは第一王子を含む、テスタ・ヒュガロ・デスクストスとガッツ・ソード・マーシャルが競い合うように魔物を狩ったことが原因だった。

しかし、そのときは三つのチームが週末に魔物を狩った数を競い合っていたため、三チームの合計でも精々百体の魔物がいいところだった。

しかし、今回の魔石の買い取り所には、一つのチームが三百体の魔石を毎週納品しに来ていた。

しかも、それに続いてチーム一が五十体。

つまり二つのチームで三百五十体もの魔物を毎週狩っていたことになる。

他のチームが週末に三から五体程度の魔物を狩っているのが平均なのに対して、三百体は異常な数字と言える。

「いったいどんな方法で……」

自分がダンジョンに入れば、確かに一日で五十体ほどは狩れる自信はある。

だが、駆け出しの生徒四人で三百体の魔物を週末の度に狩れるかと言われれば不可能に近い。

「これは事情を聞く必要がありますね」

厄介な相手だと思い、リューク・ヒュガロ・デスクストスの顔が浮かぶ。

ただ、リューク・ヒュガロ・デスクストスへの牽制として選ばれた、リンシャン・ソード・マーシャルに聞くことができるはずだ。

彼女から事情を聞けば詳しい話を聞ける。

「家同士の対立を考えれば別々にする予定でしたが、あまりにもリューク・ヒュガロ・デスクストスの行動が読めないために、急遽変更されたチームリーダーに任命したことが功を奏しましたね。何をするのかわからなかったリューク君の監視役として、彼女はうってつけでした」

さっそく私はリンシャン・ソード・マーシャルを呼び出すことにした。

職員室とは別に、学園から与えられている私の研究室へリンシャンに来てもらいました。

「良く来てくれました。マーシャル君」

「はっ、シーラス先生。失礼します」

騎士の家系に生まれたリンシャン君は優秀で教師としては扱いやすい。

「あの。ダンジョンボスが出現したことは聞いていると思います。今、その調査を行っています。君のチームメンバーにも話を聞こうと思っているんですけど、まずは君の話を聞かせてほしいです」

「はい。なんでしょうか?」

やはり教師としては素直な生徒はありがたい。

「まずは、君たちのチームはダンジョンで週末ごとに狩りをしていましたね」

「はい」

「君たちは毎週、約三百程度の魔物を討伐していたと魔石買い取り所から報告を受けているんですが、どうやって倒したのか方法を教えてもらえませんか？」

「方法ですか」

「そうです」

「それは、私の口からは言えません」

意外にもリンシャン君は口を噤んだ。

いつもの彼女であれば、リューク・ヒュガロ・デスクストス君に突っかかるほどの勢いがあるのに、まるでそれが感じられない。

「何？」

「その行為を実現させたのは私ではありません。ですから、その行為を口にして良いのは方法を考案した者だと考えます」

くっ、こんなところで真面目な優等生を発揮しなくてもいいと言うのに……、

「そうですか。それを考案した人物は誰です？」

「リューク・ヒュガロ・デスクストスです」

リューク……。

また、彼か……。

ダンも彼へのライバル心を剥き出しにしていた。

「彼と君は対立しているのでしょう。彼のことを庇う必要はないのではないですか？」

私の言い方が気にくわなかったのか、リンシャン君の顔が険しくなる。

「申し訳ありません。それとこれは別の問題だと考えます」

彼女はいつもリュークに対しては怒りをぶつけているが、私に対しては初めて怒りを含んだ声で拒否を示した。

「そうですか……、それではダンジョンボスが現れた際、君たちはどこで何をしていましたか？」

私はもう一つの疑問点を聞くことにした。

あのとき生徒達の位置を把握していたからこそ疑問に思う。

チーム二は頂上付近に拠点を構えていた。

「!!」

リンシャン君は私の質問に顔をしかめた。

この子はウソがつけない子だ。

だからこそ、何かやましいことがあれば隠すことができない。

「もう一度聞く。何をしていた？」

「私は何もしていません」

「私は？」

「リューク・ヒュガロ・デスクストスはダンジョンコアがある洞窟に入っていきました」

私は息を呑む。

「ダンジョンコアを破壊したのですか?」

「いいえ、破壊はしていません」

「破壊は……、そうかレアメタルか?」

「はい」

「そうですか。だからあのダンジョンボスは、あんな消滅の仕方をしたのですか。それに私の魔法が通じたのもダンジョンコアからの魔力が断たれてということですか。謎が解けました。君たちがどうやって魔物を大量に討伐したのかは聞かないでおこう。レアメタル採取は問題になるかもしれないですよ」

私が責めるような瞳を向けると、リンシャン君は覚悟を込めた瞳で私を見た。

「問題はないでしょう。レアメタルは、採取した者に権利があります。学園側もダンジョンで採取した素材を魔法実験に使うことを承認しています。またレアメタルは採取が難しいため、運ぶ手段、加工技術がなければ悪用も難しいです。公爵家のリュークを責めたところで、誰も先生の味方はしないでしょう」

マーシャル家のリンシャンが、デスクストス家を庇うような物言いをする。

私はリンシャンの反応に戸惑ってしまう。

「君がそんなことを言うとは思わなかったですね」

「そうですね。すいません。失礼なことを言いました。もう話すことがないので失礼します」

「あっ、ああ。構いません」

リンシャン君は立ち上がって部屋を出た。

チームを組ませて、リンシャン君が取り込まれた？

「何がどうなっていると言うんでしょう？　リューク・ヒュガロ・デスクストス……、貴方は何をしているのでしょう。ハァ、学園長に報告するしかないでしょうね」

ルビー君やミリル君にも話を聞いた。

だが、リンシャン君以上に話をしてはくれなかった。

リューク・ヒュガロ・デスクストス君にも話を聞きたかったが、今は忙しいと学園に現れもしない。

仕方なく、私は報告書をまとめて、学園長へ報告に向かった。

「ふぉふぉふぉ、そうじゃな今回の件はこれで終わりとしよう」

「何故ですか？」

「すでに事は成った。ダンジョンボスは倒され、ダンジョンは活動を一時的に停止した。生徒たちは無事に帰ってきて、何も問題は無い。問題があるとすれば、少しばかり長いダンジョン休止が訪れることぐらいじゃ」

私は納得できない気がしたが、学園長の言うことも理解できた。

「わかりました」

「ふむ。残りの生徒たちは少し遠いが、王都外の校外学習にしておこう。団体でテントを張って騎士団にも護衛を頼むとしよう」

「はい。手配しておきます」

四年前にも同じ処置をとったことがあるので、手配はそれほど難しくはない。

「面白いのぅ。リューク・ヒュガロ・デスクストス君は……、彼のお陰でレベルを上げて自信を持つ者。ライバル心を燃やして強くなろうとする者。敵愾心を燃やしていた者が庇うようになった。彼を中心に周りの心境が変わっていくようじゃ」

学園長の言葉に私はリューク・ヒュガロ・デスクストスの顔を思い浮かべて溜息を吐いた。

第三章

一年次学園剣帝杯

Only Lazy,
Villainous Aristocrats

第十五話　魔法実験

ダンジョンから持ち帰ったレアメタルが目の前に置かれている。

ボクの心はワクワクと浮き足だっていた。

新しく手に入れたオモチャを、どのようにして遊ぶのか。

ワクワクウキウキして、心が落ち着かない。

早く遊びたい。早く作りたい。

今のボクはそんな気持ちでいっぱいになって、他のことが手につかない。

レアメタルは、魔法を付与する鉱石として、最も優れた貴重な素材として知られている。

武器を作るならミスリルが有名だが、レアメタルは特殊な魔導器具を作る際に、高性能な心臓部として魔導器具の核になる。

「それじゃ早速やりますか」

レアメタルの使い方は難しくない。

直接、魔法陣を書き込めば使うことができる。

ただ、難しいポイントとして、レアメタルは魔法陣の重ね書きができる。

どれだけ多くの魔法陣を編み込めるのかは、製作者の技量にかかってくる。

王都中を探しても、ドワーフの鍛冶師をボクは見たことがない。

精霊族である彼らは、鍛冶仕事や付与魔法に長けていて、魔導器具に書き込む魔法陣を編み出したのは彼らだと言われている。

彼らが近くに居てくれたなら、すぐにでも配下に迎えたいと思うほどだ。

会ったことがないので、今回は自分でやるしかない。

編み込む魔法陣は綺麗で正確に描かなければ魔法は発動しない。

武器や魔導器具に、どうやって魔法陣を付与するかという話になるわけだ。

魔法を使う際に目に見える形で、魔法陣は浮かび上がっている。

それは放つ際に一瞬だけ浮かんでくるので、魔法陣をその一瞬で覚えなければならない。

覚えるのが難しいこともあるが、強力な魔法になれば、魔法陣も複雑になるため魔法陣の転写をすることが至難の業とされている。

複雑な魔法陣を綺麗に転写することは不可能に近い。

そのため、難しい魔法が世の中に広がらない理由として、転写が不可能だからだ。

無属性魔法の中でも、生活魔法や強化魔法などは魔法陣も単純な部類に入るので、転写が成功して生活魔法の一環として利用されている。

だが、属性魔法に関しては、複雑性が増すため、固有魔法の転写が研究されている。

《水》や《火》などの、属性魔法の中で使い手が多い魔法しか研究は進んでいない。

使い手が少ないということは、それだけ研究材料が少ないということになる。

それでも、《遠見》を研究したモニターや、《鑑定》を利用したマジックウォッチが作り出されているだけでも凄いことだ。

そういう研究を好んでしているのが、リサーチ先生だ。

では、ボクがレアメタルまで採ってきて、何をしようとしているのか。

答えから言えば、バルにボディーを与えるためだ。

現在は、魔力を送り続けることで形を維持している。

怠惰なボクにとって、バルに魔力を送るという労働をしているわけだ。

ラクそうに寝ているように見えて、魔力を消費し続けている。

この矛盾を解消したい。

怠惰とは、自分では何もしないことだ。

ただ、それではボクがヒマになるので、楽しいことはしたい。

だけど、身の回りの世話や魔法は簡略化したい。

それ以外の楽しいことは全部したい。

いいとこ取りの人生を歩みたい。

魔法の簡略化の一つとして、バルのフォルムチェンジ、統計学、メモリー機能、再生機能などを付与したボディーを作りたいと考えている。

魔力を充電式にする魔法陣と、命令を理解できるように精神をボクと繋げたい。

考えるだけでも、多くの魔法陣を書き込まなければならない。

バルにボディーを与えることで、ボク自身の魔力消費を減らして、労働をしないようにしたい。

「いきなりレアメタルを使っても失敗することは目に見えているからね。まずは、シロップに取り寄せてもらったミスリルで試してみよう」

シロップには事前に、欲しい魔法陣の調達と、ミスリルを大量に購入してもらっていた。

鍛冶師や魔導器具師が何年もかけてたどり着く領域へ。

それがいったいどれだけの期間で成功できるのかわからない。

バルの魔法陣は、信頼する者以外には見せられない。

だからこそ、信頼する鍛冶師がいないなら、依頼することもできない。

「バル、魔法陣を記録しろ」

最初に始めたのは、紙へバルの魔法陣を転写する作業だった。

多重魔法陣付与になるので、一つ一つを間違えるわけにはいかない。

ボクが意識を覚醒させて、左手に魔法陣を浮かび上がらせる。

バルがボクの右手を使って、魔法陣を転写する。

元々、魔力を掌の間で練って身体に取り込むようにしていた。

左手一本で実現する難しさを感じたので練習をしていた。

ボクは、バルを出現させた状態で、魔法陣を組み上げて、バルのメモリーに記録させる。

バルは、ボクの脳に記録された格闘技の技術を学習して記録した。

その応用で、魔法陣をボクが作り出して、バルが記録する。

ボクが自分では覚えられない。
漠然とした画の記録を細部まで覚えてはいられない。
芸術家なら、自分の作品を細部まで覚えていられるのかもしれない。
それでも同じ絵師が全く同じ絵を描いたとして、百パーセント同じとは言えない。
ボクは絵師ですらないから絶対にできない。
より確実な方法を選んだ結果、バルを使うことにした。
練習で、バルに魔法陣を描かせたが、完璧だった。
魔法陣を描いたミスリルに少しだけ魔力を流すと、小さなバルが生まれた。
「よし。完璧だ」
魔法陣から生まれたバルは、魔力が切れると消滅した。
魔力を消費し続ければ、魔法は消えてしまう。
普通に魔導器具を使う人たちも、魔力を流すことで使うことができる。
使いながら魔力を消費する物と、一日分の充電を行って使う物が存在する。
《充電》の魔法陣は、シロップが手に入れてくれた。
何度も充電魔法を使えるか試しているが、一日分の充電しかできない。
充電の容量を拡大させるための方法を考える実験が必要になる。
「リューク様、そろそろ起床のお時間です」
夢中で実験に明け暮れていると、リベラの声が聞こえてきた。

「あっ、ごめん。リベラ、今日は授業を休むよ」

「リューク様？」

扉を開くと、リベラが驚いた顔をしていた。

それもそうだ。

いつもなら完璧な姿で現れるのに、今日は顔も洗っていない。

「少し失礼します」

リベラは、ボクのだらしない姿に幻滅するかと思った。

だけど、リベラの視線はボクを退かせて部屋の中を覗き込んだ。

「なっ！　これはまさか、申し訳ありません。失礼させていただきます」

リベラが強引に部屋の中へと入ってきた。

部屋の中は片付けもしていない。

乱雑に捨てられた魔法陣が描かれた紙と、机の上に置かれたレアメタルとミスリル。

「リューク様」

「何かな」

リベラがボクの前にやってきて、プルプルと震えている。

「どっ」

「どっ？」

「どうして私を誘ってくださらないのですか！　これほど精巧な魔法陣を私は見たことがありませ

ん。それにレアメタルがあるということは、何かしらの魔導器具をお作りになるんですよね？　もしくは魔法を研究されていたんですね。私の得意分野です」

物凄く食いつかれた。

「あっ、いや、うーん。つい楽しくて」

「酷いです！　リューク様。私はリューク様の従者です。リューク様の健康や学園生活を助ける役目があります。それだけではありません。リューク様が新しい魔法を編み出されるのであれば、お手伝いをする役目が一番にできるのは私です」

魔法狂いに捕まってしまった。

ボクは頭を掻いて、深々と息を吐く。

リベラなら、バルの魔法陣を見られても良いかな？

「うん。じゃあリベラも手伝って」

「はい。喜んで」

カリンにも昨日は会いに行けなかったから謝らないとな。


「リューク、居られますか？」

ボクがシャワーを浴びていると、部屋をノックされて声がする。

「はーい」

ボクの代わりに、リベラが応対してくれる。

「あっ、これはカリン様。すみません、こんな格好で」

「あなたはリベラさん！　どうしてそのような姿に？」

「あっ、はい。すみません。このような姿だとは忘れており、身嗜みを整えずに出て来てしまい申し訳ありません」

衣類は乱れ、下着同然のワンピース姿のリベラが出て大丈夫かな？

「それは問題ですが、どうしてあなたがリュークの部屋に？　まさか」

「違います！　決して不貞行為をしていたわけじゃありません」

「リベラ、誰」

ボクがシャワーから出て顔を出せばカリンがいた。

「あっ、カリン。わ〜カリンだ」

ボクは久しぶりに会うカリンに抱きついた。

抱きついても、カリンが抱きしめ返してくれない。

これは、リベラとのことを誤解したかな？

「あ〜、多分誤解しているよ。リベラは魔法実験の手伝いをしてくれているだけだ」

「えっ？」

「カリン。部屋の中へ入って」

カリンの手を引いて部屋に入れる。

「汚い」

「ははは、これでもリベラが片付けてくれたんだ。とりあえず寝ていないから、シャワーを浴びて食事に行こうと思ってたんだ」

カリンの目がギラリと光る。

「リューク、一つ質問をしてもいいかしら?」

「何かな?」

「お食事はいつ取りましたか」

「えっと、帰ってきたのが昨日だから、その朝には」

課外授業の朝以来食べていない。

カリンの瞳がいつにも増して鋭くなる。

「ご飯は私が作ります」

「えっ? でも、カリンは忙しいから」

ボクが気遣いを見せようとすると、カリンがリベラを見た。

「いいえ。絶対に私が作ります。いいですね。リベラさん」

「はっ、はい。良いと思います」

「よろしい。リュークは、魔法の研究をなさるのですよね」

カリンはよくわかっているね。

これまでもダイエットや運動など、ボクが研究を好きなことをよく知っている。

「うん。しばらくはそのつもり」

「わかりました。その間は、私がご飯を作ります」

「えっ、いいの？　嬉しいよ」

昔もそうだった。カリンと婚約してから、ご飯はカリンが作ってくれた。研究をするときは、シロップが身の回りの世話をしてくれて、カリンがご飯を作ってくれる。昔に戻ったようで嬉しい。

ボクが面倒くさがりなのを一番わかってくれているのは、シロップとカリンだ。

「料理や身の回りの世話は私が致します。リベラさんは、リュークの助手をしてあげてください。あなたの料理も用意しますので」

「はい」

リベラはカリンの迫力に圧倒されて返事しかできない。

「よろしい。それでは環境づくりからです。まずはここの片付けを二人でしておいてくださいませ。私は料理を作って参ります」

「「はい」」

やっぱりカリンには勝てないね。

◇

○月○日　実験十日目
多重魔法陣発動に成功。

属性魔法の魔法陣は自分では生み出せないため、紙に転写して無属性の魔力を流すことで発動する。

魔力を同時に流して、魔法を発動させることに成功した。

実験の進捗状況としては順調だ。

最近は、シーラス先生が学園に来いとリベラを通して伝えてきた。

今は忙しいと断っている。

ミリルが様子を見に来てくれた。

リベラとカリンが世話をしてくれているところに、ミリルが何か出来ないかと問いかけてきた。

ボクの代わりに基礎学習のノートを取るように頼んだ。

ミリルがまとめたノートを見せてもらうと凄かった。

要点やテストの攻略方法まで完璧にまとめられたノートが届けられた。

ミリルは賢い。

バルの研究の手伝いをしてくれたら役に立つかも……。

○月○×日
結果から言うと、ボクの判断は正しかった。

ミリルに協力してもらえたので悩みを伝えた。

魔力充電についてだ。

相談すると、魔力吸収という新しい発想を提供してもらった。

なんでも、魔力は空気中に存在しているので、心臓部となるレアメタルに魔力を吸収させてエネルギーに変えることで、半永久的に魔力を補充できるという方法があるそうだ。

それが出来れば魔力をボクが供給しなくても、活動できるようになるのではないか？

ミリルの発想は役に立つ！

魔力吸収は絶対に必要だ。

ヤバい！　ミリルが優秀過ぎる！

さっそくリベラと魔力吸収についての研究を始めた。

資料はミリルが持ってきてくれた。

ミリルが事前にたくさんの資料を読んで、要点をまとめてくれたお陰でスムーズな実験が出来るので助かる。

カリンが三人分の食事を作ってくれている。

負担をかけてしまった。申し訳ない。

でも、チーズとハムのサンドイッチは美味しかった。ありがとう。

○月○×日
あれ？　この魔力吸収……ヤバくね？

マジでヤバいかも……今までは体内にため込んでいた魔力を使って魔法を使っていた。

だけど、魔力吸収は空気中に存在する魔力を使って魔法を発動する。

魔力吸収を行えば、無限に魔力が使えることを意味している。
ヤバっ、自分の中にある魔力を使わないで、この技術を覚えれば無限に魔法が撃てる。
リベラとミリル、カリンにも原理を説明して使ってもらった。
それぞれが吸収出来る量が違っていた。
どうやら個人の魔力保有量が違うと、吸収出来る量も変わってくるようだ。
それに吸収しながら魔法を撃つことができたのはボクだけだった。
みんなは吸収に集中しないと、吸い込めないと言う。
それでも魔力回復が出来るので利用方法はあるようだ。
原理はシンプルなのだが、呼吸をするように魔力を吸い込むだけだ。
魔法の才能に恵まれたリュークの身体は、すぐに魔力吸収を習得できた。
魔力吸収は技術だ。
それも凄い技術なので、これは凄い発明なのではないだろうか？
魔力の消費がないので、魔法を使っても疲れない。
ヤバっ、これマジでヤバい。
リベラ、ミリルとハイタッチして喜んだ。
カリンのお祝いフルコースは美味しくてお腹いっぱいになった。

×月○日

困った……。
魔力吸収は素晴らしい技術なんだけど……魔法陣が存在しない。
魔法じゃないから魔法陣がない。
レアメタルに付与することが出来ない。
でも、充電よりも遙かに便利だ。
ボクが魔力を注がなくても、魔力を吸収出来ればバルは自動で動くことが出来る。
それはとても素晴らしい。
絶対にバルのボディーに取り入れたい。
リベラが魔法学から、ミリルが生物学から、それぞれの観点で意見をくれる。
なかなか上手くいかない。《吸収》の魔法陣が存在しない。
作り出すしかない……。
ハァ、野菜しか喉を通らない。
コンソメ美味い。

×月○×日
カリン……、君は天才だよ
全てをレアメタルだけでしようとするからダメだったんだ。
レアメタルは心臓部なんだ。

レアメタルへ魔力を循環させる別の魔導器具を作り出せば良い。

シューマイ美味しかったです。

同じ調理器具で、同時に料理を二品作る姿が素敵だったよ。

目の前で元気づけようと料理をしてくれてありがとう。

カリンのおかげで突破口を見つけた。

研究を開始して三ヶ月が経っていた。

テストには参加しなければいけないので、ミリルが渡してくれたノートで一夜漬けをした。

ミリルノートは凄い。

それしかしてないのにテストは余裕だった。

ルビーもミリルノートの恩恵を受けたらしい。

テストが終わると、ルビーが片付け要員としてやってきた。

猫は癒やされる。

ルビーを撫でていると集中力が増した。モフモフ最高だ。

シロップに会いたい。

年末の学園剣帝杯が終わったら、絶対に、家に帰ろう。

温かい鍋は最高です！

×月××日

ハァ、ダルイ。

身体が言うことを聞かない。

今日は休息日だ。

カリンがお粥を作ってくれたから食べさせてもらう。

リベラやミリルにも休日を与えて、お礼に食事をしてきてほしいと給金を出した。

断られたが、何かしらお礼がしたかった。お金というのは打算的で、一番ラクなお礼になって申し訳ない。

カリンにいっぱい甘えた。

凄く癒やされる。

体調が悪いときは、やっぱり誰かの温もりを感じたい。

久しぶりに三日間ほど寝込んだ。

カリンがずっと看病してくれた。

×月×〇日
体調が戻って、研究を再開した。
リベラやミリルも、新しい魔導器具の立案をしてくれて、レアメタルに装着できるウィング型の魔力吸収装置と魔力循環システムを実現した魔導器具を作り出した。
羽を広げると魔導器具が魔力吸収を開始し、羽を畳むと吸収した魔力をレアメタルに循環するというものだ。

《吸収》の魔法陣は存在した。リサーチ先生を問い詰めて吐かせた。

《吸収》の応用で開発した魔導器具は素晴らしい。

魔力をレアメタルへ送るという発想はリサーチ先生から頂いた。

何を作っているかは言わなかったが、リサーチ先生の知識は役に立つ。

ミスリルにも《吸収》を応用して魔力を送り込む実験は成功だ。

ミスリル羽が空気中の魔力を集め、レアメタルが集まった魔力を吸収して、魔法やエネルギーに変えて排出する。

循環システムが完成した。

これを二段階バキューム吸収と名付けた。

□月○日
とうとう、この日が来た……。
どんな魔法陣をレアメタルに刻み込むのか、試行錯誤を繰り返した結果。
十の魔法陣を付与することになった。
《バル》を核として、《吸収》以外にも残り八個も付与する。
《変形》《記録》《解析》《統計》《確率》《鑑定》《操作》《再生》
ほとんどの実験はリベラに行ってもらった。

ボクは魔法陣作成と同時多重魔法の練習を行っていた。
レアメタルを囲むように十の魔法陣を同時に発動させる。
レアメタルに順番に付与していかなければならない。
魔力吸収を覚えていてよかった。
魔力消費が激しいはずの同時多重魔法陣発動を実現可能にしてくれた。
魔力切れの心配をしなくていい。
「いくぞ」
カリン、リベラ、ミリル、ルビー、四人が見守る中。
ボクはレアメタルへ十の魔法陣を付与していく。
同時多重魔法を発動して空気中に魔法陣を浮かび上がらせる。
「リューク様、成功です！」
集中しているボクに、ミリルの声が響く。
発動は成功した。
ここからは一つ一つの魔法陣を重ね合わせるようにレアメタルへ刻み込んでいく。
「リューク様、レアメタルへの付与……、全て完了です」
ボクの周りに浮かんでいた全ての魔法陣が、レアメタルへ刻み込まれた。
ここまで半年をかけた実験が、なんとか成功を収めた。
ふらついた身体をカリンが受け止めてくれる。

「大丈夫ですか？」

「ああ」

レアメタルが光を失って地面へと落ちていく。

ルビーがナイスキャッチしてくれた。

「だっ、大丈夫かにゃ？」

「ありがとう、ルビー。割れることはないが、傷が付かなくてよかった。最後の仕上げをするから台の上においてくれるか？」

「はいにゃ」

ルビーは丁寧にレアメタルを台座の上に置いてくれた。

ボクは最後の仕上げをするためにレアメタルに近づいていく。

「まずはウィングを装着」

レアメタルと魔導器具をドッキングさせて一つの魔導器具として完成させる。

見た目には石に羽を付けたシュールな形ではあるが、ここから変化する。

「ボクの魔力を流し込んでバルを目覚めさせる」

全員が息を呑む。

ボクは注げる全ての魔力を注ぎ込む。

こうすることで、核となるレアメタルに魔力回路が生み出され、魔力を循環させるための道が出来上がる。

道が出来た場所に魔力吸収された魔力が流れ込みバルのエネルギーとなる。

これは魔導器具の魔力吸収が出来る魔力保有量の最大値を上げることにもなるので、ボクは注げるだけ全力で魔力を注ぎ込む。

「ハァハァ。これで全部だ」

カリンに支えられてボクは実験の結果を待った。

魔力を注ぎ込んだことで、バルが目覚めてボクと意識がリンクされるはずだ。


今までの実験にかかった苦労が走馬灯のように頭に浮かんでいく。

研究は想像していた以上に大変だった。

課外授業から帰ってきてから、テスト勉強以外は完全に授業を無視して、半年が過ぎてしまった。

リベラが実験の手伝いをしてくれて、寮に戻ればカリンが食事を食べさせてくれる。

お風呂やトイレもカリンに連れて行ってもらったのは恥ずかしい。

ミリルは、ボクの代わりに基礎学習のノートを取ってくれて、テスト対策まで作ってくれて、研究の手伝いと掃除まで手伝ってくれた。

ルビーも、ミリルノートには助けられたようだ。

たまに部屋にやってきて、ボクが考え事をしていると膝に座ってくる。

撫でると気持ちが落ち着いて癒やされた。

こうして半年間はあっという間に過ぎていった。

何やらシーラス先生から話を聞きたいと言われたが、今は忙しいと断り続けた。

バルにボディーを作る計画は、大詰めに差し掛かっていた。

「よし、最後の仕上げだ……。ボクの意識とバルをリンクさせる」

ボクは最大限魔力吸収を行って、自分の魔力へと変換してから、自身の身体の中にある魔力をレアメタルへと注ぎ込む。

レアメタルとボクとの意識をリンクできるはずだ。

体内に存在する魔力をレアメタルへ注ぎ込む。

全てを注ぎ込むと、ボクは力を失って倒れてしまいそうになる。

カリンが慌てて支えてくれなかったら、倒れていたことだろう。

成功しろ！

「バル？　バル？　どうだ調子は？」

魔力を注いだのにリンクが出来てない？

ボクはバルに呼びかける。

今までは「(^^)」と返事をしてくれたバルから返事がない。

「魔力は十分だと思うんだけどな？　あとはボクとの意識をリンクさせるだけで終わるはずなんだ。どうしてリンクできないんだ？」

ボクが呼びかけると、ピクリとレアメタルに反応があった。

「バル？」

もう一度呼びかけると、レアメタルが光り出した。

紫色の光はボクの魔力を表しているような感覚を覚える。

魔力吸収で体内の魔力を回復させながら、バルの変化を見守る。

「(^^)」

光が収まると、ミスリルで作った羽を生やした子犬程度の紫クマが空を飛んでいた。

フワフワした見た目のクマは、子犬サイズの不思議な生物として飛んでいる。

「えっと、バルか？」

「(^^)/」

紫クマが片手を挙げて顔文字と同じ動作をする。

「リューク様、これは成功？　なのですか？」

リベラも何が起きたのか理解できなくて戸惑っている。

「可愛い！」

ボクを支えていたカリンが声を出す。

ミリルが用意してくれた椅子へ、ボクを座らせてカリンが近づいていく。

「カリン！」

危険かもしれないので、止めようとした。

すんなりとバルがカリンの腕の中に収まった。

そして、気づく。

意識のリンクが為されていることに、カリンの柔らかい胸の感触がする。

「カリン様、大丈夫なのですか？」

「ええ、ミリルちゃん。触ってみますか？」

「いいのでしょうか？」

ミリルが戸惑いながら、バルへ手を伸ばす。

「うわ～、フワフワで気持ちいいです」

「私も触りたいにゃ」

女子の手が伸びて、身体を触られるような不思議な感覚を覚える。

くすぐったくはないが、少し変な感じだ。

「リベラ」

「はい」

「どうやら成功したようだ」

「えっ？　そうなのですか？」

「ああ、あれはバルだ。意識というか、感覚がリンクしている」

三人の女性にもみくちゃにされている変な感触を共有している。

「バル！　フォルムチェンジ」

「(^^)」

ボクが命令すると、バルはいつものクッションへと姿を変える。

感触も再現されていて、寝心地も変わらない。

魔力を注いでいないのにバルの感触がする。

「うん。間違いない。実験は成功だ」

このまま寝てしまいたい……。

「リューク様、やりましたね！」

「おめでとう。リューク」

「リューク様、さすがです」

「凄いにゃ！　なんか凄いにゃ！」

四人から成功の祝福と喝采を受ける。

ここまでミスリルをどれだけ失敗して使えなくしてしまったことか……。

どれだけの紙と魔法陣をダメにしたことか……。

「みんなありがとう。みんながいたから成功できた。それぞれ礼をしたいと思う。ボクが出来ることがあれば出来るだけ叶えよう。なんでも言ってくれ」

ボクの申し出に四人の顔が驚きから真剣に悩むものへと変貌していく。

「……リューク様、それはなんでもいいのですか？」

「ああ。ボクに出来ることならね」

リベラが質問をすると、女性たちは四人で話し合いを始めてしまった。

ボクは待っている時間で、バルに身を預けて眠りについてしまう。

夢の中、バルが現れる。

「私はバル……、あなたがマスター？」

夢の中に現れたバルは、紫色のクマではなく……、光の玉？　だった。

「マスター？　まぁ、そうか。ボクがバルのマスターだ」

「ありがとう。マスターが連れ出してくれたから、私はお腹いっぱいで幸せ」

「うん？　連れ出した？　お腹いっぱい？　バルが幸せなんて思うのか？」

「私はバル、マスターと共にいる」

　これは夢……。

だけど、バルに意識があるような気がして楽しかった。

◇

ボクは半年ぶりに太陽のまぶしさを味わっている。

シャバの空気は美味いなぁ～。

引きこもっていただけですが、なにか？

研究をしている間は、研究以外の全てのことをカリンやリベラに任せていた。

朝起きて洗顔、着替え、食事はカリンが全部してくれる。

シロップばりの働きっぷりだ。

魔法の研究や実験はリベラが動いてくれるので指示を出すだけ。

学園の勉強はミリルがノートを取ってきてくれるので寝たまま頭に入れる。

ボクは唯々頭を働かせて、魔力を流し続けていただけだ。

ルビーを撫でてはグルグルと気持ちよさそうな喉の音を聞く程度には動いていた。

「ふむ。意識をバル以外へ向けるのは本当に久しぶりだな。ボクは真理に気づいたかもしれない。集中するって怠惰なことなんだ」

と言っても半年間も部屋にこもっていたので、太陽の光が怠い。

「バル」

抱き抱えていたクマのぬいぐるみが、形を変えてボクを受け止めてくれる。

感触は最高で、このまま寝てしまいたくなる。

「ダメだ。なんのやる気も出ない」

達成感というか、楽しいことをやりきった後の燃え尽き症候群とでも言えばいいのか。

やる気が起きない。

「リューク・ヒュガロ・デスクストス」

ボクがバルに乗って日向ぼっこをしながら漂っていると。

リンシャン・ソード・マーシャルに呼び止められた。

「君か、何?」

今は誰かと話をするのも面倒なんだけど、厄介な相手に会ってしまった。

「リューク、貴様に聞いておきたいことがある」

「だから、何？」

「貴様はデスクストス公爵家がしていることを理解しているのか？」

真剣な雰囲気で聞いてくるリンシャン。

表情を見れば、戸惑いと不安、その奥に覚悟のような思いが込められていた。

最近は誰かに何かをしてもらうことに慣れていた。

ボクは、漠然とした質問に頭を働かせる新鮮さを思い出す。

そして、自分が大人向け恋愛戦略シミュレーションゲームの中に転生していたことを思い出した。

そう言えば、ここはゲームの世界だったね。

リンシャンが聞いてくるデスクストス公爵家のしていることについて、思考を巡らせた。思い当たる事はあるけど、まったくわからないという結論に至った。

ゲームのリュークも、家から悪事の内容を聞かされてはいないはずだ。

どちらかと言うと好き勝手に悪事を働いていただけだしね。

ゲームの学園パートでは、デスクストス公爵家はリュークに対して関与してこない。

リュークの悪さが目立っていただけだ。

立身出世パートでは家から誘導されていた節があるが、今は何も知らない。

「う～ん？　家が何かしてるの？」

「そうか！　やっぱり貴様は関係ないんだな」

どこか安心したような顔をするリンシャン。

あれほど敵意を向けていたはずなのに、チームを組んでから態度が変わってしまった。

「何をしているのかは知らないけど、悪いことでもしているの？」

「うん？　いや、知らないならいい。私も詳しくは知らん。ただ、貴様は関わらないでほしい。やっぱり私は家族を裏切ることはしたくない」

なぜ、ボクが悪事に加担していると、リンシャンが家族を裏切ることになるのだろう？

関係ないと思うけど……。

「ふ〜ん。よくわからないけど、ボクが家族に協力することはないよ」

「何故だ？　家族なんだぞ」

意外にも家族を否定すると、リンシャンの方が驚いた顔をする。

きっと、家族に愛されてきた子なんだろうな。

ボクが転生者ということもあるけど、あの家族には全く情がない。

アイリス姉さんだけは、カリンの友人として、カリンが望めば助けるかな？

姉として優しくしてくれたこともあるしね。

それ以外の家族には何も感じない。

「君は幸せ者なんだね」

「何？」

「世の中には君が思っている幸せな家族ばかりじゃないんだ。君が進む道と、ボクが進む道は交じり合うことはないさ。ボクはただ自分のことだけを大切にするつもりだからね」

話は終わった。

ボクはリンシャンから距離を取るために浮かび上がる。

「交じり合うことはない？　そんなことわからないじゃないか。貴様は私の……」

リンシャンが何かを言いかけたけど、最後まで言葉を紡ぐことはなかった。

ボクは自動式のバルを作ったことで満足していた。

だけど、物語はまだまだ序盤にすぎない。

やっと学園パートの一年目が、学園剣帝杯に向かって動き出したにすぎない。

気を抜きすぎていた。

「ハァ、本当に面倒だね。怠惰な生活を送るのは、もう少し先になるね」

リンシャンのお陰だと言うのは嫌だけど、ゲームの世界で怠惰に生きるために頑張ってきたことを思い出して、モーニングルーティンを始めることにした。

「バル、今日は実体がある君と組み手をしようと思う。バトルフォームにチェンジしろ」

ボクが命令すると、紫のクマは、その姿を人へと近づける。

髪は紫に、身体はレアメタルボディーへ。

ミスリルの羽を生やした美しい幼女が完成する。

「さぁ、戦おう」

ボクの中にいるバルと、対峙するレアメタルバル。

二体のバルが拳法の達人同士が行うようにゆっくりとした動作で、組み手を行う。

それは動きを確かめ合うように、ゆっくりと技をなぞり合う。

次第に攻防が激しくなっていくに連れて、両者の身体に傷が出来る。

「魔力は無限に使えるからね。レアメタルバルには負けてあげられないな」

地面に倒れたのはレアメタルバルだった。

バルがボクの魔力を保持していることで《睡眠》や《怠惰》など属性魔法の効果がない。

しかし、身体強化や補助魔法、生活魔法の一部を駆使してレアメタルバルの意表をついたことで勝利を収められた。

ボクは自分の体へ回復魔法をかけて、バルは自己再生で傷を修復する。

「ふぅ、魔法を使うのも集中力がいるから疲れるね」

「リューク！」

一息吐いて休息を取っていると名を呼ばれる。

声を弾ませてやってきた相手に驚いてしまう。

ダン？　半年前よりも逞しくなった身体は、レベル以上に鍛えていたのだろう。

「うん？　ああ、ダンか、何か用？」

「久しぶりだな。最近はお前を見かけなかった」

「ちょっとね。それより何？」

ダンから名前で呼ばれることも違和感がある。

「俺は剣帝アーサー師匠に戦闘術を習って闘気を習得した」

噂には聞いていたけど、剣帝アーサーはダンを弟子にしたんだね。

「魔法の深淵を知る魔女シーラス先生に師事して魔法も強化した。もうすぐ行われる学園剣帝杯では絶対にお前に勝つからな」

剣帝と魔法の深淵を見た魔女に鍛えてもらったことで自信がついたようだ。

それは強くなっていることだろう。

レアメタルバルの試運転の相手としては申し分ない。

それに闘気、そんな力もあったな。興味がある。

「闘気か、見てみたいな。試運転にはいいかも。よし、ダン。模擬戦をしてやる」

「いいのか？　お前でも、今の俺には勝てないぞ」

ボクが模擬戦をしてやると言うと、満面の笑みを浮かべる。

わかりやすい奴だ。

自分の力を示したかったのだろう。

いいさ、レアメタルバルとどちらが強いのか見せてくれ。

「ご託はいい。かかってこい」

ダンは剣を構える。

半年前よりも遙かに様になっている。

それに青白い魔力？

いや、オーラとでも言えばいいのか、闘気を纏っていた。

闘気は、魔法とは別の力で、生命力を力に変換する……、だったか？

「いくぞ！」

「ああ。こい」

ダンが地面を蹴って向かってくる。

速いが、直線的過ぎる。

レアメタルバルの動きの方が速い。

ダンの側頭部を殴打した。

弱い……、いや弱くはないが、物足りない。

「とりあえず実験は成功だな。闘気は理解できたか？」

意識を失って倒れるダン、バルがダンを解析する。

理解は出来たが、バルは闘気を使えなかった。

生命エネルギーという概念が、バルには当てはまらないのかもしれない。

感覚を共有しているボクが、バルが得たデータを使って闘気を発動すれば……。

「ふむ。出来たな。元々、数年に亘って身体を鍛えてきたから、基礎は出来ていたようだ。あとはきっかけが必要だったということだろうな……。ダン、ありがとう。君のお陰でバルとボクがまた強くなれたよ」

お礼として回復魔法をかけてから、ボクはその場を立ち去った。

第十六話　一年次学園剣帝杯

年末に近づくにつれて王都全土が賑やかな雰囲気で華やいでいく。

学園は、学園剣帝杯で力試しをする生徒や、お祭り騒ぎに乗じて商売をする者など、全体的に浮かれた雰囲気をそこかしこで見ることができる。

ボクは、リベラと共に巨大モニターの前で、学園剣帝杯を観戦して、お祭り気分を味わっていた。

カリンは、学園剣帝杯に興味がないので、早々に敗北を宣言して帰宅していった。

ボクは半年間、授業をサボっていたので成績が悪く。

ある程度は、学園剣帝杯に参加しなくてはならない。

三年前は、ガッツ・ソード・マーシャルが一年次で学園剣帝杯を優勝した。

二年前は、テスタ・ヒュガロ・デスクストスが二年次で学園剣帝杯を優勝した。

一年前は、第一王子のユーシュンが決勝まで勝ち進み、決勝の相手に勝利を譲った。

優秀な三人が実力を伯仲させた三年間は、王国でも話題となった。

そんな優秀な三人が卒業した今年は新たな英雄の誕生を皆が待ち望んでいた。

「リューク様、学園剣帝杯名物まんじゅうだそうですよ」

リベラがアンマンを買ってきて渡してくれる。

包み紙に、アレシダス王立学園剣帝杯と刻印されていた。

「こういうのを便乗商法って言うんだろうね」

「美味しいです」

幸せそうな顔をするリベラは可愛い。

これはこれで人を幸せにするからいいのだろう。

学園剣帝杯は、全学年全生徒が強制参加するため、三年生が有利に思える。

しかし、戦闘能力を高めるだけでも、魔法を鍛えるだけでも、属性魔法が強力でも最後まで勝ち残ることはできない。

そこには生徒だけではなく、大人達の黒い工作や、裏で行われる賭け事が関係している。

アレシダス王立学園剣帝杯は、王都中の人の目に留まる。

また、ここにもゲーム設定というべき、貴族に有利な要素が盛り沢山に込められており、リュークが有利に戦うことができる仕様になっている。

まず、学園剣帝杯は王都内どこでも観戦出来るように工夫されている。

この時期には、王国兵が協力して巨大なモニターを王都中に設置する。

学園剣帝杯は、四年に一度開かれる王国最強を決める王国剣帝杯が由来になっている。

アレシダス王立学園剣帝杯は、学生版の剣帝を決める大会として、毎年年末に開かれている。

学生版ではあるが、王家から一代限りの貴族職として騎士の称号が与えられる。

学生としては、勝利して貴族の仲間入りを果たしたいと思っている者も多い。

騎士の称号を授かった者は、有事の際には王国からの要請があれば協力する義務が生まれる。

ボクとしては面倒なので、絶対にいらない称号とも言える。

有事が起きなければ仕事は自由に選択しても良い。

何をしていても、給金と年金は王国から支給されることが決まっている。

たとえ仕事が出来ない身体になったとしても、生涯保障が受けられる。

騎士の称号を得た者だけに、名誉と賞品が与えられるチャンスなのだ。

それは毎年、学生たちの意欲を高めるだけのものではない。

ここからが大人の利権というわけだ。

大人たちは、誰が優勝するのか賭け事をして、また賭け事の対象となった選手は、勝てば恩恵を受けられるが、負けて終われば恐ろしい結末が待っている。

そんな大人たちが考えたルールは、非常にシンプルだ。

武器、魔法、裏工作、なんでもありの異種格闘技戦というわけだ。

己が持てる力（財力や人脈）など全て使って良い。

騎士とは時に非情であり、任務のためであれば、どんな卑怯なことでもしなければならない。

王によって宣言された言葉を逆手に、賭けを行う者たちは日夜挑戦者を探している。

ただ、毎年裏工作を試みる者が現れる。

だが、勝つ者は全ての工作に対して打ち勝つ者だと言われている。

「清廉潔白などクソだ。負けることは王国に恥をかかせることと知れ」

現剣帝アーサーが発した言葉は、ボクにとっては好きな言葉だ。

有力貴族の子供達は己が優勝に絡める実力がないと判断すれば、早々に身を引く者は素早く。それを知らない平民はバカ正直に戦いを挑んでしまう。

学園剣帝杯中に行方不明者が出てしまう。

強いだけのバカが己の実力だけで成り上がれると思っているからだ。

まぁ、これもリュークが暗躍するために作られたルールでもある。

ゲームに登場するリュークは、手下として活躍するタシテ・パーク・ネズールと共に様々な裏工作をして、ダンたちの妨害をするわけだ。

ボクは裏工作は何もしないけどね。それに今のボクとタシテ君は仲が良いわけではない。

ただのクラスメートとして接している。

「リューク様は騎士に興味がありますか」

考え事をしていたボクへ学園剣帝杯のモニターを見ながら質問を投げかけてくる。

「興味ないよ。だけど、働かなくても給与と年金をもらえるから、なってもいいかな」

「そんな理由なんですか」

ボクの答えにリベラは呆れたような声を出す。

「ボクは将来的にはカリンの夫になって働かないつもりだからね。まぁ、給金よりも騎士の義務は邪魔でしかないから為りたくはないけどね。怠惰な日々を送る際には、本を自由に買うためのお金ぐらいはもらえるような状況はつくりたいかな」

カリンは商売も上手いので、働かなくても好きな物を買ってくれそうだ。

まぁ、その辺はもう少し大人になってからかな。

「リューク様が本気で魔法でお金を稼ごうと思えばいくらでも稼げると思います」

リベラの言葉に、ボクは一つだけ忠告をしたい。

「ボクは働きたくないから、稼ぐのは嫌だよ」

ボクの答えに、リベラが笑顔になる。

「ふふ、そろそろ行きますね」

「ああ、リベラはどうするんだい」

「もちろん、自分の力を試すために頑張るつもりです」

「そうか、ケガはしないようにね。君の綺麗な顔に傷が付くのは見たくないから」

「もっ、もうリューク様。そういうことはあまり女性に言ってはいけません」

何故か怒られてしまった。

「でも、本当にケガはしないようにします」

「うん。もしも、ケガをしても、ボクとミリルが絶対に治してあげるけどね」

「ありがとうございます。それではお先に行かせていただきます」

さすがに総勢九百名の生徒が一斉に戦闘をするわけではない。

辞退する者が続出するのは、毎年のことだ。

それでも残った者同士で予選大会が様々な場所で開かれている。

リベラは自分の試合が行われる会場へ向かうために、ボクの元を離れた。

ボクの試合は少し遅いので、ゆっくりと移動を開始する。

ゆらゆらと空の散歩をバルと共にモニターを見ながら過ごす。

「バル、適当な時間に会場までお願い。ハァ、別に参加しなくてもいいんだけどね」

ゲームに登場するリュークならば、張り切って大会に臨んでいたことだろう。

自分が騎士になるんだと意気込んでいたはずだ。

だけど、努力をしないリュークの実力では学園剣帝杯を勝ち上がることはできない。

それでもプライドのために、裏工作に走る三年間というわけだ。

リュークと手を組んで、裏工作を実行していたのは、同じ貴族派の伯爵家長男であるタシテ・パーク・ネズール君だ。

彼は戦闘は得意ではないけど、情報通で裏工作などにも精通していた。

「うん？　あれは」

ボクが移動していると、タシテ君の姿を見つける。

ちょうど彼のことを考えていたので、すぐにわかった。

上級生らしき人物に何か詰め寄られていた。

「ねぇ、何しているの？」

ボクが声をかけると、上級生が慌てて立ち去っていった。

「これはリューク様」

タシテ君は膝を突いて礼を尽くしてくれる。

「そういうのはいいよ。同級生じゃないか」

「ですが……いえ、リューク様はそういう方なのでしょう」

「うんうん。それで、今のは何？」

「あれはアクージ侯爵子息様のお付きの者です」

「アクージ侯爵子息？」

「はい。学園剣帝杯の裏工作について協力しろと」

なるほど、リュークが働かないので、別の悪役が登場したんだね。

アクージ侯爵は聞いたことないけど、侯爵だから偉いのかな。

「そういうこと。それでアクージ君は君に手伝えと」

「はい。今年の有力選手に毒を盛れと、しかし私はそんなことはしないとお断りしておりました」

タシテ君はリュークに気に入られるために悪事を働く。

しかし、現在は悪事をすることなく真面目に学生生活を楽しんでいる。

これもボクが生み出した弊害なのかな？

まぁ、どんな相手かは知らないけど、ボクの手下を勝手に使おうとするのは面白くないね。

「ねぇ、タシテ君」

「はっ、はい」

「君はボクの手下だよね。それともアクージの手下？」

「手下？　あっ、はい。私はリューク様のために」

「うん。なら、アクージの言うことは聞かなくていいよ。もしも何故だと言われたらボクの命令を聞くからって言えばいいから」

「そっ、それはリューク様が、裏工作をするということですか」

「うーん、まぁそうだね。だからタシテ君はボクの手伝いをするから、無理って」

「はっ、わかりました。このタシテ・パーク・ネズール。リューク様に忠誠を」

変なことになっちゃったけど、まぁいいか。

どうにかなるでしょ。

何もしないけど……。


タシテ・パーク・ネズール君は、伯爵家の生まれだ。

将来は小さな領地を受け継ぐ長男だが、ネズール領は他の領地と違って岩場ばかりで生産性が乏しい土地だ。荒野に領地があるような所からでも貴族は王国へ税を納めなければならない。領地に住む民を食べさせることもままならないのに。

現在のネズール領は事業を成功させて裕福な暮らしをしている。

お金に困ることなく、民に満足いく生活を送らせてあげられるようになった。

王国一のテーマパーク、《ネズールパーク》

エンターテインメントを追求したことで、娯楽と癒やしを提供する遊び場を荒野の真ん中に造り出した。

子供たちが楽しく遊べる遊園地には、キモ可愛いキャラが子供を出迎えて楽しませる。

大人の社交場と言われるカジノや、ショー劇場も造られていて、子供も、大人も、ネズール領に行けば現実を忘れられる。

彼が語り聞かせてくれる話は、ボクには関係ないように思える。

だけど、デスクストス公爵家が支援をして現在の《ネズールパーク》が完成した。

だからこそ、タシテ君は、デスクストス公爵家へ絶対の忠誠を誓ってくれている。

アレシダス王立学園に入学するときも、ボクの手足となるため、入学前から勉学に魔法、戦闘術や礼儀作法など同じクラスになれるように努力を続けてきた。

その成果が出て零クラスで入学することが出来たのが、タシテ君の誇りなんだって。

それなのに今まで話しかけてこなかったのは、ボクへの配慮が一番の理由で、見た目も、成績も、行動も全てが無駄がなく。

いつも寝ていてやる気がなさそうなのにテストでは高得点を取れてしまう。

ボクに必要とされていないと判断したそうだよ。

勝手に勘違いしてくれているらしい。

でも、ボクの一挙手一投足に目を配っていたから、知っていると。

う～ん。ストーカーかな？

「リューク様を見る度に自然と涙が浮かぶほど感動してしまうのです」

いつでもお呼びがかかっても良いように己の研鑽を積み続けていたいんだって。

そんな時に、アクージ侯爵家の者から声をかけられたのだ。

アクージ侯爵家はあまり良い噂を聞かない家で、荒くれ者集団……傭兵貴族など……王国が行う他国への戦争行為を請け負う家柄だそうだよ。

自分の家をバカにするような物言いに……拳を握り締め、どうやってやり返そうか考えているところへボクがきたというわけだ。

これはあれかな？　ボクはタシテ君の邪魔をしたのかな？

身の上話を聞き終えて、何故か流れで、タシテ君と二人学園剣帝杯を観戦している。

モニターにはリベラとリンシャンが映し出されていた。

リンシャンの兄であるガッツは、一年次で優勝している。

リンシャンも騎士を目指しているから、優勝を目指しているんだろう。

だが、今年は曲者が多い。

「三年生は第二王子を含め、三年間鍛え続けた強者揃いです。二年生には、貴族派筆頭であるアイリス・ヒュガロ・デスクストス公爵令嬢。侯爵家の無頼漢カリギュラ・グフ・アクージは闘気に長けているそうです」

タシテ君が色々と説明してくれる。

「我らが一年生には、リューク・ヒュガロ・デスクストス様がおられます。他には剣帝アーサーに指導された剣帝の弟子ダンなどでしょうか？」

タシテ君の口からダンの名前が出たことに驚きを感じてしまう。

予選は学園側がランダムで対戦相手を組む。

誰と対戦することになるのかはわからない。

戦う会場も、どんな場所で戦うのかも不明となる。

予選大会ですら、映像として残されている。ネズールがやろうとしていることは戦闘中での違法行為になる。

ただ、それが故意ではなく事故であれば、人が死ぬことにも繋がってしまう。

嫌ならば会場に来ないなり、開始の合図と共に降参を宣言すればいい。

実際に、生徒の半分以上が戦うことを放棄する。

自信が無い者達や、貴族達の思惑に気づいて、裏工作を恐れる貴族達は早々に離脱していく。

「私が初めて戦う相手が貴様か、リベラ・グリコ」

「リンシャン・ソード・マーシャル様。剣術と魔術、極める道は違えど、求道者としては理解し合える相手だと思っております」

ローブの裾を持ち上げて礼を尽くすリベラ。

どこか余裕がある魔女っ子衣装はリベラらしくて可愛い。

「どうぞ、お手柔らかにお願いしますね」

「手は抜かない」

互いに武器を構えて合図を待つ。

《実況》「さぁ、今年も始まりましたアレシダス王立学園剣帝杯。多くの生徒が離脱を表明するなかで、戦闘に応じる生徒は腕に自信がある者達です。本日は王都各地で戦闘が行われているわけですが、本日の注目選手について解説をお願いします」

《解説》「本日、対戦が組まれた選手で大注目となるのは、マーシャル家のリンシャン様でしょう。四年前は兄であるガッツ選手が一年生で優勝を飾っています。妹君であるリンシャン様も《烈火の乙女》という二つ名がついていますからね。楽しみですよ」

《実況》「《烈火の乙女》ですか？」

《解説》「はい。リンシャン選手の髪色が赤いこともありますが、その美しさと戦い方にも由来していると言われています」

《実況》「それは対戦相手が気の毒ですね」

《解説》「いえ、そこは戦闘に応じた実力者です。相手もまた《水連の魔女》と呼ばれる《水》属性魔法を使うリベラ・グリコ選手が相手です」

《実況》「なるほど、その二人の対戦が行われるので、注目のカードということですね！」

《解説》「はい。今年は《無冠の王子》、《美の女神》、《無頼漢》、などの上級生たちも控えていますので楽しみな年です」

《実況》「それでは、本日は《烈火の乙女》リンシャン・ソード・マーシャル選手対《水連の魔女》リベラ・グリコ選手の戦闘から実況していきたいと思います」

「それでは行きます」

リベラは魔力吸収をしながら集中する。

「《水》よ」

大量の魔力を使って大量の《ウォーターアロー》を作り出した。

「なっ！　なんだその数は？」

「それではいきます。百本の水矢を全方位から受け止められますか？」

リベラが腕を振り下ろせば、リンシャン・ソード・マーシャルへ向かって四方八方から水矢たちが襲いかかる。

矢を放った後は魔力供給をしなくてもよくなる。

すぐさまリベラが、魔力吸収のために集中を始める。

大量の水矢で弾幕を張れば、近づかせずに倒すこともたやすい。

「舐めるなぁ！」

噴き上がる火柱は、向かってくる無数の水矢を蒸発させる。

「噂は本当だったのですね」

「私は二つ目の属性魔法を覚醒させた。私の《炎》で貴様の《水》を蒸発させてやる」

リンシャンが、レベル二十に達して《炎》の属性魔法を得た。

リベラから研究途中の雑談で聞いていた。

しかし、魔法でリベラが負けるわけにはいかない。

「リンシャン様、あなたは確かに二属性持ちになり、この半年間で武術を磨いて闘気を習得したのかもしれない。それでも私はあなた以上の人に様々なことを教えていただいたのです」

「魔女よ。魔法が通じない相手にどうするというのだ？」

剣を構えて身体強化を施す相手に、魔力の充実を感じたリベラは先制攻撃を仕掛ける。

「なっ！」

「私が近接戦闘ができないと思いましたか？」

身体強化をかけたリベラは、杖を振りかぶって突っ込む。

意表をついた動きだったが、武術はリンシャンが上だ。

「デバフ魔法《ウォーターチェーン》、《ウォーターランス》」

杖を投げつけて、空いた両手で別々の魔法を作り出す。

相手の肉体を弱体化させる魔法で動きを鈍らせて、ランスで攻撃を仕掛ける。

「なっ、別々の魔法を同時にだと」

リンシャンにかかっていた身体強化が効力を失って動きが鈍くなる。

水矢よりも大きな水の槍が、至近距離から鎧を貫く。

「器用だな」

「あなたは痛みを感じないのですか？」

リンシャンの脇腹に刺さった水の槍。

しかし、リベラの首元には剣が当てられる。

「降参です」

肉を斬らせて骨を断つ。

紙一重の勝利は、リンシャンが収めた。

◇

モニターに映し出される二人の戦いは、観客たちを大いに盛り上げた。

極限まで魔法に固執した魔女リベラ。

魔法を二属性習得しながらも、意思と己が肉体で勝利を収めた女騎士リンシャン。

二人の戦いは学園剣帝杯を沸かせるのに十分な熱量を含んでいた。

「リベラ・グリコ嬢は惜しかったですね」

ボクの横ではモニターを見つめるタシテ君が従者のように控えている。

君も貴族だよね。しかも悪巧みする側なのに、なんで執事風なの。

「それでもリベラは自分の戦いに満足してるんじゃないかな？」

「そうなのですか？」

「ああ、終わった後の顔が満足そうだったよ」

「それは良うございました」

何故だろう……。

タシテ君が……、執事にしか見えない。

物凄く良い笑顔でこちらに返事をしてくれる。

「リューク様はどのような手をお考えなのでしょうか？」

「手？　う～ん、そうだね。ボクは優勝は考えていないから、適当に気に入らない奴の邪魔が出来てればいいかな」

「気に入らない奴ですか？　例えば、入学式のときのダンのような？」

タシテ君から、意外にもダンの名前が出る。

「いいや。ダンは面白いからね。放置かな。それよりは、君に話をもってきたアクージ君とか、かな」

「なるほど、ご自身よりも上に立とうとする者を許さぬと、納得です」

タシテ君が満足そうに頷いている。

「それで？　君はどうするの？　学園剣帝杯は」

タシテ君はボクの質問を聞いて、清々しい顔をする。

「一度だけ戦ってみたい相手がいるのです」

「ほう、それは誰？」

「リンシャン・ソード・マーシャル様の騎士ダンです」

「へぇ～」

意外な人物の名前が出て、ボクはタシテ君の思惑を考える。

先ほど入学式のことも言っていたから、気になっていたのかな？

「あっ、勘違いなさらないでくださいね。私怨ではありません。リューク様に無礼を働いたからと言う理由ではないので、申し訳ありません。彼はこの半年間、剣帝アーサー様の下で指導を受けていたと聞きました。ですから、私の力を試したいと思ったのです」

真面目な理由にボクは意外に感じてしまう。

「いいんじゃない。ボクは君の実力を知らないけど、ガンバってね」

「はっ、リューク様の名に恥じない戦いをお見せしたいと思います」

そう言ってタシテ君はボクの元を離れていった。

ボクはバルに乗った状態で漂いながら、お祭り騒ぎの学園剣帝杯を観戦していた。

賑やかな人混みをかき分けて、近づいてきたのは戦闘を終えたリベラだ。

「お疲れ様」

顔をボクに見せないように俯いていたリベラに声をかけた。

「負けて……しまいました」

顔を上げたリベラは、気丈に笑っていた。

その姿はどこか痛々しい印象を受ける。

「せっかく、リューク様から魔力吸収を教えていただいたのに……、戦闘で活かしきることが出来ませんでした」

そんなことは気にしなくてもいいのに、真面目な彼女は自分を許せないのかな？

「リベラは良くやったと思うよ」

何の慰めにもならない言葉をかけることしかできない。

「リューク様……前に一つだけ願いを叶えてくれるという話を覚えていますか？」

実験が成功したとき、ボクは四人にお礼のために出来ることをすると伝えてある。

「ああ、覚えているよ」

「一度、断られてしまったのですが。バルに一緒に乗せていただけませんか？」

「一緒に？」

カリンに嫉妬されちゃうね。

だけど、それでお礼になるのなら今回は特別にいいかな。

「いいよ。おいで」

「ありがとうございます」

ボクがスペースを空けると、リベラが身を縮めてバルへ座る。

「少し寒いから近づくよ」

「はい」

バルに飛び上がるように指示を出すと、バルはゆっくり上昇を始める。

日が傾き出した夕暮れ時は、夜とは違った昼と夜が交じり合う。

夕日がリベラの顔を一時的に隠してしまう。

「うぐっ」

漏れる嗚咽……。ボクから何かを語りかけることはない。

「すみません。せっかくバルに一緒に乗っていただいたのに」

こんなときでも強がるリベラは、本当に強い子だ。

「構わないさ。君は、よくやった」

「そうでしょうか？　勝てると思っていました。リンシャン・ソード・マーシャルに、私はリューク様の側で魔法を学びました。強くなった気になっていました」

彼女が零す弱音を否定はしない。

「大量の魔法攻撃も、意表をついた作戦も、彼女の気持ちには勝てませんでした」

大粒の涙を滲ませた瞳を何度も拭いて、彼女は自分の負けを口にする。

「リューク様に頑張るって言ったのに……私は……」

カリンは許してくれるかな？

泣いている女性を慰めるためだから……後で謝ろう。

「おいで」

ボクはリベラをそっと引き寄せた。

彼女の溢れる言葉を……溢れ出す涙をボクの胸で受け止めてあげる。

「リベラ」

「はい？」

「君は間違っているよ」

「私が間違っている？」

「ああ、別に戦いに勝つことが全てじゃない。ボクと過ごしていて、戦うことが大事なんて言ったことある？」

「ありません」

ボクはこれまで戦いを否定してきた。

ダンに挑まれても拒否を示した。

リンシャンに挑まれても、ダンジョンボスが出てきても戦わなかった。

怠惰のためだけど、戦うことほど面倒なことはないと思っているからだ。


「戦いで勝利して、偉いという奴は野蛮人だ。勝った者は気分がいいかもしれない。だけどね、殴られた方は痛い。殺された家族は悲しい。そんなのは勝利じゃないんだよ。魔物と変わらない。人は知恵を持っているから、知恵を使って快適な暮らしが出来る。より良い未来を考えられる。君は魔法を使って研究をすることを目的にしているんでしょ？　ボクは戦いで勝つことよりも、魔法を発展させる君の方がずっと凄いと思うよ。戦うことよりも、兵器を作る奴よりも、生活を発展させる人、医療を発展させる人、農家や料理、食べ物を作り出す人、みんなを楽しませる人、そんな人たちの方がずっと凄いんだ。だから、戦いに負けたことは恥なんかじゃない。勝った奴を喜ばせてやればいい。君は戦い以外で、大勢の人を幸せにしてあげられるんだ。君は戦いで勝つ奴よりも、もっと凄い人だよ」

あ～、こんなくさいセリフを言うつもりはなかったんだけど。

ガラにもなく熱くなっちゃったね……。

「あっ、あの、ありがとうございます」

リベラはボクの胸に抱かれている間に、涙は止まっていた。

「リューク様のお考え……素敵です。騎士だとか、魔法だとか、人が競い合う世界の中で、自分の信念をお持ちになられているのが……素敵だと思います」

いや、ただ平和なら怠惰でいられるからだよ。

ボクは、ボクの周りが平和であればそれでいいんだ。

そうすれば時間は緩やかに、のんびりと過ぎていってくれるんだからね。

「日も完全に落ちてきたね」

「リューク様」

「なに？」

「温かいです」

ボクはリベラを抱きしめている。

今更ながらそれを実感して、カリンへの罪悪感に苛まれた。

これはリベラの願いだからね。後でたくさん謝ろう。

第十七話　一年次学園剣帝杯　決勝リーグ

モニターに映し出される恥ずかしい二つ名。
ボクはただただ呆然と、実況解説に耳を傾けている。
聞かなくてもいいなら、モニターを見たくない。

《実況》「さぁ、いよいよ今年のアレシダス王立学園剣帝杯も大詰めに入ってきました。実力ある者達がぶつかり合ったことで、とうとう八強まで絞り込まれました。今年の一年生は豊作としか言いようがありません。敗者となった《水連の魔女》リベラ・グリコ選手や、《人心遊戯》タシテ・パーク・ネズール選手は印象深い戦いを繰り広げました。そんな彼らを倒して上がってきた今年の一年生は、なんと五人も存在します！　八強には二つ名が付けられたぞ！　こいつらだ！」

《無冠の王子》ムーノ・バディー・ボーク・アレシダス
《美の女神》アイリス・ヒュガロ・デスクストス
《無頼漢》カリギュラ・グフ・アクージ
《氷の女王》エリーナ・シルディ・ボーク・アレシダス

《美顔夢魔》リューク・ヒュガロ・デスクストス
《烈火の乙女》リンシャン・ソード・マーシャル
《偶像猫娘》ルビー
《剣帝の弟子》ダン

《解説》「今年は二人も平民が残ってますね。奇跡としか思えません。そして、一年生が五人も残ったのは三年生同士のつぶし合いがあったためでしょう」

《実況》「強者犇《ひし》めき合う三年生たちは、ライバルたちを潰すことに躍起になり、同学年の者たちで同士討ちや二年生、一年生に倒されることになってしまったぞ」

《解説》「二年生はカリギュラ選手が暴れ回ったことで一気に数が減ってしまいました。上級生同士でつぶし合ったことで、一年生たちには恵まれた環境だったと言えるでしょうね」

《実況》「それでも勝ち上がってきた《無冠の王子》ムーノ選手や《無頼漢》カリギュラ選手などが優勝候補ですか？」

《解説》「そうでしょうね。やはり三年間アレシダス王立学園で鍛え上げたムーノ選手は別格と言えるでしょう。また、圧倒的な武力を誇る《無頼漢》カリギュラ選手は戦闘になれば比類無き豪腕を示してきました」

《実況》「なるほど、その他の選手もガンバってほしいですが、美しい女性が半分も勝ち上がっていますので、私は女性を応援しますよ。全員が可愛い、そして美しい！」

《解説》「台風の目となれるか不明なのが《剣帝の弟子》ことダン選手ですね」

《実況》「剣帝アーサーが、まさか弟子を取るとは思いませんでしたからね」

《解説》「はい。自由人という元二つ名を持つ剣帝アーサーですからね。弟子を取るということは、本格的に自分の技術を伝えたいと考えたのかもしれませんね」

《実況》「そんな戦闘を勝ち上がってきた選手たちとは一線を画すのは、《美顔夢魔》リューク・ヒュガロ・デスクストス選手でしょうか？」

《解説》「リューク選手はここまで、一度も戦いをしていません。その全てが不戦勝です」

《実況》「いったいどんな裏工作をすれば、戦う前に終わってしまうのでしょうか？　ほとんどの選手が戦う前に戦線離脱を余儀なくされています。リューク選手の前に立つ者は現れるのか？」

《解説》「いつもクッションの上で寝ているだけですからね。あの美しさが故にファンクラブが出来てしまうほどです」

《実況》「イケメンなのか？　結局イケメンがいいのか？」


デカデカと映し出されるモニターを見ながら、横に立っているタシテ君を見る。

「ねぇ、ボク勝つつもりなかったんだけど」

「さようですか。ですが、なるべくして為ったとしか私は申し上げられません」

物凄く満足そうにモニター見てるよね。

絶対、対戦相手に何かしているよね？

「どういうことですか」

タシテ君の反対にいるリベラが問いかけてくる。

リベラもタシテ君がいることに戸惑いを感じているようだ。

「リューク様が八強になるのに力を使われたということです」

「そうなのですか。リューク様、試合会場に行っても寝ていただけですよね」

学園剣帝杯が行われている間は、全ての授業が無くなる。

参加する者は学園に残り、敗者となった者は長期休みへ移行していく流れが出来ている。

ボクも適当なところで負けて、カリンと共にシロップの元へ帰るつもりだった。

だけど、思惑とは異なり、タシテ君が張り切ってしまった。

ボクと対戦する相手を裏から排除していっちゃったんだよね。

「ハァ、《美顔夢魔》ってなんだよ。ボクは寝ていただけだよ」

「美しきお顔のリューク様が夢へと誘うので、悪魔のようだと言った比喩にございます」

「リューク様が夢に！　羨ましい」

なんだろう。タシテ君とリベラって案外相性いいのかな。ボクにはわからないけど、会話が成立している気がする。

「リューク様、ご安心ください。アイリス様や、リューク様の大切な方々には手は出しません」

「大切な方々って誰？」

ボクにはカリンとシロップしか大切にしている人はいないはずだけど？

まぁ、リベラは一年間従者をしてくれて、仲良くなったかな？

「もちろん、第二妃のリンシャン様、第三妃のリベラ・グリコ様、妾のルビー様とミリル様でございます」

えっ、なんで、リンシャンが第二妃。

リベラに聞こえないように耳元でいうの止めて、マジっぽいから……。

まぁ、ミリルやルビーは、世話になったからわかるけど。

てか、君のその情報網どうなってるの。

君は研究中はいなかったよね。

「私はリューク様の手下ですので、これぐらいは当たり前でございます」

怖っ！　タシテ君。

さすがリュークの第一の手下だよ。

優秀過ぎ。じゃないと勤まらなかったのはわかるけど。

ハァ、有能な部下って何も言わなくても勝手に動くんだね。

上司のボクは何も指示してないんだけど……。

「次の対戦相手である、ルビー嬢には何もしておりませんので」

タシテ君、その報告いる？　ハァ、ならルビーに負けてこの辺でおさらばしよう。

「参ったにゃ！」

おい～～～～!!

《実況》「おおっと！　ここまで圧倒的な速度と身体の柔らかさを活かした我らがアイドル猫娘こと、ルビー選手が開始の合図と共に降参だ！」

《解説》「ここまで戦いが成立してこなかったリューク選手。リューク選手の前に立った初めての選手でしたが、降参を選択したことは驚きの展開ですね」


八強になったことで、実況と解説が付いた。

勝手な憶測で何やら話しているが、一番驚いているのはボク自身だ。

「ルビー、どういうつもりだ？　騎士に興味はないのか？」

「無いにゃ」

ルビーの返答があまりに清々しくて、バルから落ちそうになる。

「そうなの？」

「そうにゃ。それよりもリューク様と戦うのは嫌にゃ」

「ふ〜ん、じゃあまあいいか」

「それよりも撫でてほしいにゃ。リューク様に撫でられるのが好きにゃ」

そういって側に寄ってきたルビーを撫でてやる。

喉をグルグルと鳴らして喜びを表現している。

《実況》「やっぱりイケメンなのか。我らがアイドルが服従を示しているだと。会場中から男子たちの号泣の叫びが木霊しております」

《解説》「女子たちからは、ルビー選手への嫉妬の叫びが聞こえてきますね」


外野がうるさいので早々に退出させてもらう。

退出していく途中、巨大な体躯を持ったカリギュラ・グフ・アクージが立ち塞がる。

「リューク・ヒュガロ・デスクストス。貴様のような愚者が、勝ち残っていることが不思議でならんな」

長髪を掻き上げるカリギュラ・グフ・アクージは、弱者に向ける視線でこちらをバカにしたような態度を取る。

「裏工作しか能のない愚者よ。貴様は次の試合で、我が輩が倒してやるから待っているがいい」

こちらは何も言っていないのに、言いたいことだけ言って立ち去っていく。

なんとも傲慢で、自分勝手な男だ。


《実況》「八強として選出されたルビー選手が、リューク・ヒュガロ・デスクストス選手に開始と共に降参を宣言。さらに、《無冠の王子》ムーノ選手と《剣帝の弟子》ダン選手の戦いは、激しい長期戦の末、ダン選手の辛勝となりました。互いに消耗が激しい中、よくぞ討ち合った」

《解説》「二戦が終わって、開始と同時に決着がついたリューク選手。対して長期戦の末にギリギリの勝利を収めたダン選手。攻防は対照的ですが、どちらも一年生の勝利は今後に期待ですね。残る二戦はいったいどうなることか？　楽しみですよ」

《実況》「本当にそうですね。今年の学園剣帝杯は何が起きるのかわからない。先が読めない」

《解説》「様々な思惑が絡み合い。誰が優勝するのか、楽しみで仕方ありません」

《実況》「大会も残り五試合です。好カードが続きますので、見所は十分ですね。それでは続いての戦いは美しき女性の戦いをお送りします」

《解説》「上流貴族のお二方は、見た目だけでなく、その魔法すら美しい」

《実況》「はい。どんな戦いを繰り広げるのか目が離せませんね」

アイリス姉さんの戦いを見るのは初めてだった。

やはりゲームのボスとして登場するキャラは強かった。

エリーナが氷のスノードームを作り出して、戦いは全く見えなかったが、氷が割れた後に立っていたのはアイリス姉さんの方だった。

エリーナは辛そうに顔を赤くして、床に倒れている。

傷一つついていないアイリス姉さんには、誘惑以外にも秘密がありそうだ。

アイリス姉さんは、恍惚とした妖艶な表情でエリーナを見下ろしている。

レベル差を覆せるほどエリーナは強くなかったということだろう。

《実況》「いったい何が起きたのか？　エリーナ嬢が倒れている」

《解説》「美の対決は、女神の勝利ですね」

アイリス姉さんは、息を切らしたエリーナを見下ろして言葉をかける。

「あなたがリュークに興味がなくて、わたくしのところへ来たいなら、いつでも訪ねてくるがいいですの」

アイリス姉さんの勝利宣言が告げられて、颯爽と会場を立ち去っていく。

◇

アイリス姉さんの戦いを見終わったボクは《烈火の乙女》リンシャン・ソード・マーシャル対《無頼漢》カリギュラ・グフ・アクージの試合が行われる会場へ移動していた。

控え室でのカリギュラから向けられた態度で、ボクは二人の試合を観戦することにした。

「珍しくモニターではないのですね」

リベラとタシテ君もボクの後ろに控えて見守っている。

「リンシャン様がご心配であれば……」

不穏な気配を醸し出すタシテ君。

「タシテ君。これは彼女の試合だからね。邪魔したらダメだよ」

「かしこまりました。お望みのままに」

「えっ？　邪魔？」

「リベラは気にしないでいいよ。それよりも対戦相手だったリンシャンの試合だけど、リベラは嫌じゃない？」

引きずっていないかと、心配になってしまう。

リンシャンに負けた日の悔しそうな顔を覚えている。

「全然大丈夫です。もう気にしていません。それよりもリューク様との思い出が出来たことの方が嬉しいです」

あの日以来、リベラの距離が近い気がする。今もバルに乗るボクの隣から離れようとしない。柔らかいし、良い匂いがするので悪い気はしない。

だけど、カリンに怒られないか心配だよ。タシテ君も普通に側に控えるようになったし。

リベラが寄り添っていることが当たり前のような態度をとってる。

この状況でいいのかな？

「そっか、ならリンシャンが負けるところを見て笑うとしよう」

「いえ、私に勝ったのです！　ここでも勝ってほしいです。そして、リューク様にコテンパンにされれば良いのです」

あれ？　やっぱり気にしているよね、それ。

《実況》「準々決勝の最終戦は、互いに闘気と武力に優れた武門の家系がぶつかり合います。どちらの家が強いのか？　対人戦を得意とするアクージ侯爵家に対して、魔物との戦線を守り続けるマーシャル家……二つの家は武家として王都中に知られているほどです。楽しみですね」

《解説》「そうですね。《無頼漢》カリギュラ選手は、戦闘の天才ですからね。どこかの流派に属しているわけではなく、戦いの中で培った戦闘技術はここまで圧倒的な強さを発揮しています。それに対して《烈火の乙女》リンシャン選手は、正統派のマーシャル流剣術に身体強化、闘気、属性魔法とバランスがよく。粗削りの戦闘技術に対して正統派です。どちらが勝つのか興味がありますね」


リンシャンは深く息を吐いて精神を整える。

綺麗な魔力の流れで、身体強化されていく。

真っ赤な闘気が全身を包み込む。

「準備は終わったか？」

「ああ。お前を倒す準備は終わった」

「へへ、いいだろう。かかってこいよ」

互いに気が高まり合う。

リンシャンはカリギュラへ向けて剣を振るう。

真正面から向かっても、当たらない。

「おっ！　意外だな。搦め手を使うとは」

リンシャンは剣で斬りつけると見せかけて、《炎》の槍で、意表を突く。

難なく躱されたが、剣での追撃は忘れない。

今のやりとりは、リベラがリンシャンに仕掛けた意表をつく戦法だ。

「ほう、ちった～やるじゃねぇか」

リンシャンを見定めるように余裕を見せるカリギュラ。

何かを狙うように精神を統一するリンシャン。

リンシャンは身体強化を解除して、カリギュラに能力ダウンの魔法をかける。

「なっ」

意表を突かれて膝を折ったカリギュラの首へと剣を当てる。

リベラの時と同じ決着に、ボクとしては呆気ないものだと立ち去ろうとした。

これが戦場であれば首を切って終わるが、リンシャンは試合ということで寸止めした。

「決着だね」

カリギュラ・グフ・アクージは大したことないな。

立ち去ろうとして、カリギュラが叫び声を上げた。

「終わるか～～！」

カリギュラは負けを認めずに、寸止めされた剣を払いのけて、身体強化を解除したリンシャンの腹部へ打撃を加えた。

「グハッ」

「バカが、これは死合いだぞ。死ぬこともこっちは覚悟してんだよ。寸止めしてんじゃねぇよ」

カリギュラの身体から闘気が噴き上がる。

ダメージを受けたリンシャンが苦しそうに闘気の圧に苦しんでいる。

「ぐうう」

身動きが取れないリンシャンの頭を掴んでカリギュラが持ち上げた。

「おい、姫さん。死合いを舐めてるのか。所詮、貴様は女だ」

カリギュラの拳がリンシャンの頬を打ち、腹を殴打する。

ボクは自分でも気づかないうちに拳を握り締めていた。

リンシャンが負けるのは、ボクにとっても望ましいことだ。

あいつは面倒で、うっとうしい女なのだから……。

「舐めるなよ」

リンシャンが反撃に転じるために、自身の魔力を暴走させる。

「はっ、バカが」

それに気づいたカリギュラは、リンシャンを地面に叩きつけて、属性魔法を発動させた。

《速度》を最高まで高める属性魔法を使って、自身の動きを速くして距離を取った。

「一人で自爆してろ」

リンシャンは暴走した魔力の暴発によって、全身に傷を負って倒れた。

カリギュラはリンシャンに近づいて鎧に手をかけた。

おいおい、リンシャンを辱めていいのは、リュークだけだろ。

ゲームのリュークがするような行為をお前みたいな三下がしようとするなよ。

「くっ……こ」

ハア、リンシャン。君が、そのセリフを言う相手はボクじゃないかな。

ボクは自分でも驚く行動に出ていた。

「カリギュラ・グフ・アクージ」

ボクはバルの上に立って、カリギュラの名前を叫び、怒りを爆発させていた。

「あぁ？　なんだ」

「離せ」

「あぁ、リューク・ヒュガロ・デスクストス。貴様になんの……」

魔力、闘気、威圧、《怠惰》、ボクは自分の身体に備わる全ての力を解放して、カリギュラを刺激した。

これほどの怒りを感じたのは初めてかもしれない。

「くく、なんだよ。力を隠してやがったのか？　面白ぇじゃねぇか。いいぜ、マーシャル家のお姫様は貴様にくれてやる。お前の女だったか、デスクストス家と戦争する気はねぇよ。だが、わかってるんだろうな、リューク・ヒュガロ・デスクストス。お前は俺に借りをつくったんだ。明日は必ず俺を楽しませろ。その義務がお前には出来たんだからな。この借りは高く付くぜ」

カリギュラは両手を挙げてリンシャンから離れていく。

審判がリンシャンに駆け寄り敗北を宣言した。

嫌な笑みを浮かべて退出していくカリギュラの背中が見えなくなるまで、ボクは威圧を止めなかった。

「タシテ」

「はっ」

「ボクの戦いだ。邪魔するなよ」

「お望みのままに」

ボクは自分でも面倒だと思うが、久しぶりに自ら手を下す決断をした。

《実況》「いよいよ四強が出そろいました」

《美の女神》アイリス・ヒュガロ・デスクストス

《無頼漢》カリギュラ・グフ・アクージ。

《美顔夢魔》リューク・ヒュガロ・デスクストス

《剣帝の弟子》ダン

《解説》「ここまで多くの戦いを見て来ましたが、残った者たちは曲者揃いと言った感じですね」

《実況》「はい。ここまで無傷で敵を圧倒してきたアイリス選手の強さは異常と言えるでしょう。カリギュラ選手の強さは、準々決勝のリンシャン選手との戦いで証明されましたね。やはり上級生の強さが際立ちます」

《解説》「上級生にどこまで迫れるか！　一年生二人の活躍が見物でしょうね」

《実況》「それでは準決勝第一試合、アイリス・ヒュガロ・デスクストス選手対ダン選手の戦いから見ていきましょう」


ダンの試合を見ていたボクは、対峙した二人を見て、見るほどの試合ではないと判断した。

ムーノとの戦いで、全身に傷を負い、魔力を使い果たしているダン。

リンシャンの試合中は、医務室で療養していたそうだ。

それに対して、無傷で勝ち上がってきたアイリス姉さん。

ダンは、デスクストス公爵家には、絶対に勝ちたいと思っているだろう。

リンシャンが、カリギュラ・グフ・アクージに負けた以上。

ダンへかかる王権派の期待は膨れ上がっている。

「あらあら、子犬が私を見ないで、先のことばかり考えているようですの」

アイリス姉さんは、ピンクのドレスを着て現れた。

戦闘に来たとは思えないドレス姿に、ダンが呆気にとられる。

「悪いが、あなたは眼中にない。すぐに終わらせる」

「そう、なら少しだけ相手してあげるわ。チャームアイ」

精根尽き果てているダンでは、アイリス姉さんの属性魔法《誘惑》に抵抗できない。

「あっ、うっうう」

誘惑されたダンは頬を赤く染めて、呆然とした瞳でアイリス姉さんを見つめる。

「ポチ、お座り」

「ワン！」

ダンは無様に、アイリス姉さんにお腹を出して負けを宣言した。

◇

ああ、面倒だ。

どうして、面倒なことって世の中には多いのかな。

みんな頑張って働き過ぎじゃないかな。

もっと気楽に生きて楽しめばいいんだよ。

特に睡眠とか、ゴロゴロするとか、温泉に入るとか……。

あっ、カリンと温泉行きたい。

「リューク」

控え室にやってきたのはリンシャンだった。

カリギュラ・グフ・アクージにやられた傷は、もうほとんど残ってないようだね。

心にもトラウマは無さそうな目をしている。

「なに？」

「あのとき、どうして叫んだんだ？」

リンシャンが「くっ殺せ」をボク以外に言わされると思うと、自然に怒りが湧いてきた。それはボクのモノだって、自分でもなんであんなことしたのかわからないよ。

「なんでかな？　わからないや」

「そうか。アクージに勝てるか？」

「リンシャンは勝ってたじゃん」

あの戦いは、リンシャンが余裕で勝っていた。

審判も勝利を宣言しようとしていた。

「えっ？」

「君は戦場で同じ状況なら、アクージの首を刎ねていただろ？　あれが戦場なら終わっていたよ」

カリギュラは死んだくせに何を吠えているのか？

すでにカリギュラはリンシャンに負けている。

「……ふふ」

ボクの答えに、リンシャンは今まで見せたことがない柔らかな笑みを向けてくる。

「そうか、私は勝っていたか」

リンシャンは、苦笑いを浮かべる。

「ありがとう。リューク、私の心は救われた」

「そんなことどうでもいいよ」

「ふふ、そうだな。貴様と私は敵対する家同士だ。相容れないのだろうな」

「家なんか関係ないさ。自分のしたいことを好きにすれば良いんじゃない？　君自身は自由だろ」

ボクは立ち上がって会場へ歩き出す。

リンシャンのことなどどうでもいい。

「一番近くで観戦させてもらう。勝ってくれとは言わん。無事に戦いを終えてくれ」

リンシャンからの激励に、片手を振って返しておく。

今は目の前の敵をどうするか……。


《実況》「いよいよこのときがやって参りました。決勝戦で待つアイリス選手への切符を手にするのはどちらなのか。《無頼漢》カリギュラ・グフ・アクージ選手の強さは皆が知るところです。それに対して、《美顔夢魔》リューク・ヒュガロ・デスクストス選手は一度も戦うことなくここまで来ました。未知数としか言いようがありません」

《解説》「強さで無敗、知能で無敗、どちらが優勢なのか全くわかりませんね」


知能で無敗って、タシテ君がガンバっただけだよ。

ボクは何も指示していない。

まぁ、それも認められる戦いなんだろうね。

「リューク・ヒュガロ・デスクストス」

獰猛な笑みを向けて嬉しそうにこちらを見るのはやめてほしい。

「名を呼ぶなキモい」

タシテ君から、カリギュラ・グフ・アクージについて調べた資料を渡された。

アクージ家は貴族派の中でも武闘派で、帝国との戦争を一手に引き受ける戦争一家だ。

アクージ家の家訓として、《力こそが全て》であり、何をしてでも勝てばいいと言う教えがある。

リンシャン戦の決着を認めなかったのも、そういう理由があるそうだ。

だけど、それってボクには関係ないよね。

自分の思想を押し付けるとか、本当に面倒な奴でしかない。

何の恨みがあるんだと思えば、アレシダス王立学園に入った直後。

カリギュラが一年次の時にガッツ・ソード・マーシャルとテスタ・ヒュガロ・デスクストスに立て続けに勝負を挑んで敗北したと言う記録が残されていた。

逆恨みもいいところだよね。

兄たちに勝てなかったから、自分よりも弱いであろう後輩のボクとリンシャンを目の敵にして復讐しようとするなんて。

しかも、アイリス姉さんに求婚も迫っていたらしい。

アイリス姉さんと結婚して、内部からデスクストス家を乗っ取ろうと妄想していたらしいよ。タシテ君がわざわざ、自分に詰め寄っていた上級生に《協力》してもらってお話しいただいたらしいからね。間違いのない事実だ。

ボクやアイリス姉さんにちょっかいを出すために裏工作や、悪いことも随分とたくさんしたみたいだね。

二年生や三年生の中には、被害を受けて生活ができなくなった人や、行方不明になった人もいるみたいだ。被害を被った人が、かなりの数になる。

もしも、カリギュラが優秀であれば、タシテ君がいくら調べても情報漏洩は最小限に収められていたはずだ。

資料を見る限り、カリギュラの仕事は雑でお世辞にも優秀といえる人間ではない。

むしろ、生きているだけで迷惑なほど害悪な人間であることは資料からでも読み取れる。

人一倍、プライドが高く。傲慢で自分勝手。アクージ家の兄弟姉妹たちとの後継者争いを勝ち抜くために、法に触れることもたくさんしている。

暴力と命のやり取りを好む人種だ。

ボクとカリギュラ・グフ・アクージはどうにも考えが合わない。

出世欲があるのは、別に構わないが、自分が無能でありながら、周りに迷惑をかけていることに気づいていない。本当にキモいやつだ。

「何だと」

「だから、キモい顔をこちらに向けるな」

「許さん」

沸点の低い奴だ。すぐに怒りを表す。

弱い奴ほどよく吠えると言うけど、資料を読んだ後だと余計に滑稽に見えるね。

「ボクは、怒るのも面倒だと思っているんだ。そんなボクを怒らせたお前は大したもんだよ」

「はっ、温室育ちのボンボンが怒ったこともないのか。笑わせるなよ。貴様らは好き勝手にこっちへ命令してくるばかりで自分たちは何もしねぇ。力があるなら示してみろよ」

カリギュラには、カリギュラの考えがあり、思いがあるんだろう。

「その必要もないさ。ボクは戦いを否定していてね」

「はっ、戦う力がねぇだけだろ」

「まぁ、こういうときの定番は君の力を全て見た後で、ボクが逆転する。そんなシナリオが盛り上がるんだろうな」

「はぁあ、何言ってやがる」

ボクは自分で決めている事があるんだ。

どうしても許せない相手、大切な人を傷つける相手には容赦しないって……。

「まだ、使うのは二度目だから制御が難しいな」

「お前が何かをする前に、一瞬で終わらせてやるよ」

開始の合図が鳴り響き、カリギュラは属性魔法《速度》を使って音速を超える速度でボクの背後へと回り込む。

「うん。君は属性魔法をよく使えていると思うよ。もしも、ここが戦場か、君が逃げる選択が出来る場所ならボクから逃げ切っていたかもね」

カリギュラがボクを仕留めるために、腕を振り上げる。

大罪魔法《怠惰》よ。

ボクの属性魔法は、ボクだけが理解してることがある。

大罪魔法……。

希少魔法よりも、さらに上位の魔法。

立身出世パートでは、登場しなかった《怠惰》の大罪魔法をボクは宿している。

立身出世パートで、出現する七つの大罪と呼ばれる大罪魔法は、六つ。

出現しなかった七つ目の大罪こそ《怠惰》であり、やられ役として早々に排除されてしまっていた力。それをボクは宿しているんだ。

大罪魔法はあまりにも強力だから使うことをためらってしまうほどだった。

だけど、生きていることも害になるような人間ならば、使ってもいいよね。

命までは奪わないから。

「あ……あぁ」

ダラシナく口を開けて、ヨダレを流すカリギュラ。

《実況》「おおっと、カリギュラ選手。物凄い速さでリューク選手の背後に現れたと思ったら、いきなりヨダレを垂らして呆然と座り込んだ」

《解説》「リューク選手の魔法でしょうか。しかし、何をしたのか全くわかりませんでしたね」

「ようこそ《怠惰》の世界へ」

ボクが呼びかけても、カリギュラは顔を上げない。

痛みを与えることも考えたけど、こんな奴の血でバルを穢したくない。

「君は野心と欲望に満ちた人生だったんだね。その全てを奪ってあげたよ。安心して、君の大好きな命のやりとりは《《絶対に》》してあげないから」

「あ……、あぁぁ」

命のやりとりに反応を示したが、言葉になっていない。

「大罪魔法である《怠惰》はね。様々な意味を持つんだ。その中でも君にあげる《怠惰》は二つ、特別だから喜んでくれるだろ。ボクからのプレゼントは無気力と無関心だ。痛覚も、精神も壊さないでいてあげる。欲望まみれの君が全てに無気力になり、無関心になってしまうんだ。よかったね」

カリギュラは虚ろな目でボクを見上げる。

「何もする気が起きなくて、することにも興味がもてなくて、生きながらに何もしなくなる君は、生きているのかな。ふふ、羨ましいよ。まさに怠惰だ。力こそが全てだと教育している君の家の人間は、今の君を見てどうするのかな。それでも君に戦いを強要するのかな。そのとき、君は魔物に食われて惨たらしく死んでしまうだろうね。四肢は喰われ、命を刈り取られるまで、痛みは続くのに抵抗もできない」

ボクが予言を伝えてあげると、カリギュラが震え出した。

それでもヨダレを垂らして声も出ない。

ボクは興味を無くして、審判を呼んだ。

これでやっとボクは宣言することが出来る。

「ボクは降参する」

カリギュラは降参を宣言することもできないのだから、これが一番早い決着だ。

ボクにとって面倒なことが全てなくなる素晴らしい方法だね。


《実況》「なっなんとリューク選手降参だ。しかし、カリギュラ選手の様子がおかしいように見えますが、どうして降参なのでしょうか」

《解説》「ここまで不戦勝で勝ち上がってきたリューク選手には目的があったのではないでしょうか」

《実況》「と、言われますと」

《解説》「リューク選手と、カリギュラ選手の間で何かトラブルがあり、リューク選手はカリギュラ選手と戦って何かしたかったとか」

《実況》「なるほど。二人に因縁があり、リューク選手はそれを達成したので、降参したと」

《解説》「あくまで憶測ではありますが、そうなのかもしれません。これで決勝は二年生対決になりましたが、果たしてカリギュラ選手は大丈夫でしょうか」


ボクは降参を宣言して、控え空へ戻ってくる。

唖然としているリンシャンが目に入った。

「ボクは負けてしまったよ。君はあいつに勝ったのにね。君はボクよりも強いんじゃない？　知らないけど」

ボクはそれだけを告げると、リンシャンの横を通り過ぎた。

「ありがとう」

リンシャンから小さな呟きのような礼が告げられる。

ボクは聞こえなかったふりをして、控え室を出た。

「リューク様。お疲れ様です」

控え室を出ると、リベラとタシテ君が待っていた。

「よろしかったのですか？」

リベラの問いかけにボクは両手を広げた。

「別に勝つのが目的じゃないからね」

「リベラ嬢。リューク様は目的を達成されたのですよ」

タシテ君、よくわかってるね。

「そういうこと。さて、やっと負けることが出来たからね。家に帰るよ。君たちも実家に帰るんだろ。送るよ」

「えっ、あっはい。帰ります。えっ、でもこんな結末」

「いいのいいの、あとはアイリス姉さんに丸投げしちゃうから」

ボクが降参したことで、決勝戦はアイリス姉さん対カリギュラになった。

カリギュラは準決勝で病院に運ばれたまま、決勝戦の会場に現れることはなかった。

準決勝以降、アレシダス王立学園でカリギュラ・グフ・アクージを見た者は誰一人いない。タシテ君が聞いてきた噂によると、廃人と化したカリギュラは戦場へ向かったそうだ。

それ以降の足取りはタシテ君でも掴めていない。


一年次学園剣帝杯の優勝者はアイリス・ヒュガロ・デスクストスだった。

幕間七　シロップ

私の名前はシロップと申します。

デスクストス公爵家のメイドを務めております。

私の母がリューク様のお母様専属メイドとして働いていました。

そのおかげで、幼い頃からリューク・ヒュガロ・デスクストス様の専属メイドとして仕事をさせていただいております。

リューク様はお可哀想な方なのです。

お母様はリューク様を産んだ後に体調を崩されて、そのままこの世を去ってしまわれました。

それからデスクストス公爵様はリューク様に無関心になり、一度も会いに来られたことはありません。

五歳の誕生日を迎えた日も、家族の誰もいらっしゃらなくて、数名のメイドと執事長だけでささやかなお祝いしかできませんでした。

その席では食事を楽しんで居られましたが、食事の途中で急に倒れられて高熱を出されたのです。

ですが、翌日には熱こそあるものの、なんとか体調を戻されて私は安心しました。

メイドの中には心無い人もいて、リューク様は暗殺されそうになり、毒を盛られたのではないかという人もいました。

毒は恐ろしいモノです。人の容姿すら作り替えてしまうほどだと聞いたことがあります。

私は母からリューク様を守る戦闘技術を学びました。

ですが、知識面ではまだまだ未熟です。

犬獣人と通人のハーフとして生を享けました。

亜人種はアレシダス王国では蔑まれる対象なのです。

通人至上主義を唱える教会の意向が王国中に蔓延しているからです。

幼い頃に母と外に買い物に出かけた時に感じた蔑む瞳は今も忘れることはありません。

デスクストス家の中では誰も私や母を蔑んだ目で見ることはないので、私にとっては国よりも公爵家の方々の方が大切です。

専属メイドとして、お世話をすることになったリューク・ヒュガロ・デスクストス様は、生まれて間もない頃。

私の尻尾を見て、それはそれは嬉しそうな笑顔を浮かべておられました。

いつも私の尻尾に夢中になっておられていました。小さくて、可愛くて、絶対に私が守るんだと固く誓いました。

五歳になられた誕生日に高熱を出されたときは、死んでしまうのではないかと心配で夜も眠れませんでした。

高熱が治まってからも、度々体調を崩されることが多くなったリューク様がとても心配です。

ですが、いつも笑顔で私に甘えてくれるので本当に可愛い天使なのです。

今日もリューク様が私に本を読んでほしいとお願いをしてきました。

私としては犬が主人を待つ忠犬はっちゃんという絵本がオススメでしたが、リューク様が選んだ本は魔導書でした。

魔法の基礎と言われるタイトルの魔導書を選ばれ、五歳児が興味を持つには、あまりにも難しい本だったので驚いてしまいました。

「シロップ。ご本読んで」

「はい。リューク様」

可愛いリューク様のお願いです。

読まないという選択肢はないのですが、大丈夫でしょうか？

「こんな難しい本でいいのですか？」

「うん。ボク、魔法を使ってみたいんだ」

ふふふ、理由がとても可愛らしくて私の杞憂だったようです。

五歳であってもリューク様は男の子なのです。

魔法や剣に憧れるのは当たり前のことですね。

「リューク様も男の子ですね」

私はリューク様が生まれる前から文字や計算、メイドとしての作法を母からミッチリと指導を受けました。

それはリューク様のお世話をするにあたり不足があってはならないからです。

魔法の基礎は難しい内容で、読んでいても私ではあまり理解が出来ませんでした。

難しい文字も多くありましたが、読むことに問題はありません。

何よりもリューク様が、「シロップは文字が読めて凄いね！」褒めてくださいました。

ふふ、我が主様は可愛いだけでなく、女心もわかっているのです。

それにしても魔法の基礎とは小難しいことばかり書いていて、何が言いたいのでしょうね。

魔力など、その辺に普通に漂っています。

魔法だって、生活魔法として習うもので十分です。魔法の基礎と言いながら、私でも知っていることばかりなので基礎以下だと思います。

あらあら、私がご本を読んでいる間に眠ってしまわれました。

子供らしいふっくらとした頬を優しく撫でます。

目元はお母様に似てキリっとした凛々しいお顔をされているのに、ほっぺがふっくらとしていて本当に愛らしい。

私は少し重くなられた我が主様を抱き上げてベッドへ運んで差し上げました。

母から習ったのは、何もメイドとしての作法だけではありません。

いつか現れるかもしれないリューク様の敵を葬り去る力を私は日々鍛えております。

「あなた様は必ず私がお守りいたしますね」

愛しい我が主様の寝顔を眺めて、幸福感を充電した私はお部屋を後にしました。

六年の月日は、人を大人へと成長させるには十分な時間だと私は思います。

私の身長は二年前から変わってはいませんが、我が主様であるリューク様は身長が伸びて、もうすぐ私と変わらないほどまで成長されます。

十一歳、男の子として体の成長が促されて、身長が伸び、顔つきが変わっていかれております。

幼い頃はぽっちゃりとして可愛らしかったリューク様。

最近はお肌が弱いということで始めた洗顔のお陰なのか、綺麗な肌と整った健康的な肉体に成長されております。

我が主様もそろそろ声変りを始めるはずなのですが、我が主様は他の人とは違う成長を遂げました。

「シロップ、どうかしたの？」

私の目の前では気持ち良さそうなクッションに、全身を預けながら本を読んでいる美少女がいます。

いえ、美少女のように愛らしく成長されたリューク様がおられます。

声変わりをしておられないので、まだ声が高く聞こえます。

そして、部屋の中ではリューク様を乗せて、クッションが浮いているのです。

我が主様じゃなかったらメッチャツッコミたい！

クッションが空中に浮いています。

クッションに我が主様が寝転がるようにして浮いています。

大切なことなので二度言います。

「どうやっているのですか？」と聞いたこともあります。

しばらく我が主様は思考して、可愛く凛々しく成長された顔をコテンと傾げて、

「シロップも乗る？」

「えっ？　乗っていいのですか？」

「全然、いいよ」

恐る恐るクッションの上に乗りました。

それは今まで感じたこともないほどフワフワしていて、なんと形容すればいいのかわからないほど心地よい乗り心地でした。

説明を誤魔化されました。

私は一つの結論を出すことにしました。

これまで見たこともないことを成し遂げた我が主様は稀代の天才であると……。

クッションの上は思考することが馬鹿らしくなるほど心地よかったです。

あのクッションはどこに売っているのでしょうか？

「こんな心地よい物は初めてです」

「そう？　よかったね」

「はい。あっ、リューク様。もう一つお聞きしたいのですが」

「な～に～？」

「どうしていつも本を読んで寝ているだけなのに、体が引き締まっているのですか？　お食事はちゃんと取られていますよね？」

これも不思議です。

確かに美容については、この六年で共に化粧水や洗顔などしてきました。

他のメイドたちからは「シロップ綺麗になったよね？　自分だけ何しているの？」と聞かれるようになりました。

高い石鹸を使って、毎日リューク様と共に洗顔をしているおかげとは言えないので、ただリューク様のおかげですと答えています。

綺麗なのは分かるのです。

ですが、運動は日光浴のときに散歩をしていらっしゃるのを見かける程度です。

健康には良さそうではあるのですが、決して身体は引き締まったりしません。

だけど、我が主様の身体が引き締まるほどの運動をしているのを見たことがないにもかかわらず引き締まっております。

これでもメイドとして、我が主様の剣であり、盾として護衛を務めております。

日々、私自身は鍛錬を忘れてはおりません。

だからこそ、この肉体を維持できていると自負しております。

ですが、身体が成長するにつれて我が主様の身体は引き締まっていくばかりで、これほどの成長を遂げるのは絶対におかしいです。

寝ているだけのはずなのに、着替えの際に見た腹筋は割れていました。
「う〜ん。それは教えてあげてもいいかな」
クッションから降りた私へ「見ていて」と我が主様が魔力を練り始めました。
最初は何をしているのか分かりませんでしたが、それも質問して知りました。
我が主様は自身の掌の間に魔力の塊を作り出せるそうです。
「シロップ、いくよ」
私は、本物の天才を見ました。
目の前には、達人級の武闘家がおられます。
格闘技の形を実演する我が主様の姿は、その道を極めた者と同じ動きをしていました。
私も自身を鍛えているからこそ分かるのです。
今の我が主様に決闘を挑んでも勝てない。
投げ、打ち、払い、殴り、蹴り、極めなど様々な動きを組み合わせた総合的な格闘術。
それは何年も鍛錬を積んだかのように綺麗な形として完成されていました。
体術をしたこともない我が主様が、体術の達人だったのです。
「えっ？　えっ？　えっ？」
目の前で起きている出来事が信じられませんでした。
あれほど動くことが嫌だと言っていた我が主様が動いている。
それも達人クラスの動きを再現して見せている。

「どういうことですか？　動かれるのは嫌いだったのでは？」

呼びかけても一心不乱に体術の形を披露する我が主様。

一通りの形を終えると動きが止まる。

「どうだった？」

先ほどまで真剣な瞳をしていた我が主様は、いつもの眠そうでやる気の無さそうな瞳に戻られました。

凛々しい瞳にドキッとして、今のだらけた瞳も可愛くてドキッとしてしまいます。

「凄かったです。リューク様がご自身でここまで努力していたなんて驚きです！」

「努力か、違うんだけど……、まぁいいか」

リューク様は本を読んでいたときよりも、眠そうな顔でクッションにもたれかかりました。

「違う？　何が違うというのですか？　あれほどの動きは、本物の格闘家の方でも見たことがありません！」

「うん。まぁそうだろうね。僕が生み出した魔法の一環でトレースっていうんだ」

「トレース？」

クッションで浮くだけでも凄いのに、さらに新しい魔法を生み出していらっしゃるなど、やっぱり天才以外の何者でもありません。

「うん。ボクが意識を失うことで発動できるんだ。その間に脳が見たことある動きを真似る魔法なんだよ。ボク自身は動いている意識はないから努力はしていない。だけど、身体は鍛えられるし、自然に体が覚えてくれるから便利なんだよ」

我が主様から説明を受けても、私には一ミリも理解できませんでした。

頭の出来が違うのです。

ただ、一つ理解できたのは、我が主様は天才です！

十一歳という歳で、我が主様は魔法の神髄を理解されておられるのです。

「う～ん。説明してもわからないかな？　まぁ、知識チートの一つだから理解されないよね。そうだ。そろそろ無属性魔法もある程度使えるようになったから、属性魔法の検査をしてもらいたいんだけど。お父様に伝えといてくれる？」

我が主様はマイペースな方です。

この六年で見た目だけでなく、魔法の実力も高められました。

それは私では到底理解出来る領域ではありません。

きっと我が主様は大きなことを為される人であることは理解できます。

「はい！　かしこまりました！」

ですので、私はどこまでも我が主様についていきます。

◇

人の成長は早いものです。

我が主様がアレシダス王立学園に入学されてしまいました。

入学式の日に、ご主人様は私を抱きしめてくださいました。

「ありがとう、シロップ。君には感謝しても仕切れないほどの恩がある」

「リューク様！」

ずっと守ると決意したご主人様は、いつの間にか私よりも背が高く逞しくなられておられました。

「ボクを信じて待っていてくれるかい？」

「信じてお待ちしております。寂しいです」

「ありがとう。ボクも寂しいよ。家のことを頼むね」

「かしこまりました。お帰りを心からお待ちしております」

《忠犬はっちゃん》のように待ち続けております。

「学園を卒業したら、カリンと結婚するから、その時も付いてきてね」

「よろしいのですか？」

結婚したら、私はいらないと捨てられてしまうと思っておりました。

だから、ついて来ていいと言われて嬉しいです。

「うん。カリンが許してくれるなら、ボクの子を産んでほしい」

「えっ！」

私がリューク様の子を？

「ふふ、着いたみたいだね。それじゃ新生活に行ってくるよ」

ご主人様は馬車を降りて学園の門を潜って行ってしまいました。

「リューク様、行ってらっしゃいませ」

お姿が見えなくなるまでお見送りを続けました。


主様が屋敷からいなくなってしまいました。

主様は自分のことを自分で全て出来る方です。ただ、面倒くさがりなところがあります。

毎朝のルーティンだけは自分で動かれるのですが、本を読むためにクッションに乗るとトイレに行くのも面倒だと言います。

本当に一日中寝て過ごすこともあるんです。

ですから、学園で授業中に寝ていないか、とても心配です。

私ならば、主様が起きる時間にお声かけして、お着替えや歯磨きも膝枕でしてあげられるのに、大丈夫でしょうか?

毎日、主様がいないことばかり考えてしまいます。

お屋敷のお仕事はちゃんとしています。

ふと、主様が呼んでくれるのではないかと耳を澄ませます。

学園に入る前であれば、いつもお部屋の近くにいて呼ばれるのを待っていました。

呼ばれない……。

寂しくて、つい我が主様の部屋へ毎日いないのか確認に行ってしまいます。

そして、いつもいない主様を確認して、私の尻尾は元気を無くすのです。

「シロップ、あなたは毎日何をしているのですか？」

「お母様」

「あなたはリューク様専属メイドです。リューク様の屋敷を守るのがあなたの役目でしょ？　リューク様を求めてどうするのです」

「ですが……、寂しいのです」

「ふぅ、まだ離れて三ヶ月ほどではありませんか、わかりました。屋敷のことは私がやってあげます。あなたは気分転換に行ってきなさい」

「気分転換？」

私は主様中心の生活だったので、個人的な気分転換は剣術以外にありません。

それ以外だと、主様を乗せた馬車を操るぐらいです。

「そうです。リューク様はアレシダス王立学園でご自身を研鑽されていることでしょう。ですから、あなたも研鑽なさい」

お母様からは様々なことを教えてもらっています。

ですが、今回は何を言いたいのか全くわかりませんでした。

「何をすれば？」

「そうですね。研鑽という意味であれば、レベル上げが一番でしょう。メイドとしてはあなたにほとんど教えてしまいましたからね。リューク様を守るための力を強くするのもいいでしょう。冒険者登録して魔物を狩ってきなさい」

お母様から戦闘技術は学んでいましたが、確かに実戦経験が私には乏しいです。

もしも、主様が対応できない悪漢に襲われた時、私がお守りしなくては！

「わかりました！　お母様。私、レベル上げに行ってまいります」

屋敷のことはお母様に任せれば大丈夫です。

リューク様、私は強くなります。

王都の冒険者は、魔物との遭遇が少ないそうです。

レベルアップには適していないということで、少しばかり辺境へ移動しました。

年末には主様が帰って来られるので、それまでには帰らなければなりません。

帰ってきた主様に強くなったねと、褒めてもらうためにレベルアップに勤しみました。

辺境は亜人への迫害は少なかったです。

王都で感じる蔑むような視線は感じることなく、皆さん亜人など関係なく魔物の脅威から互いを助け合う仲間として力を合わせていました。

ゴブリンやオークなどが畑を荒らしに来るので、毎日大量に狩らなければ村への被害が多くなってしまいます。

私がやってきたマーシャル領はどこに行っても魔物の被害を受けていました。

大量の魔物を狩る日々は、レベルアップに困ることはありません。

私が魔物を倒すと村の人たちはとても喜んでくれるので楽しいぐらいです。

「ねぇ、シロップお姉ちゃん。ずっとここに居てくれないの？」

村の子供たちは可愛くて、私も彼ら、彼女らを守ってあげたい気持ちになります。

ですが……私の心には決めた方がいるのです。

「ごめんなさい。私は待っているご主人様がいるのです」

「ご主人様？」

「はい。その方はなんでもご自分で出来るのに、何にもしようとしないんです」

「ええ～、自分で出来るのにしないの？　変だよ。ダメな人だよ」

「ふふ、そうですね。ですが、私は求められている気がするので、嬉しいのです」

「え～、シロップお姉ちゃん。ダメ男が好きなの？　大人って、変なんだね」

「ふふ、主様はダメ男ではありませんよ」

「ひっ！」

主様の話をしたことで帰りたくなってしまいました。

それに五ヶ月が経ち、そろそろ学園もお休みになっているはずです。

主様を出迎えるために、屋敷にそろそろ帰りましょうか？

マーシャル領で魔物狩りをしたことで狩猟本能とでも言えば良いのでしょうか？

気持ちがスッキリして、心にも余裕が出来ました。

私の成長を主様に見ていただきたい。

褒めてくださいますかね？

「帰るとしましょう」

私はマーシャル領を後にしました。

「あら、おかえりなさい。シロップ」

私が屋敷に戻ると、お母様が出迎えてくれました。

すでに、マーシャル領から王都までの距離は遠いため、帰ってくる間に年末近くになってしまいました。

急いで主様を出迎える準備をしなくてはいけません。

「お母様、今日までありがとうございます。私は主様に甘えていました。やはり自立することも大切ですね」

「ええ、そうね。あなたも強くなって成長してきたみたいでよかったわ。そうだ、あなたが留守の間に二人ほど臨時メイドを雇ったのよ」

「臨時メイドですか？　大丈夫なんでしょうか？」

「カリン様の推薦だから、大丈夫よ」

「カリン様が？」

「ええ、何でもアレシダス王立学園が休みの間だけ、メイドとして雇ってほしいそうよ。リューク様のご学友で、仲良くしている子たちだそうだから、あなたもちゃんとしないとダメよ」

私は屋敷用のメイド服を纏って身を引き締めました。

「この子たちよ」

お母様が連れてきたのは、可愛らしい二人の女性でした。

「よっ、よろしくお願いします。ミリルです」

「よろしくにゃ！　ルビーにゃ」

主様のご学友である少女たちは、とても可愛らしく。

一緒にアレシダス王立学園に通えて……、羨ましいです。

「リューク様専属筆頭メイドのシロップです」

「筆頭って、あなた肩書き増えてるわよ」

お母様が何か言っていますが、気にしません。

「主様のご学友であろうと、メイドとして働く以上は仕事をちゃんとしていただきます。よろしいですね？」

「「はい」にゃ」

私は二人にメイドとして仕事を教えることにしました。

ミリルさんは、少しドジなところはありますが、物覚えが良く、整理整頓に優れていました。ルビーさんはお調子者なところはありますが、一つ一つの仕事は丁寧で窓ふきやお風呂掃除、洗濯などとバランス良くできて優秀でした。

「カリン様、お久しぶりです」

二人の仕事を教えるのも一段落した頃、カリン様が訪問されました。

「シロップ。久しぶりですね」

「はっ、前回は不在にしておりまして、すみません」

「いいのです。それよりも今日は、リュークが帰ってくるんですよね？」

「はい。主様から帰宅の連絡がありましたので」

「ふふ、一緒に出迎えようと思ってまいりましたわ」

カリン様は主様の婚約者様です。

私の主になられる方なので、私よりも上です。

「主様も喜ばれると思いますよ」

そっと、カリン様が耳元に口を寄せてきました。

「リュークから、シロップを妾にしたいと言われました。シロップは良いですか？」

主様は本当に私を大切にしてくれています。

顔が熱くなるのを感じます。

「ふふ、言葉は不要ですね。一緒にリュークを支えましょうね」

カリン様は偉大です。器の大きい方で、私のことを受け入れてくださいました。

「あっ、馬車が来ましたよ」

私は自分でも驚くほどの速度で馬車の前に辿り着くことができました。

「やぁ、シロップ。ただいま」

誰よりも早く主様を出迎えることが出来ました。

「お帰りなさいませ、リューク様。お帰りをお待ちしておりました」

「尻尾が凄く動いているね。喜んでいるのかな。ボクもシロップに会いたかったよ」

主様は凄い人です。私の気持ちがすぐに分かって頭を撫でてくれました。

あっ、主様は学園に入る前よりも身長が伸びています。

学園に入る前は同じぐらいだったのに、私よりも高くなられたのですね。

「夜にゆっくり話そうね。今はカリンもいるみたいだから、みんなでお茶でもしよ」

「はい！　ご用意いたします！」

久しぶりに主様から命令を頂きました。

こんなにも嬉しいのですね！

私は幸せです。

書き下ろし新章

不快な光景

Only Lazy,
Villainous Aristocrats

自宅へ帰る馬車の中では、タシテ君と二人きりになっていた。

リベラはすでに自宅へと送り届けた。

男爵家は貴族街ではなく、市民街の高級住宅地に家があった。

ボクとタシテ君は貴族街に家があるので、市民街から貴族街に向かう途中、王都の町中を馬車は走り抜けていく。

「リューク様、年越しは船上パーティーが開かれますね」

「面倒だよね。ボクはそういうの大嫌いなんだ」

「ふふ、リューク様ならば目立つでしょうね。今回がある意味で社交界デビューとなるわけですから」

「はぁ、貴族の習慣って本当に面倒だね」

「我々上級貴族は、模範とならねばならない。と言う王国の掟もあります。何よりも持てる物が持たざる者を導くのは世の習わしかと」

「貴族は名誉とプライドばかりだと思うけどね。うん？」

ボクは馬車の外で繰り広げられる光景に眉を顰《ひそ》めた。

「どうかされましたか」

タシテ君はすぐにボクの表情の変化に気づいたようだ。

窓の外へ視線を向ける。

「ああ、奴隷商人ですね」

「奴隷商人？」

「はい。王国では通人至上主義が国教になっております。教会が主導して亜人の弾圧をしておりますが、逆に亜人を奴隷として、売り買いする奴隷商人もまた教会が管理しているという話です」

馬車の外では、未成熟な兎の獣人が親によって奴隷商人に売り渡される光景が繰り広げられていた。

見ているだけで不快になる光景だが、アレシダス王国とはそういうところだ。

華々しい貴族社会。

アレシダス王立学園に通えている平民や自由人はまだマシな存在なのだ。

それよりも下層に生きる亜人たちからすれば地獄のような場所でしかない。

デスクストス公爵家では、獣人も精霊族も雇用して受け入れている。

貴族派の人間にはそういう家が多く存在するが、全てがデスクストス公爵家のように、きちんとした雇用契約を結んでいるわけではない。

ほとんどが奴隷として購入され、差別と虐待の対象となっている。

見ていても胸糞悪くなる光景だが、獣人の父親からすれば、娘を手放すことで他の家族を食べさせることができる。これが現実なのだ。

「ちょっと休憩しようか」

「リューク様の望まれるがままに」

タシテ君は、ボクの考えていることがわかるように応じてくれる。

ボクは馬車を降りて、奴隷商人に近づいていく。

「なっ、なんでしょうか。貴族様」

ボクの身なりと、止まった馬車を見て怯えた目をする奴隷商人。

別に彼も仕事でしていることなので、取って食おうと言うわけじゃない
「少し社会見学だと思ってくれ。君に聞きたい。この子はどうなるんだい？」

兎の獣人は怯えた目をしてボクを見る。

未成熟だが、意外にも年齢を重ねているように見える。

ちゃんと食事を取れていないからか、手足は痩せ細り。

くすんだ髪はボロボロで、もしもシロップが彼女のような状態だったらと思うと、ボクは奴隷商人を許せないと思ってしまう。

「グフフフ、これはこれは貴族のお坊ちゃま方、どうされましたかな」

ボクの質問に奴隷商人が答えるよりも早く。

醜く太った巨漢の男が、ボクたちの前に立って視界を遮る。

奴隷商人と獣人の少女がボクの視界から見えなくなってしまった。

あまりにもデブで縦にも横にも大きい。

「なんだお前は」

「私ですかな。グフフ、人に物を尋ねるときは、まずはご自分が名乗るのが礼儀ですよ。まぁ子供のすることとです。大人である私が譲歩して差し上げましょう。私はシータゲ・ドスーベ・ブフと申します。教会の関係者ですよ」

教会の関係者だと言われて、ボクは眉を顰める。

タシテ君は、そっとボクに耳打ちをする。

「アレシダス王都支部、通人至上主義教会支部長です。教会では教主をされている方です。アレシダス王国内でも伯爵位をお持ちです」

ボクは奴隷商人と教会関係者という繋がりから、ゲームの設定を思い出した。

貴族派には、五人の上位貴族が出現する。

カリギュラ・グフ・アクージは、その一つであるアクージ侯爵家の人間だ。

本来はテスタの手下として出現する存在をボクは廃人に変えてしまった。

それぞれの貴族は立身出世パートで、デスクストス家を支援する中ボスとしての役目を持つ。

ボクの目の前で気色悪く笑みを作る伯爵は、アイリスを倒す際に出現する上位貴族だ。

アイリスは、立身出世パートでは、大勢の男性を侍らせる逆ハーレムを形成する。

その裏で暗躍するブフ伯爵家は、教会の信者に怪しげな薬を使って、亜人たちを暴走させる事件を起こすのだ。

その悪事を起こす存在こそ、目の前に醜い顔でボクを見ているこの男だ。

「それで、何かご用ですかな。見たところ上位貴族の子息とは、お見受けしますが」

こちらを見定めようとする瞳は狡猾で、気味が悪いだけではないことを証明している。

「奴隷商人を見たことがなくてな。社会見学だ」

「そうでしたか。それはそれは宜しいですな。なんでしたら、私めが直々にご案内いたしましょうか」

「結構だ」

すでに、ブフに隠れて奴隷商人は兎の獣人を連れ去った後だ。

タイミングを逃した今となっては追及するのも面倒だ。

「帰るぞ」

ボクが馬車へと戻る背中へ向けて。

「グフフ、ご利用がありましたら、いつでも」

シータゲ・ドスーベ・ブフは気持ち悪い笑みと、勝ち誇ったような声をかけてくる。

「タシテ君」

ボクは馬車に乗り込むとタシテ君の名を呼んだ。

「はっ」

「調べろ」

「リューク様のお望みのままに」

「いつ必要になるのかわからないけど、あいつの全てを調べろ。通人至上主義教会。絶対に何かある」

ゲームでは主人公のダンが、シータゲ・ドスーベ・ブフを倒して、奴隷商人たちを辞めさせて終わりだ。もしも、その時が来たら。

ボクは裏からあいつがしていた全てをぶち壊してやる。

奴隷も、財産も、地位も、気持ち悪い顔で勝ち誇ったことを後悔させてやる。

「リューク様は、亜人のことをどう思われていますか」

ボクがイライラしていると、タシテ君から質問を投げかけられた。

「どういう意味」

「そのままの意味でございます。教会に賛同するのか、それとも教会に敵対するのかです」

ここが馬車の中で、二人きりでなければ絶対に口にしてはいけないことのようだ。

タシテ君は覚悟を決めた顔でボクを見ていた。

「決まっているじゃない。通人至上主義なんて言っている頭のおかしい奴は潰してもいいって思っているよ。ボクの大切な人は獣人だからね」

「承知しました。今後、何が起ころうと、タシテ・パーク・ネズールは、リューク様のお望みのままに動きます。何なりとお申し付けください」

「どうしたんだい改まって」

タシテ君の表情は、清々しいものへと変わっていた。

「いえ、リューク様のなされる行動を見ていると、私が如何に小心者かと思わされるのです」

「小心者？　ボクなんて何も考えていないだけじゃない」

「いえ、深謀遠慮なお考え、何よりも慈愛に満ちたお心は、私では思いつくこともできませんでした。今まで私は獣人は奴隷であると当たり前に思っておりました」

「そうなの、まぁ人それぞれじゃない」

タシテ君が、ボクの前で獣人を蔑んでいれば、ボクはタシテ君との付き合い方を変えていたかもしれない。

「いえ、それこそ馬車から見ていた獣人の親子など私には何の関係もないと思っておりました。ですから、リューク様のように動くことは決してありませんでした。ですが、リューク様は動かれ、伯爵を相手にしても一歩も引かれなかった。私はリューク様の後ろに控えていただけにすぎません。それが恥ずかしい」

まぁボクはゲームのキャラとしか思っていないからね。

タシテ君からすれば、他家の偉い貴族様だと思うと萎縮しちゃうってことかな。

「ボクなんて何も考えていないだけだよ」

「ふふ、それはそれで凄いことですよ。では、最後に一つ」

「うん？」

「ブフ伯爵が、リューク様の大切な人を傷つけた場合はどうなされますか」

「大切な人を傷つけたら」

ボクの頭にシロップやカリンの顔が浮かぶ。

もしも、シロップに対して獣人だと言って暴力を振るえば。

「潰すよ。全力で」

自然に体から魔力が迸り、威圧を放ってしまう。

タシテ君は、ボクの様子に怯えたように体を震わせる。

「ふふ、やはり私は小心者です。リューク様のように即決はできません。リューク様は近いうちに本当にしてしまいそうです」

「言っているだけだよ。結局は誰かがそれをしてくれれば、ラクだしね」

「リューク様がお望みであれば」

「う～ん。今はいいかな。でも、いつでも使えるように調べておいてね」

「かしこまりました」

タシテ君を送り届けたボクはふと先ほど見た兎の獣人を思い出す。

「あの子はどうなるんだろうな」

教会が経営している孤児院は劣悪な環境だった。

しばらく行っていないけど、ミリルの様子から多少は改善されたと思う。

だけど、奴隷は孤児よりも良い環境は望めないだろう。

「まぁ、ボクには関係ないか。ボクの大切な人に手を出されるわけじゃないしね」

少しだけ嫌な予感がしたけど、ボクは近づいてくる家の前に、愛しいシロップの姿が見えたから見たことを忘れることにした。

「やぁ、シロップ。ただいま」

「お帰りなさいませ、リューク様。お帰りをお待ちしておりました」

シロップが笑顔で出迎えてくれる。

やっぱり、ボクの帰る場所は、シロップとカリンがいる場所なんだ。

シロップが出迎えてくれて、屋敷にはカリンの姿も見える。

尻尾を振って嬉しそうに出迎えてくれるシロップはやっぱり可愛い。

もしも、ボクの大切なモフモフを虐げる者がいるなら、絶対にボクは許さない。

たとえ、権力を持つ者であってもね。

あとがき

初めまして、どうも作者のイコです。

この度、『あくまで怠惰な悪役貴族　一巻』をお手に取っていただき、ありがとうございます。

本作は、大人向け恋愛戦略シミュレーションゲームをプレイしていた側から一転。

ゲームの世界に登場する、悪役貴族リューク・ヒュガロ・デスクストスとして、転生してしまうところから始まります。

ゲームに登場するリュークの性格は怠惰で、魔法の才能を持っているのに努力をしない上に、暴飲暴食を繰り返すキモデブガマガエルキャラとして成長を遂げ、最後はゲームの主人公によって序盤に殺されてしまう悪役キャラでした。

ゲームプレイヤーとして、リュークの未来を知る転生した主人公が、未来を変えるため、見た目の改善や、悪役貴族として暗躍する家族と距離を置いて、貴族として生まれたことを良いことに、あくまで怠惰で優雅に悪役貴族としての生活を満喫していくお話です。

自分が怠惰に過ごすために、傍若無人に周りを巻き込む姿を楽しんでもらえれば幸いです。

さて、私が「カクヨム」で本作を書き始めたのは、二〇二二年十一月十五日からでした。

当初は、悪役貴族物が流行っていたので、流行に乗れたら良いなぁ～という感じでした。

ですが投稿すると、あれよあれよ十二月の月間総合ランキング一位を一ヶ月間独占しておりました。自分でも快挙であり、こんな奇跡が起きるのだと感動したものです。

そんな矢先にＴＯブックス様より、お声掛けを頂き、編集様に小説の内容を熱く語って、書籍化に対してご指導を受け、文章と想いに答えてくれて、素晴らしい本を作ってくださりました。本当に感謝の言葉しかありません。

そして、忙しい中で、綺麗で可愛いイラストを描いてくださったｋｏｄａｍａｚｏｎ様のおかげで、本作の登場人物たちが頭の中から飛び出したように動き回っています。最高のイラストをありがとうございました。

最後に、この本をお手に取ってくださった皆様に最上の感謝を捧げます。

引き続き、二巻でお会いできることを楽しみにしております。

リューク様、行きますよ！
顔だけでも出してください
船上パーティ？
2ヶ月連続刊行！
2023年12月20日

シリーズ累計
170万部
突破！
（紙＋電子）
小説
第15巻
2023年
12月20日
発売！
TOKYO MX・MBS・BS11にて
絶賛放送中!!!
帝国物語
式HPへ！
餅月望――著
Gilse――イラスト
原作HP
TVアニメHP

ティアムーン帝国物語
コミックス
第8巻
2024年
発売予定!
漫画：杜乃ミズ
TVアニメ
ティアムーン
断頭台から始まる、
姫の転生逆転ストーリー
詳しくは公

あくまで怠惰な悪役貴族

2023年12月1日　第1刷発行

著　者　イコ

発行者　本田武市

発行所　TOブックス
〒150-0002
東京都渋谷区渋谷三丁目1番1号　PMO渋谷Ⅱ　11階
TEL 0120-933-772（営業フリーダイヤル）
FAX 050-3156-0508

印刷・製本　中央精版印刷株式会社

ISBN978-4-86699-995-1

を大事にするってことってどういうことかというと、例えば優しさとか、ありがとうと感謝の気持ちを伝えることとか、許すこととか、対等になることとか。全部繋がり、人と人との間にあるものじゃない。だからそういうことを大事にしていけたらなぁと思うんだよね。

季世恵　私も二人とおんなじ気持ちなんだけど、なぜできなくなっちゃうのかなって思っていて。私はのんびりしている人だから、その分「今」を感じる機会があるのね。ご飯を食べて美味しいなぁとか、ありがとうって言ったりとか。たぶん、忙しくしてなければできることも、急かされすぎちゃってるんだよね、日本人は。だからご飯を食べながらも気持ちは違うことを考えてたり、常にその場と頭は違うことを考えてたりするけど、そこだけなんじゃないかな。人間性が変わったわけじゃなくて。暗闇に入ると「今この場」を考えるしかないから、別に座禅を組まなくても「今」に集中できるんだよね。だからいいんだろうなって思うの。

ニノ　日本って電車はいつも時間通りに来るけど、たまになにかの理由で時間通りに来なかったら、みんな怒り出すんだよね。その時にすごく感じるのは、じゃあ時間通りに来た時にありがとうと言った？って。駆け込み乗車や誰かの体調不良で電車が遅れたら、なぜ電車の会社にあなたは怒るの？　駆け込み乗車をするのも私たち、怒っているのも私たち、ありがとうと言っていないのも私たちだよね、って暗闇の中で話したりするんですけど、私は本当にいつもそう思うんですよ。

季世恵　わかるよ〜。二人が話してくれた優しい社会にしたいとか人を大事にしたいとか、それはすべて人間の中にあることだよね。信じることとか、感謝する、許すとか対等だってことをニノが言ってくれたでしょ。どっちも共通点があるんだよね。

みていない世界がもっとある

真介　世界のダイアログはいつでもコンテンツは同じなんだけど、日本の場合はアンドレアス・ハイネッケという発案者が季世恵さんにカスタマイズすることを認めてくれて、世界では唯一コンテンツをシーズンごとに変えたりしているんだよね。その時、季世恵さんがアテンドを研修するでしょ。その研修によって自分のどこかが引き出されたりしていると思う？　どこかを拡張させていってるんじゃないかと思うんだけど。

ニノ　私が思うのは季世恵ちゃんの研修の中で、私たちは再確認しているというか。場所とかものによって、人の考え方は変わったりするんだよね。例えば季節によってプログラムが違うので、その季節の文化やその時季の人と人との関わり方とかも少し変わったりする。例えばクリスマスの時はパーティー感があってみんな一緒に盛り上がりましょうとか、冬の場合はこたつに入って家族とか思い出に残った話をするとか。それを私たちも研修の中でやってあらためて考えたり、あらためて感じたり、再確認したりすることが多いですね。

ハチ　再確認っていうのはすごくわかる。私たちは普段から目を使わないでたくさんの感覚、視覚以外の感覚を使って生活しているわけなんだけど、使っていると思っててもさらに感じることができるんだって研修を受けると思うんですよ。この間も公園に遊びに行って。

季世恵　お弁当持ってね。

ハチ　そう、すごく楽しかったんですけど、草の上で地面のもっと下を感じるっていうのをやって、それを私は感じられていなかったなって。地面を歩く時にはどんなふうになっているかよく観察しながら歩いているんですけど、その下のことは考えたことがなかったなって。だから季世恵ちゃんの研修を受けることで自分の持ってるものをもっともっと広げてもらえるっていうか、まだ先があるよっていうことを教えてもらえるんです。

ニノ　見方とかもけっこう変わったりするんだよね。私たちがみていない世界はもっとあるから、見方をちょっと変更してみて、そっちからみたらどう？あっちからみたらどう？っていう話を季世恵ちゃんがしてくれるので、そうすると偏らず、全体的に見ることができたりするんですね。

ハチ　見方を変える、角度を変えるという効果はすごくありますね。

自己開示したくなる暗闇

季世恵　最後に、「ダイアログラジオ・イン・ザ・ダーク」の収録でよくゲストの方が「つい、いろいろ話してしまう」とおっしゃるのはなぜだと思う？　暗闇における自己開示欲というか。これ、きっと一般のお客様も同じだよね。

ハチ　うん、そうだと思います。話したくなるんでしょうかね、関わりたい、話したい。

ニノ　あと、「自分でいる」ことじゃないかな。

季世恵　あぁ、たぶんそうだね。

ニノ　収録の時は暗闇の中に二人だけだから、季世恵ちゃんの声を聴きながらしゃべっていることが自分との対話になるのかもかもしれないね。普段、言えていないことを言えるようになる場のことじゃないかな。

ハチ　ほんとは言いたいことがあるんでしょうね、皆さん。でも言っちゃいけないかなとか、言わないほうがいいかなっていつも抑えているところがあって、だけど真っ暗闇だし、ここだったら話せるという安心安全な場なんだろうなって思うんですけどね。

ニノ　もう一つ、私たちは経験がないけれど、視覚の壁がなくなるからとも思うんですね。目の前の人の表情を見ながらしゃべったりとか、ほかの人からどういうふうに自分のことを見られているかとか、普段はそういうことも気にするんじゃないかな。

ハチ　それもあるかもしれない。

ニノ　私たちみんな、いっぱい壁を持ってるね。

ハチ　そうだね、それがどんどんなくなるといいね。

渋谷美紀（しぶや・みき）
アテンド名はハチ。山形県出身。アテンド歴１４年のベテランで現在はマネージャーとして育成にあたっている。プライベートでは音楽活動をしている。

チャパガイン・ラジェシュ
アテンド名はニノ。ネパール出身。２０１６年に来日、Ｄ－Ｄのアテンドスクールを経てアテンドとして従事。５カ国語以上を話す。

内面と向き合い新たな可能性を拓く

東京・外苑の会場で、志村真介さん、季世恵さんが主宰する「ダイアログ・イン・ザ・ダーク」に出合ったのは2016年のことでした。視覚が閉ざされた真っ暗闇の中を、手探りで冒険する。全く新しい体験を子どもに還ったように楽しみつつも、私は静かな衝撃を受けていました。人の存在や声とは、これほど支えになるのか、と。自己の視覚以外の感覚が研ぎ澄まされていく、その過程はいつもとは異なる気づきに溢れています。そして暗闇を案内して下さる視覚に障がいのあるアテンドは、弱者であるどころか、見えないからこそ磨かれた能力や感覚を存分に発揮し輝いていました。暗闇でのフィジカルかつスピリチュアルな体験は、「自分は、これらのことを実はまったくわかっていなかった」ということに気づかせてくれました。人の心の温かさ、新たな交流の可能性に感動し、これからの日本社会が目指すべき真のダイバーシティ&インクルージョンが体現された世界に触れたように感じたのです。

折しも、日本は2020年のオリンピック・パラリンピックに向かう時勢の中。再開発が進み、この会場ももう閉じなければいけないのだと聞きました。その瞬間、私はこのすばらしい営みを日本から絶やしてはいけないと直観しました。この取り組みのコンセプトに相応しい移転先を探すことに協力させてほしい。そう伝えるとともに、それが見つかるまで、並行してダイアログの火を灯し続ける方策を考えました。その結果、生まれたのが、2017年の夏から3年に亘り、新宿の「ルミネ0」で開催した「ダイアログ・イン・サイレンス」と、この書籍のもととなった「ダイアログラジオ・イン・ザ・ダーク」

でした。

ラジオは、リスナーの想像力が欠かせない人間味のあるメディアです。音声がその場の気分や感情を纏い、耳へと届けられる。「ダイアログラジオ」は、暗闇で収録されるからでしょうか、ゲストがご自身でも気づいていなかったような心の奥底にある感情や新しい発見について語って下さることがよくあります。そんな対話を聴きながら、私自身も、時に新たな気づきや発見に恵まれ、瞑想するように自分自身を見つめ直す貴重な機会を得ています。部屋を暗くして聴いていると、まるでその場に自分もいて、一緒に対話をしているような豊かな空気に包まれ、内側にエネルギーが満ちてくるから不思議です。

外苑の会場が閉鎖されてから3年を経た2020年8月。水辺の美しい東京・竹芝に〝ダイアログ・ダイバーシティミュージアム「対話の森」〟が開業しました。ここでは「ダイアログラジオ」の収録が行われるとともに、「ダイアログ・イン・ザ・ダーク」、「ダイアログ・イン・サイレンス」、「ダイアログ・ウィズ・タイム」といった、志村ご夫妻の活動のコアとなるソーシャルエンターテイメントを体験することができます。「ダイアログラジオ」を始めとするこれらの活動は、自らの内面と向き合い、人を慈しむことの大切さを教えてくれます。この書籍を手にとって下さった皆さまが「ダイアログラジオ」での対話に触れ、ご自身の新たな可能性を拓かれることを願ってやみません。それは、ひいては、多様な存在が共に支え合い、誰もが自分らしくいきいきと生きられる真のダイバーシティ&インクルージョン社会の共創につながるものと確信しています。

東日本旅客鉄道株式会社 常務執行役員 マーケティング本部 副本部長　表《おもて》 輝幸《てるゆき》

逆方向から世界を覗くと見えてくるもの

私がダイアログ・イン・ザ・ダーク（ＤＩＤ）と出逢ったのは今から21年前。出会いも暗闇の中でした。

２００２年の４月。その時期、私は旧東急文化会館にあった五島プラネタリウムの跡地でＪ-ＷＡＶＥの企画として「スローライフギャラリー」というプラネタリウムと音楽によるショーのプロデュースをしていました。そこに現れたのが志村真介さん。「真っ暗な場所を探している。ここをどうしても借りたいんだけどどうしたら貸してもらえるのか？」というのが最初の会話でした。話を聞いてみるとおもしろい。結局、社員も手伝って、Ｊ-ＷＡＶＥの会議室にダンボールで目張りした暗室を作りＤＩＤの簡易プログラムを上演することになりました。

暗闇でひろがる様々な感覚にびっくりしましたが、衝撃は入室した途端に「目がみえない人」は「暗闇の中を自由自在に行き来することができる素晴らしいスキルを持った人」であることに気づかされたことでした。私たちが一方的に見ている世界を逆方向から覗いたときに見えてくる新しい世界。ＤＩＤが伝えてくれるこのメッセージが「対話」という言葉に集約されている事に私たちは大いに感動しました。こうして段ボール作りのＤＩＤの上演は一瞬で我々ラジオマンの心を射抜いたのです。Ｊ-ＷＡＶＥは「いつか常設のミュージアムを作りたい」という真介さん、季世恵さん、アテンドたちの夢に共感しながら、特番や聴覚障がいの方に向けた見えるラジオ番組の制作に挑戦してきました。そしてようやくレギュラー番組としてスタートしたのが「ＤＩＡＬＯＧＵＥ ＲＡＤＩＯ～ｉｎ ｔｈｅ Ｄａｒｋ～」です。日曜深夜、明日へ進む気持ちをそっと後押しできるそんな番組を目指して制作しています。

暗闇の中での対話は肩書も身を守るバリアーもすべてが取り払われて進んでいきます。聴こえるのは季世恵さんの声だけです。無重力というか羊水の中というか、ふわりとしていて気持ちのいい感覚。ゲストからは率直に思ったことや、すっかり忘れてしまっていた気持ちなどが次々に語られていきます。季世恵マジックですね。放送内容は番組ホームページに全文書き起こして掲載していますが、これは聴覚障がいのある方にも番組の内容を伝えるためです。それをもとにこの対話集は制作されていますが、こうして本が作れるのもスタッフのおかげです。書き起こし担当のらむちゃん、ありがとう。

さあ、この本を読んだあとは電気を消して「ダイアロググラジオ」を聴いてみてください。そしてダイアログ・ダイバーシティミュージアムを訪ねてみましょう。見えないものが見えてくるかも。

J-WAVE　プロデューサー　久保野永靖《くぼのながやす》

【ラジオ制作スタッフ】写真右：左下から時計回りにプロデューサー・久保野永靖、いつも番組をまとめてくれているディレクター・野村大輔、アシスタントディレクター・大塚眞司、松村来夢。写真左：番組ナビゲーター・板井麻衣子

志村季世恵（しむらきよえ）

バースセラピスト。一般社団法人ダイアローグ・ジャパン・ソサエティ代表理事。ダイアログ・イン・ザ・ダーク理事。心にトラブルを抱える人のメンタルケアおよび末期がんを患う人へのターミナルケアは多くの医療者から注目を集めている。現在は視覚障がい者、聴覚障がい者、後期高齢者とともに行うソーシャルエンターテイメント、ダイアログ・ダイバーシティミュージアム「対話の森」を主宰。著書に『さよならの先』『いのちのバトン』、最新刊『エールは消えない —いのちをめぐる5つの物語—』など。

J-WAVE（81.3FM）

1988年開局のFM放送局（81.3FM）。放送地域は首都圏全域。ダイアログ・イン・ザ・ダークの活動を20年以上サポートしている。志村季世恵氏の出演による「DIALOGUE RADIO～in the Dark～」は2018年から放送（毎月第2日曜・深夜1～2時）。

www.j-wave.co.jp/original/dialogue/

ダイアログ・イン・ザ・ダーク

完全に光を閉ざした「純度100％の暗闇」の中で、視覚障がい者スタッフのアテンドにより、様々なシーンを体験し、対話を楽しむ暗闇のソーシャルエンターテインメント。視覚からの情報を閉ざされた状態で、視覚以外の様々な感覚がよびさまされ、新たな感性を使っての対話（ダイアログ）を体感できる。1988年、ドイツの哲学博士アンドレアス・ハイネッケの発案によって生まれ、これまで世界47カ国以上で開催、900万人を超える人々が体験。日本では、1999年11月の初開催以降、これまで24万人以上が体験している。現在は東京・竹芝のダイアログ・ダイバーシティミュージアム「対話の森」と神宮外苑の「内なる美、ととのう暗闇。」で常設開催。「対話の森」では、「ダイアログ・イン・ザ・ダーク」のほか、聴覚障がい者がアテンドとなり音のない世界で対話を楽しむ「ダイアログ・イン・サイレンス」、75歳以上の高齢者が活躍する「ダイアログ・ウィズ・タイム」などを展開している。コミュニケーション向上やチームビルディング、商品開発、企業研修や社員育成などにも導入されている。代表・志村真介。
ダイアログ・イン・ザ・ダーク：did.dialogue.or.jp/
ダイアログ・ダイバーシティミュージアム「対話の森」：taiwanomori.dialogue.or.jp/
ダイアログ・イン・ザ・ダーク「内なる美、ととのう暗闇。」：did.dialogue.or.jp/totonou/

本書はラジオ番組「DIALOGUE RADIO～in the Dark～」での対話をテキスト化したものから、一部を抜粋・再構成し、加筆修正を行い、書籍化したものです。情報等については、収録当時のものに基づきます。

初出一覧

茂木健一郎（第2回 2018.8.12）
東ちづる（第4回 2018.10.14）
田中利典（第11回 2019.5.12）
別所哲也（第15回 2019.9.8）
野村萬斎（第19回 2020.1.12）
田中慶子（第52回 2022.10.9）
熊谷晋一郎（第23回 2020.5.10）
笠井信輔（第32回 2021.2.14）
コロンえりか（第34回 2021.4.11）
小島慶子（第35回 2021.5.9）
間 光男（第36回 2021.6.13）
一青 窈（第43回 2022.1.9）
小林さやか（第47回 2022.5.8）
及川美紀（第48回 2022.6.12）
森川すいめい（第50回 2022.8.14）
松田美由紀（第51回 2022.9.11）
平原綾香（第54回 2022.12.11）

番組HP：www.j-wave.co.jp/original/dialogue/
Podcast：www.j-wave.co.jp/podcasts/

装丁　田部井美奈・栗原瞳子
本文写真　志村真介
協力　ダイアログ・ダイバーシティミュージアム「対話の森」
編集　浅井文子（アノニマ・スタジオ）

Special Thanks　花形 圭（BOSSA）
林 薫（セラ・コミュニケーションズ株式会社）

暗闇ラジオ対話集
—DIALOGUE RADIO IN THE DARK—

2023年6月4日　初版第1刷　発行

著者　志村季世恵／J-WAVE
発行人　前田哲次
編集人　谷口博文
アノニマ・スタジオ
〒111-0051
東京都台東区蔵前2-14-14 2F
TEL 03-6699-1064
FAX 03-6699-1070
発行　KTC中央出版
〒111-0051
東京都台東区蔵前2-14-14 2F
印刷・製本　シナノ書籍印刷株式会社

ISBN:978-4-87758-848-9　C0095

アノニマ・スタジオは、

風や光のささやきに耳をすまし、

暮らしの中の小さな発見を大切にひろい集め、

日々ささやかなよろこびを見つける人と一緒に

本を作ってゆくスタジオです。

遠くに住む友人から届いた手紙のように、

何度も手にとって読みかえしたくなる本、

その本があるだけで、

自分の部屋があたたかく輝いて思えるような本を。